【臺灣現當代作家
研究資料彙編】88

鍾鐵民

國立台灣文學館
出版

部長序

　　文學是時代和社會的產物，所反映的必然是「那個時代、那個地方、那些人」的面貌；倘若我們想要接近或理解某一特定時空的樣態，那麼誕生於那個現實語境下的作家及其作品往往是最好的媒介之一。認識臺灣文學、建構一部完整的臺灣文學史，意義也就在這裡，而這當然有賴於全面且詳實的作家及作品研究。臺灣現當代文學的誕生及發展，自 1920 年代以降，歷時將近百年；這片富饒繁茂的文學沃土，仰賴眾多文學前輩的細心澆灌、耐心耕耘，滋養出無數質量俱優的作品，成績有目共睹，是以我們更應該珍惜呵護，以維繫其繽紛盎然的榮景。

　　懷抱著這樣的心情，欣見《臺灣現當代作家研究資料彙編》以馬拉松的熱力和動能，將第六階段的編選成果呈現在讀者面前。這個計畫從 2010 年開展，推動至今，邁入第七年，已替 80 位臺灣現當代的重要作家完成研究資料的彙編纂輯。在這份長長的名單上，不乏許多讀者耳熟能詳的文學大家，但更重要也更有意義的地方在於，透過國立臺灣文學館、計畫執行單位以及專業顧問團隊的共同討論商議，將許多留下重要作品卻逐漸為讀者甚至是研究者遺忘的資深作家，再度推向文學舞臺，讓他們有重新被閱讀、被重視、被討論的機會，這或許是我們今日推展臺灣文學、希望讓更多人看見前輩的努力之價值所在。

　　本階段所出版的作家包括楊守愚、胡品清、陳之藩、林鍾隆、馬森、段彩華、李魁賢、鍾鐵民、三毛、李潼共十位，其出生年代從 20 世紀初期

到中葉，文類涵蓋小說、詩、散文、兒童文學、翻譯，具體而微地展現了臺灣文學的豐富樣貌。延續前此數階段專業而詳實的風格，每冊圖書皆蒐集、整理作家的影像、小傳、生平年表、作品評論，並由學有專精的主編學者撰寫研究綜述，為讀者勾勒出一幅詳實精確的作家文學地圖，不僅是文學研究者查找資料的重要依據，同時也能滿足一般讀者的基本需求，是認識臺灣作家與臺灣文學發展的重要讀本。在此鄭重向讀者推介，也請海內外關心及研究臺灣文學之各界方家不吝指正，以匯聚更多參與及持續前行的能量。

文化部部長　鄭麗君

館長序

　　在漫漫的歷史長河中回望，文學作家及其作品總是時代風潮、社會脈動最好的攝影師，透過文字映照社會的面貌、人類靈魂的核心，引領讀者進入真實美善與醜陋墮落並存的世界。認識作家，有助於對其作品的欣賞，從而理解他所置身的時空環境及其作品風貌；這不僅關乎作家自身的創作經歷和文學表現，同時也是探究文學發展脈絡的根基，並據此深化人文思想的厚度。

　　臺灣文學發展至今，歷經千百年的綿延與沈澱，在蓄積豐沛能量的同時，亦呈現盎然的生機與蓬勃的朝氣。若欲以此為基礎，建構一部詳實完整的臺灣文學史，勢必有賴於詳實且審慎的作家和作品研究，故而全面梳理研究資源、提升資料查考與使用的便利性，也就顯得格外重要。國立臺灣文學館於 2010 年啟動《臺灣現當代作家研究資料彙編計畫》，就是以上述觀點為前提，組成精實的編輯與顧問團隊，詳盡蒐集、整理臺灣現當代重要作家的生平、年表與研究資料，選錄具有代表性的評論文章，編列成冊，以完整呈現作家的存在樣貌、歷史地位及影響。至 2016 年底，此一計畫已進入第六階段，總計完成 90 位作家的研究資料彙編。最新出版的十位作家為楊守愚、胡品清、陳之藩、林鍾隆、馬森、段彩華、李魁賢、鍾鐵民、三毛、李潼，兼顧作家的族群、性別、世代以及創作文類的差異，既體現了臺灣文學研究總體成果中最優質精緻的部分，同時也對未來的研究指向與路徑，提出了嶄新而適切的看法，必將有助於臺灣文學學科發展的

擴展與深化。

　　本計畫歷年所完成的出版成果，內容詳實嚴謹，獲得文學界人士和讀者的高度肯定，各界並期許持續推展，以使臺灣作家研究累積更為厚實的基礎。在此也要向承辦單位所組成的編輯團隊，以及長期參與支持本計畫的專家學者致上最深的謝意，也請海內外關心及研究臺灣文學各界方家不吝指正，以匯聚更多向前邁進的能量。

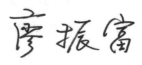

國立臺灣文學館館長

編序

◎封德屏

緣起

1995 年 10 月 25 日，在臺灣師範大學教育大樓的 201 室，一場以「面對臺灣文學」為題的座談會，在座諸位學者分別就臺灣文學的定義、發展、研究，以及文學史的寫法等，提出宏文高論，而時仕國家圖書館編纂張錦郎的「臺灣文學需要什麼樣的工具書」，輕鬆幽默的言詞，鞭辟入裡的思維，更贏得在座者的共鳴。

張先生以一個圖書館工作人員自謙，認真專業地為臺灣這幾十年來究竟出版了多少有關臺灣文學的工具書，做地毯式的調查和多方面的訪問。同時條理分明地針對研究者、學生，列出了十項工具書的類型，哪些是現在亟需的，哪些是現在就可以做的，哪些是未來一步一步累積可以達成的，分別做了專業的建議及討論。

當時的文建會二處科長游淑靜，參與了整個座談會，會後她劍及履及的開始了文學工具書的委託工作，從 1996 年的《臺灣文學年鑑》起始，一年一本的編下去，一直到現在，保存延續了臺灣文學發展的基本樣貌。接著是《中華民國作家作品目錄》的新編，《臺灣文壇大事紀要》的續編，補助國家圖書館「當代文學史料影像全文系統」的建置，這些工具書、資料庫的接續完成，至少在當時對臺灣文學的研究，做到一些輔助的功能。

2003 年 10 月，籌備多年的「臺灣文學館」正式開幕運轉。同年五月《文訊》改隸「財團法人台灣文學發展基金會」，為了發揮更大的動能，開始更積極、更有效率地將過去累積至今持續在做的文學史料整理出來，讓

豐厚的文藝資源與更多人共享。

　　於是再次的請教張錦郎先生，張先生認為文學書目、作家作品目錄、文學年鑑、文學辭典皆已完成或正在進行，現在重點應該放在有關「臺灣現當代作家評論資料目錄」的編輯工作上。

　　很幸運的，這個計畫的發想得到當時臺灣文學館林瑞明館長的支持，於是緊鑼密鼓的展開一切準備工作：籌組編輯團隊、召開顧問會議、擬定工作手冊、撰寫計畫書等等。

　　張錦郎先生花了許多時間編訂工作手冊，每一位作家的評論資料目錄分為：

　　（一）生平資料：可分作者自述，旁人論述及訪談，文學獎的紀錄。

　　（二）作品評論資料：可分作品綜論，單行本作品評論，其他作品（包括單篇作品）評論，與其他作家比較等。

　　此外，對重要評論加以摘要解說，譬如專書、專輯、學術會議論文集或學位論文等，凡臺灣以外地區之報刊及出版社，於書名或報刊後加註，如中國大陸、香港、新加坡等。此外，資料蒐集範圍除臺灣外，也兼及中國大陸、香港、新加坡、日本、韓國及歐美等地資料，除利用國內蒐集管道外，同時委託當地學者或研究者，擔任資料蒐集工作。

　　清楚記得，時任顧問的學者專家們，都十分高興這個專案的啟動，但確定收錄哪些作家名單時，也有不同的思考及看法。經過充分的討論後，終於取得基本的共識：除以一般的「文學成就」為觀察及考量作家的標準外，並以研究的迫切性與資料獲得之難易度為綜合考量。譬如說，在第一階段時，作家的選擇除文學成就外，先考量迫切性及研究性，迫切性是指已故又是日治時期臺籍作家為優先，研究性是指作品已出土或已譯成中文為優先。若是作品不少而評論少，或作品評論皆少，可暫時不考慮。此外，還要稍微顧及文類的均衡等等。基本的共識達成後，顧問群共同挑選出 310 位作家，從鄭坤五、賴和、陳虛谷以降，一直到吳錦發、陳黎、蘇偉貞，共分三個階段進行。

　　「臺灣現當代作家評論資料目錄」專案計畫，自 2004 年 4 月開始，至 2009 年 10 月結束，分三個階段歷時五年六個月，共發現、搜尋、記錄了十餘萬筆作家評論資料。共經歷了三位專職研究助理，近三十位兼任研究助理。這些研究助理從開始熟悉體例，到學習如何尋找資料，是一條漫長卻實用的學習過程。

接續

　　「臺灣現當代作家評論資料目錄」的專案完成，當代重要作家的研究，更可以在這個基礎上，開出亮麗的花朵。於是就有了「臺灣現當代作家研究資料彙編暨資料庫建置計畫」的誕生。為了便於查詢與應用，資料庫的完成勢在必行，而除了資料庫的建置外，這個計畫再從 310 位作家中精選 50 位，每人彙編一本研究資料，內容有作家圖片集，包括生平重要影像、文學活動照片、手稿及文物，小傳、作品目錄及提要、文學年表。另外每本書分別聘請一位最適當的學者或研究者負責編選，除了負責撰寫八千至一萬字的作家研究綜述外，再從龐雜的評論資料中挑選具有代表性的評論文章，平均 12～14 萬字，最後再附該作家的評論資料目錄，以期完整呈現該作家的生平、創作、研究概況，其歷史地位與影響。

　　第一部分除資料庫的建置外，50 位作家 50 本資料彙編（平均頁數 400 ～500 頁），分三個階段完成，自 2010 年 3 月開始至 2013 年 12 月，共費時 3 年 9 個月。因為內容充實，體例完整，各界反應俱佳，第二部分的 50 位作家，接著在 2014 年元月展開，第一階段及第二階段共出版了 30 本，此次第三階段計畫出版 10 本，預計在 2016 年 12 月完成。

成果

　　雖然過程是如此艱辛，如此一言難盡，可是終究看到豐美的成果。每位編選者雖然忙碌，但面對自己負責的作家資料彙編，卻是一貫地認真堅持。他們每人必須面對上千或數百筆作家評論資料，挑選重要或關鍵性的

評論文章，全面閱讀，然後依照編選原則，挑選評論文章。助理們此時不僅提供老師們所需要的支援，統計字數，最重要的是得找到各篇選文作者，取得同意轉載的授權。在起初進度流程初估時，我們錯估了此項工作的難度，因為許多評論文章，發表至今已有數十年的光景，部分作者行蹤難查，還得輾轉透過出版社、學校、服務單位，尋得蛛絲馬跡，再鍥而不捨地追蹤。有了前面的血淚教訓，日後關於授權方面，我們更是如臨深淵、如履薄冰，希望不要重蹈覆轍，在面對授權作業時更是戰戰兢兢，不敢懈怠。

除了挑選評論文章煞費苦心外，每個作家生平重要照片，我們也是採高標準的方式去蒐集，過世作家家屬、友人、研究者或是當初出版著作的出版社，都是我們徵詢的對象。認真誠懇而禮貌的態度，讓我們獲得許多從未出土的資料及照片，也贏得了許多珍貴的友誼。許多作家都協助提供照片手稿等相關資料，已不在世的作家，其家屬及友人在編輯過程中，也給予我們許多協助及鼓勵，藉由這個機會，與他們一起回憶、欣賞他們親人或父祖、前輩，可敬可愛的文學人生。此外，還有許多作家及研究者，熱心地幫忙我們尋找難以聯繫的授權者，辨識因年代久遠而難以記錄年代、地點、事件的作家照片，釐清文學年表資料及作家作品的版本問題，我們從他們身上學習到更多史料研究可貴的精神及經驗。

但如何在規定的時間內，完成每個階段資料彙編的編輯出版工作，對工作小組來說，確實是一大考驗。每一冊的主編老師，都是目前國內現當代臺灣文學教學及研究的重要人物，因此都十分忙碌。每一本的責任編輯，必須在這一年多的時間內，與他們所負責資料彙編的主角——傳主及主編老師，共生共榮。從作家作品的收集及整理開始，必須要掌握該作家所有出版的作品，以及盡量收集不同出版社的版本；整理作家年表，除了作家、研究者已撰述好的年表外，也必須再從訪談、自傳、評論目錄，從作品出版等線索，再作比對及增刪。再來就是緊盯每位把「研究綜述」放在所有進度最後一關的主編們，每隔一段時間提醒他們，或順便把新增的

評論目錄寄給他們（每隔一段時間就有新的相關論文或學位論文出現），讓他們隨時與他們所主編的這本書，產生聯想，希望有助於「研究綜述」撰寫的進度。

在每個艱辛漫長的歲月中，因等待、因其他人力無法抗拒的因素，衍伸出來的問題，層出不窮，更有許多是始料未及的。此次第二部分第三階段驟遇陳之藩卷主編陳信元教授溘逝，陳信元教授為兩岸現當代文學研究及出版之前驅者，精研之廣而深，直至逝世前仍心念其業，令人哀痛！此計畫專案執行至今，陳信元教授已擔任其中六本主編，對本計畫貢獻良多。此次他所主編的《臺灣現當代作家研究資料彙編・陳之藩》一卷亦費心盡力，然最後之「研究綜述」一文，撰述四千餘字後，因病體虛弱，無法繼續，幸賴鄭明娳教授概然應允，接續完成。

再者，又如，每本書的選文，主編老師本來已經選好了，也經過授權了，為了抓緊時間，負責編輯的助理們甚至連順序、頁碼都排好了，就等主編老師的人作了，這時主編突然發現有新的文章、新的資料產生：再增加兩三篇選文吧！為了達到更好更完備的目標，工作小組當然全力以赴，聯絡，授權，打字，校對，重編順序等等工作，再度展開。

此次第二部分第三階段共需完成的 10 位作家研究資料彙編，年齡層較上兩個階段已年輕許多，因此到最後的疑難雜症，還有連主編或研究者都不太清楚的部分，譬如年表中的某一件事、某一個年代、某一篇文章、某一個得獎記錄，作家本人及家屬絕對是一個最好的諮詢對象，對解決某些問題來說，這是一個好的線索，但既然看了，關心了，參與了，就可能有不同的看法，選文、年表、照片，甚至是我們整本書的體例，於是又是一場翻天覆地的大更動，對整本書的品質來說，應該是好的，但對經過多次琢磨、修改已進入完稿階段的編輯團隊來說，這不啻是一大挑戰。

1990 年開始，各地縣市文化中心（文化局），對在地作家作品集的整理出版，以及臺灣文學館成立後對日治時期作家以迄當代重要作家全集的編纂，對臺灣文學之作家研究，也有了很好的促進作用。如《楊逵全

集》、《林亨泰全集》、《鍾肇政全集》、《張文環全集》、《呂赫若日記》、《張秀亞全集》、《葉石濤全集》、《龍瑛宗全集》、《葉笛全集》、《鍾理和全集》、《錦連全集》、《楊雲萍全集》、《鍾鐵民全集》等，如雨後春筍般持續展開。

經過近二十年的努力，臺灣文學的研究與出版，也到了可以驗收或檢討成果的階段。這個說法，當然不是要停下腳步，而是可以從「臺灣現當代作家評論資料目錄」所呈現的 310 位作家、10 萬筆資料中去檢視。檢視的標的，除了從作家作品的質量、時代意義及代表性去衡量外、也可以從作家的世代、性別、文類中，去挖掘有待開墾及努力之處。因此這套「臺灣現當代作家研究資料彙編」，大部分的編選者除了概述作家的研究面向外，均有些觀察與建議。希望就已然的研究成果中，去發現不足與缺憾，研究者可以在這些不足與缺憾之處下功夫，而盡量避免在相同議題上重複。當然這都需要經過一段時間去發現、去彌補、去重建，因此，有關臺灣文學的調查、研究與論述，就格外顯得重要了。

期待

感謝臺灣文學館持續推動這兩個專案的進行。「臺灣現當代作家評論資料目錄」的完成，呈現的是臺灣文學研究的總體成果；「臺灣現當代作家研究資料彙編」的出版，則是呈現成果中最精華最優質的一面，同時對未來臺灣文學的研究面向與路徑，作最好的建議。我們可以很清楚的體會，這是一條綿長優美的臺灣文學接力賽，我們十分榮幸能參與其中，更珍惜在傳承接力的過程，與我們相遇的每一個人，每一件讓我們真心感動的事。我們更期待這個接力賽，能有更多人加入。誠如張恆豪所說「從高音獨唱到多元交響」，這是每一個人所期待的。

編輯體例

一、本書編選之目的，為呈現鍾鐵民生平、著作及研究成果，以作為臺灣文學相關研究、教學之參考資料。

二、全書共五輯，各輯內容及體例說明如下：

　　輯一：圖片集。選刊作家各個時期的生活或參與文學活動的照片、著作書影、手稿（包括創作、日記、書信）、文物。

　　輯二：生平及作品，包括三部分：

　　　　1.小傳：主要內容包括作家本名、重要筆名，生卒年月日，籍貫，及創作風格、文學成就等。

　　　　2.作品目錄及提要：依照作品文類（論述、詩、散文、小說、劇本、報導文學、傳記、日記、書信、兒童文學、合集）及出版順序，並撰寫提要。不收錄作家翻譯或編選之作品。

　　　　3.文學年表：考訂作家生平所進行的文學創作、文學活動相關之記要，依年月順序繫之。

　　輯三：研究綜述。綜論作家作品研究的概況，並展現研究成果與價值的論文。

　　輯四：重要文章選刊。選收國內外具代表性的相關研究論文及報導。

　　輯五：研究評論資料目錄。收錄至 2016 年 11 月底止，有關研究、論述臺灣現當代作家生平和作品評論文獻。語文以中文為主，兼及日文和英文資料。所收文獻資料，以臺灣出版為主，酌收中國大陸、香港、日本和歐美國家的出版品。內容包含三部分：

　　　　1.「作家生平、作品評論專書與學位論文」下分為專書與學位論文。

　　　　2.「作家生平資料篇目」下分為「自述」、「他述」、「訪談」、「年表」、「其他」。

　　　　3.「作品評論篇目」下分為「綜論」、「分論」、「作品評論目錄、索引」、「其他」。

目次

【輯五】研究評論資料目錄

輯一◎圖片集

影像◎手稿◎文物

1941年2月，鍾鐵民的彌月紀念照，與父親鍾理和、母親鍾台妹合影於瀋陽。（鍾鐵民家屬提供）

1942年，鍾鐵民與父親鍾理和遊北平故宮。（鍾鐵民家屬提供）

1942年，鍾鐵民攝於北平南長街住所。（鍾鐵民家屬提供）

1940年代中期，鍾鐵民與母親鍾台妹合影於北平太廟。（鍾鐵民家屬提供）

1948年，鍾鐵民與大弟鍾立民（左）合影於高雄美濃，並將照片寄給在臺北住院療養的父親鍾理和。（鍾鐵民家屬提供）

1959～1961年，鍾鐵民（右一蹲立者）與旗山中學同學合影於校門口。
（鍾鐵民家屬提供）

1963年，鍾鐵民與黃文相（右）同赴桃園龍潭拜訪
鍾肇政（左）。（鍾鐵民家屬提供）

1963～1966年，鍾鐵民寄居臺北姚紹煌寓所，攝於
書房。（鍾鐵民家屬提供）

1960年代，鍾鐵民攝於自宅書房。（鍾鐵民家屬提供）

1967年6月，鍾鐵民自臺灣師範大學國文學系畢業。（鍾鐵民家屬提供）

1970年代前期，鍾鐵民（右一）、鍾台妹（右二）與來訪的林海音（左一）合影於舊宅前。（鍾鐵民家屬提供）

1973年春節，鍾家全家福。左起：鍾鐵英、鍾鐵華、鍾台妹、鍾鐵鈞、鍾鐵民。
（鍾鐵民家屬提供）

1974年1月13日，鍾鐵民與郭明琴的結婚隊伍。（鍾鐵民家屬提供）

1975年，初為人父的鍾鐵民與長女鍾雨靖。（鍾鐵民家屬提供）

1976年，任職於旗美高中的鍾鐵民（中坐者）與學生參加校慶運動會。（鍾鐵民家屬提供）

1978年，鍾鐵民與文友於林海音家中聚會。前排左起：鍾肇政、鍾台妹、巫永福、鄭清文；後排左起：鍾鐵民、季季、林海音、何凡、趙天儀。（鍾鐵民家屬提供）

1970年代後期，鍾鐵民（右）與葉石濤（中）、彭瑞金（左）合影於鍾理和紀念館預定地。（鍾鐵民家屬提供）

1970年代，鍾鐵民與張良澤（右）合影於美濃朝元寺。（鍾鐵民家屬提供）

1981年5月，作家聯誼之旅，與文友合影於高雄中船。左起：康寶村、鍾鐵民、林瑞明、李喬、葉石濤、彭瑞金、柳愈民。（鍾鐵民家屬提供）

1983年8月7日，鍾鐵民於鍾理和紀念館落成典禮致詞。（鍾鐵民家屬提供）

1989年2月，與文友合影於吳濁流文學獎評審會議後，攝於臺中文化中心。前排左起：葉石濤、鍾鐵民、鍾肇政、吳萬鑫、陳千武、白萩；後排左起：李喬、鄭炯明、李敏勇夫婦。（鍾鐵民家屬提供）

1980年代，課堂上的鍾鐵民。（鍾鐵民家屬提供）

1980年代，鍾鐵民攝於自家木瓜園。（鍾鐵民家屬提供）

1980年代，鍾鐵民（右二）於鍾理和紀念館授課。
（鍾鐵民家屬提供）

1980年代中期，鍾鐵民攝於鍾理和紀念館。（鍾鐵民家屬提供）

1990年7月30日，鍾鐵民（右二）應美國「臺灣文學研究會」邀請，參加洛杉磯「臺灣文化之夜」。（鍾鐵民家屬提供）

1991年2月17日，鍾鐵民全家福，合影於自宅。左起：鍾鐵民、鍾怡彥、鍾台妹（前坐者）、鍾雨靖、鍾舜文、郭明琴。（文訊文藝資料中心）

1994年4月17日，鍾鐵民（最前者）與美濃鄉親北上立法院陳情，反對興建美濃水庫。
（鍾鐵民家屬提供）

1994年5月，鍾鐵民獲頒賴和文學獎，與鍾肇政
（左）合影。（鍾鐵民家屬提供）

1996年8月4日，鍾鐵民於美濃廣善堂舉辦第一屆
笠山文藝營。左起：葉石濤、曾貴海、鍾鐵民。
（鍾鐵民家屬提供）

1997年8月4日，出席臺灣文學步道園區啟用典禮。左起：曾貴海、鍾肇政、
葉石濤；右起：吳錦發、佚名、鍾鐵民、余政憲。（鍾鐵民家屬提供）

1998年8月9日，鍾鐵民（左四）與高雄縣長余政憲（左三）、屏東縣長蘇嘉
全（左二）等，共同擔任第四屆美濃黃蝶祭主祭。（鍾鐵民家屬提供）

1998年9月4日，鍾鐵民（右一）與美濃鄉親於旗山糖廠水資局水資源開發協調中心，抗議美濃水庫興建。（鍾鐵民家屬提供）

1999年，鍾鐵民攝於美濃愛鄉協進會辦公室前。前排左起：宋長青、夏曉鵑、鍾秀梅、鍾鐵民、鍾永豐；後排：張高傑（右二）、黃慧明（右三）。（鍾鐵民家屬提供）

2000年，鍾鐵民任美濃扶輪社社長，於交接典禮致辭。左起：朱邦雄、鍾鐵民、魯惠良、陳坤芳。（鍾鐵民家屬提供）

2004年10月16日，應邀出席國立臺灣文學館舉辦的「鍾理和文學座談」。左起：鄭清文、鍾肇政、鍾鐵民、曾貴海。（鍾鐵民家屬提供）

2005年4月9日，鍾鐵民夫婦同遊京都哲學之道。（鍾鐵民家屬提供）

2005年10月29日，鍾鐵民（右三）與吳錦發（右二）、曾貴海（右一）接待三位俄羅斯文學博物館的館長，於鍾理和紀念館前植樹。（鍾鐵民家屬提供）

2005年10月22日，鍾鐵民（右二）參加旗美社區大學有機稻米收割活動，與學生合影。（鍾鐵民家屬提供）

2005年12月10日，鍾理和紀念館重新開館暨鍾台妹94歲生日。前排左起：卓春英、
鍾台妹、鍾鐵民；後排左一為鍾鐵英。（鍾鐵民家屬提供）

2007年6月16日，鍾鐵民獲行政院長張俊雄（右）頒授客家傑出貢獻獎。
（鍾鐵民家屬提供）

2007年，鍾鐵民以攝影機記錄笠山農村變化。（鍾鐵民家屬提供）

2008年春節，鍾氏家族紀念照，合影於自宅庭院。前排左起：鍾雨平、莊雅筑、莊昀翰、鍾台妹、莊昀叡；後排左起：鍾鐵鈞、鍾鐵民、鍾怡彥夫婦（手抱彭筠雅）、李中揚、李蘇輝、李中宜、林思宇、鍾鐵華夫婦、林全珍、鍾鐵英、鍾雨靖夫婦、郭明琴、鍾舜文。（鍾鐵民家屬提供）

2009年，鍾鐵民攝於屏東高樹鍾理和故居。（鍾鐵民家屬提供）

2009年4月21日，鍾鐵民與高雄縣長楊秋興（右）合影於新
版《鍾理和全集》發表會。（鍾鐵民家屬提供）

2010年1月27日，鍾鐵民（左）為「平妹橋」陶版提字、印
手印。（鍾鐵民家屬提供）

2010年5月1日，鍾鐵民夫婦（右）於脊椎手術前，至苗栗拜訪李喬夫婦。（鍾鐵民家屬提供）

2010年10月24日，鍾鐵民（坐者）獲頒高雄文藝獎，與親友合影。立者左起：陳坤崙、蔡文章（後）、李永得、郭明琴、鍾舜文、鍾雨靖、曾貴海。（鍾鐵民家屬提供）

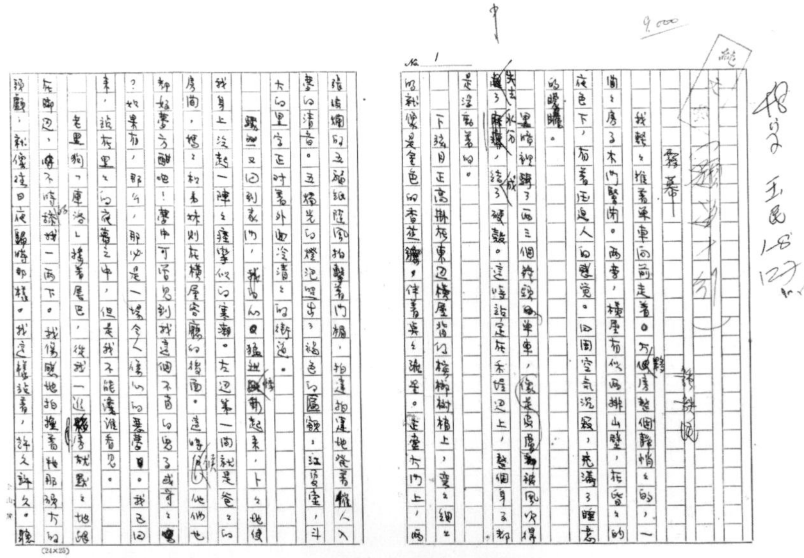

1969年，鍾鐵民短篇小說〈霧幕〉手稿。（鍾鐵民家屬提供）

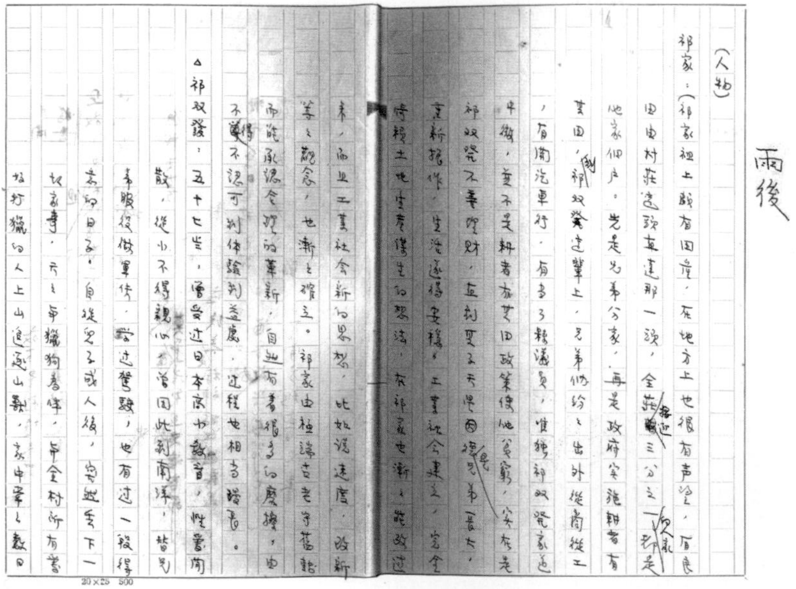

1972年，鍾鐵民長篇小說《雨後》手稿。（鍾鐵民家屬提供）

秋意

鍾鐵民

1978年，鍾鐵民短篇小說〈秋意〉手稿。（鍾鐵民家屬提供）

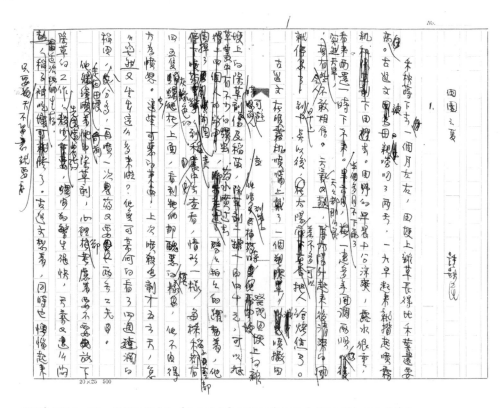

1979年12月4～6日，鍾鐵民發表於《自立晚報》10版短篇小說〈田園之夏〉手稿與剪報。
（鍾鐵民家屬提供）

台灣省立旗美高級中學用箋

海音先生：

那天與您通過電話以後，我隨即電話與業務科報社，

請他把名單稍簡，並抽選確實有能力、盡可能會熱心

人，也許明年會好，如他熱心人數太多時，結果等業務

還是打過逆鼓，努力他熱心奔跑過，我們還是要謝謝他。

美濃地區地方人士正發起籌建，或許有成績可以成

這基金會，發起之樣也不一定。目前還未可知，工作

正在進行。看了日本芭蕉紀念館的簡介資料，對

有信心，我們也可以朝起一個規模來。五萬之收到，謝謝。

您名單和住址給我，我再依址寄付據。

中華民國　年　月　日

1983年1月22日，鍾鐵民致林海音信函，書及鍾理和文學紀念館的籌備過程。（國立臺灣文學館提供）

1983年，鍾鐵民中篇小說《月光下的小鎮——美濃》手稿。（鍾鐵民家屬提供）

寂靜的小鎮——美濃

鍾鐵民

1.

李偉中一跳下客運車使看到寄車末接他的吉普

車，另有三個手提著子，

…

（手稿內容）

1984年10月，鍾鐵民發表於《文訊》第14期〈我的摸索〉手稿與期刊內頁。（文訊文藝資料中心）

鍾鐵民

我的摸索

〔文學觀念〕

初中時代，有一次我把作文簿給父親看，因為我很得意自己有幾篇作文得到高分。父親看完後卻並未如我所願的賞賞我，他只是平靜懇摯的告訴我說：文章全在一個「誠」字，如果所說不是本意，不是自己真實的感受，寫得再富麗也不是好文章。我想了很久，以後便試着表達自己的想法，不再着意討好老師，也不再迎合那時代一般人的喜好，於是我一直到高中畢業，常常作文都吃個「丙」。

我生長在偏僻的鄉村，自小便沒有機會看書，接觸的人也少，思想貧乏自然是可以想見，不得老師歡心也就沒有什麼奇怪了。偏偏我又喜愛上文學，而且還喜歡塗鴉，真是無可藥救的事情。

我總覺得，要成為第一流的作家，必須要有第一等的手眼，豐富的感情，開濶的心胸和敏銳的感受力，此外還必須有足夠的道德勇氣和全神投注的創作熱情，透過作家的手眼所傳達出來的信息必定是真、善和美的。作家在思想上應具有啟發引

三伯公傳奇　　　　鍾鐵民/

烏鴉仔敢一聲。天方濛濛亮，屋脊芒苳樹那邊就有好幾隻烏鴉仔吵得翻天。這隻烏已經有好多年沒有出現了，一來就是一群，停牢圍牆那樹末界樹上的芒荔未瓜了，牠牠們很別母來鬧吧！

老銀喜探沖到南門走出來時，把大門後推得砰砰響。他朝空皆吐兒以水，嶠々嘴々走進廚房，阿喜嫂在廚房洗碗，看到老銀喜一進一出，不由捂嘴笑。農村裡的人卻不喜歡烏鴉。看到烏鴉繞有婆不喜利向老頭。尤其在這樣的大清早讀烏鴉吵醒，難怪老質了父要吐口水禳瘴聲影了。

不过，都那么老了，還有什么事事可怕？時代到底不同了

　　　▼

阿喜嫂十分清楚老質子的脾氣。老銀喜不是一個暴尿的人，他處像了天線」一様，新親，滑稽，什么事都不太掛荷如止。但是对烏鴉偏之就十分反済。除了吐口水還要抓之覓驚，越老越困苦而年些，越是喜悅得踪到，偏之從前葯荷菰苦，剉崔柳是戌難的烏鴉，老銀喜和荐常反産驟是成了老之少向的笑淡了。一有時候成多他殘子女令園他地玩笑。

「阿喜伯，視在又喜烏鴉仔，那更有趣了烏鴉仔，金家死吧！」剉居伏房的吳駿阿橫便常正經的提出警告。

「喜你的骨頭！」老銀喜總也罢笑。

1992年，鍾鐵民短篇小說〈三伯公傳奇〉手稿。（鍾鐵民家屬提供）

（手稿）

大舅與牛

鍾鐵民圖

1997年1月30日，鍾鐵民發表於《中國時報》38版〈大舅與牛〉手稿與剪報。（鍾鐵民家屬提供）

◎鍾鐵民

大舅與牛

作家鍾鐵民。（鍾鐵民提供）

大舅答應要送我們一條小牛，可惜到他去世都沒有完成心願。開始時是他大舅送不起。每一次母牛又生小牛時，媽媽就在期盼，因為耕田大舅要牛了。但是大舅最後還是把小牛賣了，他總是這樣說：「下次吧。」推來推去都沒辦法得到一條屬於自己的牛隻，所以我們始終沒有一條屬於自己的牛。

大舅去世時其實才五十九歲，稱他六十歲，開始是他大舅送不起，表示他已經上壽。在我的印象裡，大舅總顯得曲背彎腰。

他犁田時總是隨著母牛步慢慢走，母牛如果停下來咬兩口豆葉，他就跟著，常常氣喘腿腳基奈何地跟，因為自己家沒有牛，我們的田一直都是大舅替我們耕的。我母親十五歲厭大，小阿姨才出生兩個多月。大舅那時就要協助外婆主持一家生計。

他犁田時總是隨著一條母牛，或是放牧、或是餵我們田土把田，一天要牽牛進大水圳好幾次去浸浴、傍晚，牛一定替牛身下澆水，還要欺心布荊枝葉奈點蚊蟲趕蚊子，常養得一家人眼淚鼻涕直流。

持家務？我母親在前面拉牛，兩個人合力駛犁要翻土，因為力氣不夠絕對無法，和更可貴的是他忠於主人，不管他多麼賣命犁田或多麼勞苦，他都任勞任怨，從沒偷懶撒野，讓永健溫和，絕對忠於主人。牠長永久健壯，打完德叉心疾互相指頭痛哭。我個子小，大舅替我們犁田時，早晚母牛就由我放牧，我慈愛，不用我指揮就能照著我的心意去做，甚至有時會聽懂我的話，是牠在帶領我成為大人！

大舅一生勞苦，扶養子女，他一輩子沒有享過福，沒有休息過，也正是也世間恍惚女。剛剛出頭，而我們沒有能力回報他，不敢接受的時候。

輯二◎生平及作品

小傳◎作品◎年表

小傳

鍾鐵民 （1941～2011）

鍾鐵民，男，籍貫臺灣高雄。1941 年 1 月 15 日生於東北滿州國奉天府（今遼寧瀋陽），1946 年隨家人來臺，2011 年 8 月 22 日辭世，享壽 71 歲。

臺灣師範大學國文學系畢業。曾任《純文學》雜誌社校對、旗美高中國文教師、《臺灣文藝》顧問、美濃愛鄉協進會理事長、美濃扶輪社社長、行政院客家委員會委員、行政院院務顧問、高雄縣文化基金會董事、中華電視公司董事、國家文化藝術基金會董事。1995 年 5 月起，興辦每年的「美濃黃蝶祭」。2001 年起，擔任高雄縣社區大學主任，打造臺灣第一個農村型社區大學。身為鍾理和的長子，不遺餘力地向臺灣社會推廣父親的文學創作，擔任鍾理和紀念館負責人、鍾理和文教基金會董事，舉辦「笠山文學營」，並編註《鍾理和全集》（共八冊）。曾獲臺灣文學獎、吳濁流文學獎、洪醒夫文學獎、賴和文學獎、臺灣省特殊優良文化藝術人員創作組小說獎、客家傑出貢獻獎、高雄文藝獎。

鍾鐵民創作文類以小說為主，兼及散文、兒童文學。創作階段可依出版作品略分為三期：第一期為 1961 年開始創作至 1972 年，為小說創作最充沛的時期，出版兩部短篇小說集《石罅中的小花》、《菸田》、長篇小說《雨後》，創作內容以客家農村為背景，敘述農民生活的困境與奮鬥；第二期為 1973 至 1993 年，出版兩部中短篇小說集《余忠雄的春天》、《約克夏

的黃昏》、一部小說精選集，隨著農村社會及農業結構的邅變，創作內容逐漸從個別農民的身上，轉而關注整個農村命運的去向，並對現代社會農村所遭遇的問題作系列探討；第三期為 1994 年起直到 2011 年逝世，出版三部散文集《山城棲地》、《山居散記》、《鄉居手記》、短篇小說集《三伯公傳奇》，散文集集結了發表於《民生報》、《臺灣日報》的專欄文章，以美濃山居生活為主題，筆下盡是對鄉土的關懷與保愛。此時期也在《文學臺灣》連載長篇小說《家園》，描寫農民在臺灣農業趨向沒落的情形下力求產業轉型，並為了保護家園，團結起來抵抗政府的水庫興建計畫，雖未能在生前完成，卻是鍾鐵民親身參與反水庫運動的忠實紀錄。除上述作品外，鍾鐵民將其部分短篇小說改編為兒童文學，出版為《月光下的美濃》、《四眼和我》二書。

　　鍾鐵民一生深耕美濃鄉土，其小說及散文寫盡農村生活的困難與情感衝突，如鄭清文所說：「鐵民似乎較喜歡描寫大時代、大社會邊緣的人物，對這些『邊緣人』，用『溫和的期待』賦給他們希望和新生，而不是傳達他們悲慘絕望的一面。」題材雖多為底層人物的艱難痛苦，筆調卻冷靜自持，文字質樸真摯，以寫實主義的方式刻畫出臺灣農村社會的風貌。鍾鐵民的文學成就，誠如彭瑞金所言：「鐵民先生的文學是臺灣文學史上空前也可能是絕後的、忠實紀錄臺灣農像五十年的小說家。他既不是這一長程農像的絕對旁觀者，也不是切身的控訴。他獨特的農像記錄是他人生與人格的綜合呈現。」

作品目錄及提要

【散文】

山城棲地
高雄：串門企業公司
2001 年 8 月，25 開，220 頁
綠色文學步道 3

本書記錄作者居於山中的生活。全書分「山城雜感」、「棲地憶故」、「生活隨筆」三輯，收錄〈文學步道〉、〈探訪作家〉、〈森林音樂會〉、〈仿製文化〉等 35 篇。正文前有曾貴海〈素描山城棲地〉、彭瑞金〈鍾鐵民的山中傳奇〉，正文後有鍾舜文、童元美繪「美濃文化地圖」。

山居散記
高雄：百盛文化出版公司
2001 年 10 月，25 開，197 頁
青少年館 29

本書集結作者發表於《民生報》「山居雜記」專欄、《臺灣日報》「非臺北觀點」專欄之文章，以山居生活為主題。全書收錄〈椰子〉、〈檳榔〉、〈木棉樹〉、〈麵包樹〉、〈椰賤傷農〉等 52 篇。正文前有曾寬〈出版序〉、鍾鐵民〈自序〉。

鄉居手記
臺北：未來書城公司
2002 年 5 月，25 開，229 頁
文學書 032

本書集結作者發表於各報章雜誌的散文。全書分「隨筆雜感」、「匪莪伊蒿」、「野語村言」、「附驥搖旗」四輯，收錄〈五色花和尚〉、〈蜂與人〉、〈蝸牛〉、〈山頂上的歌聲〉等 39 篇。正文前有吳錦發〈生活的哲學家〉、鍾鐵民〈永遠的鄉愁〉。

鍾鐵民散文選／鍾怡彥編
高雄：春暉出版社
2013 年 2 月，25 開，256 頁
文學臺灣叢刊 134

全書收錄〈我的父親阿成伯〉、〈母兮鞠我〉、〈漫長的路〉、〈女兒賊〉、〈有女初成〉等 50 篇。

【小說】

石罅中的小花
臺北：幼獅文化公司
1965 年 10 月，48 開，173 頁
臺灣省青年文學叢書 3

短篇小說集。全書收錄〈父親・我們〉、〈枷鎖〉、〈憨阿清〉、〈夏日〉、〈敵與友〉、〈石罅中的小花〉、〈倒運〉、〈分家〉、〈菇寮〉、〈土牆〉、〈新生〉、〈山谷〉、〈籬笆〉、〈慘變〉、〈送行的人〉共 15 篇。正文前有幼獅文化公司〈序〉。

菸田
臺北：大江出版社
1968 年 5 月，32 開，220 頁

短篇小說集。全書收錄〈夜〉、〈鎮道〉、〈過程〉、〈點菜的日子〉、〈門外豔陽〉、〈山路〉、〈風雨夜〉、〈送〉、〈帳內人〉、〈雄牛和土蜂〉、〈竹叢下的人家〉、〈阿憨伯〉、〈阿祺的半日〉、〈朽木〉、〈菸田〉共 15 篇。

雨後

南投：臺灣省政府新聞處
1972 年 6 月，32 開，269 頁
省政文藝叢書之四十三

長篇小說。本書描述一家山間的農戶，由於農村經濟的變遷，造成各個家族成員心靈上與婚姻上的影響。全書共 13 章。

余忠雄的春天

臺北：東大圖書公司
1980 年 10 月，25 開，249 頁

短篇小說集。全書收錄〈烏蜂〉、〈清明〉、〈霧幕〉、〈黃昏〉、〈夜歸人〉、〈老友〉、〈靜海波濤〉、〈送行的人〉、〈枷鎖〉、〈石罅中的小花〉、〈祈福〉、〈秋意〉、〈河鯉〉、〈余忠雄的春天〉、〈出園之夏〉共 15 篇。

約克夏的黃昏

高雄：高雄縣立文化中心
1993 年 6 月，25 開，170 頁
高雄縣八十二年文藝作家作品集 2

短篇小說集。全書收錄〈三伯公傳奇〉、〈大姨〉、〈約克夏的黃昏〉、〈女人與甘蔗〉、〈偷雞的人〉、〈鄉愁〉、〈丁有傳最後的一個願望〉、〈洪流〉、〈田園之夏〉共九篇。正文前有余陳月瑛〈藏諸名山傳乎其人〉、葉石濤〈評選者序〉、黃國銘〈序〉、鍾鐵民〈自序〉。正文後有〈作者簡介及寫作年表〉。

鍾鐵民集／林瑞明編

臺北：前衛出版社
1993 年 12 月，25 開，265 頁
臺灣作家全集・短篇小說卷／戰後第二代 11

短篇小說集。全書收錄〈帳內人〉、〈阿憨伯〉、〈菸田〉、〈枷鎖〉、〈石罅中的小花〉、〈送行的人〉、〈竹叢下的人家〉、〈夜歸人〉、〈河鯉〉、〈秋意〉、〈余忠雄的春天〉、〈田園之夏〉、〈約克夏的黃昏〉共 13 篇。正文前有作家照片、手稿、鍾肇政〈緒言〉、林瑞明〈紮根泥土掌握人性──《鍾鐵民集》序〉，正文後有呂昱〈走過創作旅程的第二站──試論鍾鐵民的小說〉、許素蘭編〈鍾鐵民小說評論引得〉、鍾鐵民編；方美芬增補〈鍾鐵民生平寫作年表〉。

三伯公傳奇

臺北：桂冠圖書公司
2001 年 6 月，42 開，176 頁
九九文庫 08332

短篇小說集。全書收錄〈阿公的情人〉、〈蘿蔔嫂〉、〈大姨〉、〈三伯公傳奇〉、〈女人與甘蔗〉、〈偷雞的人〉、〈阿月〉、〈丁有傳最後的一個願望〉、〈洪流〉共九篇。正文前有鍾鐵民〈序〉，正文後有〈鍾鐵民簡介〉、〈鍾鐵民年表〉。

鍾鐵民小說選／鍾怡彥編

高雄：春暉出版社
2013 年 2 月，25 開，238 頁
文學臺灣叢刊 133

短篇小說集。全書收錄〈四眼和我〉、〈帳內人〉、〈新生〉、〈敵與友〉、〈石罅中的小花〉、〈阿祺的半日〉、〈竹叢下的人家〉、〈尋春〉、〈我的夥伴〉、〈秋意〉、〈洪流〉、〈約克夏的黃昏〉、〈三伯公傳奇〉、〈蘿蔔嫂〉、〈阿耀的作業〉共 15 篇。

【兒童文學】

臺灣省教育廳 1983

百盛文化 1999

月光下的小鎮——美濃／呂游銘繪

臺中：臺灣省教育廳
1983 年 9 月，17.5×20 公分，62 頁
中華兒童叢書 51220

高雄：百盛文化出版公司
1999 年 7 月，25 開，189 頁
青少年小說館 8

中篇小說。本書透過一名都市小孩的返鄉，描寫美濃的文化與
生活情調。全書共八章。
1999 年百盛文化版：更名為《月光下的小鎮》。正文新增短篇
小說〈蛇的故事〉、〈山坡下的五色鳥〉。正文前新增〈出版
序〉、鍾鐵民〈童趣〉。

四眼和我

高雄：百盛文化出版公司
1998 年 12 月，25 開，206 頁

短篇小說集。全書收錄〈四眼和我〉、〈捉山豬記〉、〈阿祺歷險
記〉、〈敵與友〉、〈順金哥〉、〈阿乾叔〉、〈阿菊姊姊〉共七篇。
正文前有〈出版序〉、鍾鐵民〈兒童文學的知性與感性——自
序〉。

【合集】

鍾鐵民全集／鍾怡彥編
高雄：高雄市文化局
臺南：國立臺灣文學館
高雄：高雄市客家事務委員會
2013 年 1 月，25 開

共八冊，按小說、散文、資料彙編分卷；小說卷 1、散文卷 1、資料卷正文前有
鍾肇政〈代序〉、陳菊〈市長序〉、史哲〈笠山下‧永遠的微笑與堅忍〉、李瑞騰
〈鐵民先生全集序〉、古秀妃〈讓客家文化透過文學發光〉、曾貴海〈另一盞笠山
下明亮的燈火——序《鍾鐵民全集》〉、鍾怡彥〈主編序〉、〈編輯體例〉、〈全集目
錄〉。

鍾鐵民全集‧小說卷 1
高雄：高雄市文化局
臺南：國立臺灣文學館
高雄：高雄市客家事務委員會
2013 年 1 月，25 開，427 頁
鍾鐵民全集 1

中、短篇小說集。全書收錄《石罅中的小花》、《菸田》。正文
前有彭瑞金〈從〈蒔田〉到《家園》——鍾鐵民小說的起點與
終點〉。

鍾鐵民全集‧小說卷 2
高雄：高雄市文化局
臺南：國立臺灣文學館
高雄：高雄市客家事務委員會
2013 年 1 月，25 開，544 頁
鍾鐵民全集 2

長、短篇小說集。全書收錄《雨後》、《余忠雄的春天》，正文
刪去〈送行的人〉、〈枷鎖〉、〈石罅中的小花〉。

鍾鐵民全集・小說卷 3

高雄：高雄市文化局
臺南：國立臺灣文學館
高雄：高雄市客家事務委員會
2013 年 1 月，25 開，287 頁
鍾鐵民全集 3

中、短篇小說集。全書收錄《約克夏的黃昏》、《三伯公傳奇》、《月光下的小鎮》、《四眼和我》，正文刪去〈田園之夏〉、〈阿祺歷險記〉、〈敵與友〉、〈順金哥〉、〈阿乾叔〉、〈阿菊姊姊〉。

鍾鐵民全集・小說卷 4

高雄：高雄市文化局
臺南：國立臺灣文學館
高雄：高雄市客家事務委員會
2013 年 1 月，25 開，493 頁
鍾鐵民全集 4

長、短篇小說集。全書分兩部分，「未集結作品」收錄〈蔣田〉、〈小叔子〉、〈父與女〉、〈人字石〉、〈酒仙〉、〈演講比賽〉、〈老劉哥和老李哥〉、〈我要回家〉、〈夜雨〉、〈七個銅幣〉、〈起誓〉、〈夜路〉、〈故事〉、〈山路〉、〈墾荒者〉、〈殺狗記〉、〈尋春〉、〈返鄉記〉、〈我的夥伴〉、〈夜獵〉、〈谷地〉、〈小店〉、〈作家的情書〉、〈荒村〉、〈阿耀的作業〉共 25 篇。「未完稿」收錄〈買田〉、〈跪香〉、〈無題〉、〈好男好女〉、〈家園〉共五篇。正文後附錄《〈家園〉備忘》、《〈家園〉最初人物表與大綱》。

鍾鐵民全集・散文卷 1

高雄：高雄市文化局
臺南：國立臺灣文學館
高雄：高雄市客家事務委員會
2013 年 1 月，25 開，477 頁
鍾鐵民全集 5

本書收錄《山城棲地》、《山居散記》、《鄉居手記》，正文刪去〈兒童文學的知性與感性〉、〈童趣〉。正文前有蔡文章〈散文卷導讀〉。

鍾鐵民全集・散文卷 2

高雄：高雄市文化局
臺南：國立臺灣文學館
高雄：高雄市客家事務委員會
2013 年 1 月，25 開，468 頁
鍾鐵民全集 6

本書收錄未集結成冊之散文作品，內容多與作者生活相關。全書分「鄉居歲月」、「笠山憶故」、「文學小鎮」、「文學實踐」四輯，收錄〈鍾理和先生年譜後記〉、〈父親的關愛〉、〈父親的堅持〉、〈笠山下的故事〉、〈遙想先父當年〉等 112 篇。

鍾鐵民全集・散文卷 3

高雄：高雄市文化局
臺南：國立臺灣文學館
高雄：高雄市客家事務委員會
2013 年 1 月，25 開，364 頁
鍾鐵民全集 7

本書收錄未集結成冊之散文作品，內容多為作者之文學觀。全書分「雜感」、「書序」、「評審」、「未完稿」四輯，收錄〈《原鄉人》及其他〉、〈得獎感言〉、〈《魯冰花》前的愛情〉、〈我的摸索〉、〈心病〉等 90 篇。

鍾鐵民全集・資料卷

高雄：高雄市文化局
臺南：國立臺灣文學館
高雄：高雄市客家事務委員會
2013 年 1 月，25 開，289 頁
鍾鐵民全集 8

本書集結鍾怡彥主編的鍾鐵民生平年表、出版著作一覽表、手稿、相片、評論目錄及評論文章選錄。全書收錄鍾肇政〈刻苦奮鬥自強不息的鍾鐵民〉、彭瑞金〈笠山的薪火傳人鍾鐵民〉、蔡文章〈笠山下的香火傳承〉等 15 篇。正文前有張良澤〈資料卷導讀〉、鍾鐵民〈走過〉，正文後附錄鍾怡彥〈後記〉。

文學年表

1941 年	1 月	15 日，生於東北滿州國奉天府（今瀋陽）。父親鍾理和，母親鍾台妹。為家中長子。
（昭和 16 年）		
	夏	隨父母遷居北平（今北京）南昌街。
1946 年	3 月	全家離開北平，經天津、上海、基隆抵達高雄，暫住叔叔鍾里志家。
	4 月	父親至屏東縣內埔中學任教，全家搬進學校宿舍。
1947 年	3 月	父親肺疾加重，辭去內埔中學教職，舉家遷回高雄縣美濃鎮尖山祖父所遺的農場定居，住在舊香蕉燻乾廠。
	10 月	父親入臺北松山結核病療養院。與母親、幼弟獨居鄉間。
1948 年	9 月	就讀廣興國民學校。
1949 年	9 月	罹患脊椎結核，脊椎發痛，肩膀歪斜，休學在家療養。
1950 年	春	病情加重，脊椎無法支撐身體，搬至竹頭角外婆家療養。
	10 月	父親出院，與父親一起返家。
1951 年	9 月	復學，插讀廣興國民學校三年級。
	本年	脊椎病痛消除，恢復行走能力，但外形已變成駝背。
1954 年	本年	開始閱讀《國語日報》、《小學生》、《學友》等刊物，喜歡世界名著如《小婦人》，也喜歡閱讀通俗小說《三盜梅花帳》等等。
1955 年	7 月	以第二名的成績畢業於廣興國民學校。
	9 月	就讀縣立美濃中學。
1957 年	2 月	父親至美濃黃騰光代書處，擔任土地代書。

1958 年	7 月	以第 23 名的成績畢業於美濃中學，因為初二時沉迷於武俠小說《董海公與青萍劍》等，功課下滑。
	8 月	投考臺北國立藝專（今臺灣藝術大學）美工科，及旗山中學高級部皆落榜。
	9 月	就讀屏東縣內埔中學新設高級部，並寄居屏東縣萬巒鄉，父親好友李輝文先生家。
	12 月	父親辭去美濃代書處的差事，在家養病。
1959 年	9 月	以第一名的成績，轉學考進旗山中學高級部。寄居美濃的小阿姨家，一個學期後改由家中騎單車通勤。
1960 年	夏	脊椎麻痺，兩腳乏力，再次病倒。
	8 月	4 日，父親鍾理和於修訂中篇小說〈雨〉時肺疾復發，溘然長逝。
	9 月	病情稍癒，改住大阿姨家，與表哥同睡自行車修理店。
	本年	與父親文友林海音、鍾肇政、廖清秀、文心等通信。
1961 年	7 月	旗山中學高級部畢業。
	8 月	大專聯考丙組落榜。
	12 月	21 日，第一篇散文〈蒔田〉發表於《中國晚報》「中國文藝」欄。
1962 年	3 月	1 日，第一篇短篇小說〈四眼和我〉發表於《聯合報》6 版。
	5 月	13 日，短篇小說〈山谷〉發表於《聯合報》6 版。
	6 月	1 日，短篇小說〈小叔子〉發表於《文林》第 1 期。
	8 月	3 日，短篇小說〈帳內人〉發表於《聯合報》8 版。
	9 月	30 日，短篇小說〈新生〉發表於《聯合報》8 版。
	11 月	21～23 日，短篇小說〈阿憨伯〉連載於《聯合報》8 版。
	本年	長期臥病，秋後逐漸痊癒，又得以站立行走。
1963 年	1 月	10 日，短篇小說〈老劉哥與老李哥〉發表於《民間知識》

第 250、251 期合刊。

22 日，短篇小說〈我要回家〉發表於《聯合報》8 版。

2 月　至美濃黃騰光代書處，學習土地代書事務。

3 月　經錢恩佑女士介紹至臺北基督教教會雜誌《中國信徒月刊》工作，並寄居臺北市光復路一段姚紹煌先生與錢女士家。

7 月　10 日，短篇小說〈夜雨〉發表於《民間知識》第 262 期。

9 月　考取臺灣師範大學國文學系夜間部及政治大學中國文學系夜間部。選讀臺灣師範大學，註冊卻未被接納。

10 月　離開姚家，與鍾和光、利英智等共同租賃金華街閣樓。沒有工作。

1964 年　1 月　17 日，短篇小說〈七個銅幣〉發表於《中華日報》8 版。搬入同鄉前輩李添春教授家，白天負責照顧中風的李夫人。生活問題暫時得到解決。

2 月　21 日，短篇小說〈籬笆〉發表於《徵信新聞報》8 版，並因此結識副刊主編畢珍，在創作上獲得畢珍許多幫助。

3 月　24 日，短篇小說〈雄牛與土蜂〉發表於《徵信新聞報》8 版。教育部公文核准，正式入學臺灣師範大學國文學系夜間部。

5 月　短篇小說〈夜路〉發表於《臺灣文藝》第 2 期。

7 月　3 日，中篇小說〈菸田〉發表於《徵信新聞報》14、15 版。短篇小說〈土牆〉獲得臺灣文學獎第一名，發表於《臺灣文藝》第 4 期。

8 月　4 日，於美濃尖山完成電視劇本〈吉星高照〉。

10 月　8 日，短篇小說〈敵與友〉發表於《徵信新聞報》10 版。

〈父親‧我們〉發表於《臺灣文藝》第 5 期「鍾理和追念特集」。

	12 月	5 日,短篇小說〈男人回頭〉發表於《徵信新聞報》8 版。
1965 年	冬	寒假住在桃園龍潭鍾肇政南龍街宿舍,和鍾肇政一齊至龍潭國小寫作。
	1 月	28 日,短篇小說〈分家〉發表於《徵信新聞報》8 版。
	2 月	22 日,短篇小說〈憨阿清〉發表於《徵信新聞報》7 版。
	3 月	1 日,短篇小說〈慘變〉發表於《自由青年》第 33 卷第 5 期。
		25 日,短篇小說〈捉山豬記〉發表於《徵信新聞報》7 版。
	5 月	10 日,短篇小說〈石罅中的小花〉發表於《聯合報》7 版。
		24～25 日,短篇小說〈枷鎖〉連載於《中央日報》6 版。
	7 月	短篇小說〈點菜的日子〉發表於《臺灣文藝》第 8 期。
	8 月	19 日,短篇小說〈送行的人〉發表於《徵信新聞報》7 版。
		27 日,短篇小說〈山路〉發表於《中央日報》6 版。
	9 月	1 日,短篇小說〈阿祺的半日〉發表於《皇冠雜誌》第 139 期。
		脊椎發炎,雙腳開始麻痺,休學返鄉。
	10 月	23 日,於高雄接受手術治療,經過數月修養,脊椎結核終得痊癒。
		第一本短篇小說集《石罅中的小花》由臺北幼獅文化公司出版。
1966 年	4 月	10 日,〈點菜的日子〉獲第一屆臺灣文學獎佳作。
	7 月	1 日,短篇小說〈鎮道〉發表於《幼獅文藝》第 151 期。

	9 月	復學。寄居臺北羅斯福路二段姚紹煌先生公館。
	10 月	21 日，短篇小說〈朽木〉發表於《徵信新聞報》6 版。
	11 月	1 日，短篇小說〈山路〉獲全國青年學藝大競賽小說組佳作，發表於《幼獅文藝》第 155 期。
		21 日，短篇小說〈墾荒者〉發表於《中央日報》6 版。
1967 年	1 月	10～11 日，短篇小說〈過程〉連載於《臺灣日報》8 版。
	3 月	16 日，短篇小說〈門外豔陽〉發表於《自由青年》第 37 卷第 6 期。
	4 月	短篇小說〈竹叢下的人家〉發表於《臺灣文藝》第 15 期。
	6 月	6 日，短篇小說〈殺狗記〉發表於《徵信新聞報》9 版。
	7 月	短篇小說〈夜〉發表於《純文學》第 7 期。
	12 月	短篇小說〈尋春〉發表於《小說創作》第 43 期。
		短篇小說〈送〉發表於《青溪》第 6 期。
1968 年	2 月	8 日，短篇小說〈風雨夜〉發表於《徵信新聞報》9 版。
	4 月	24 日，短篇小說〈返鄉記〉發表於《徵信新聞報》10 版。
	5 月	短篇小說集《菸田》由中山文藝基金獎助、臺北大江出版社出版。
	7 月	短篇小說〈夜獵〉發表於《臺灣文藝》第 20 期。
	11 月	至《純文學》雜誌社擔任校對的工作。
1969 年	1 月	8～9 日，短篇小說〈黃昏〉連載於《中國時報》10 版。
		中篇小說〈谷地〉發表於《幼獅文藝》第 181 期。
	6 月	1 日，短篇小說〈烏蜂〉發表於《青溪》第 24 期。
		短篇小說〈霧幕〉發表於《純文學》第 30 期。
		短篇小說〈小店〉發表於《中華文化復興月刊》第 15 期。
		畢業於臺灣師範大學國文學系。

	7 月	20 日，吳濁流文學獎基金會甫成立，擔任管理委員。
		短篇小說〈清明〉發表於《臺灣文藝》第 24 期。
	9 月	返鄉，於高雄旗美高中擔任國文教師。
1970 年	1 月	〈一點淺見〉（第一屆吳濁流文學獎評語）發表於《臺灣文藝》第 26 期。
	6 月	〈我敬愛的鍾肇政老師〉發表於《純文學》第 42 期。
	10 月	短篇小說〈夜歸人〉發表於《臺灣文藝》第 29 期。
	本年	擔任第一屆吳濁流文學獎評審。
1971 年	1 月	〈評後淺談〉（第二屆吳濁流文學獎評語）發表於《臺灣文藝》第 30 期。
	10 月	短篇小說〈老友〉發表於《臺灣文藝》第 33 期。
	本年	擔任第二屆吳濁流文學獎評審。
1972 年	1 月	〈推薦〈徬徨少年時〉〉（第三屆吳濁流文學獎評語）發表於《臺灣文藝》第 34 期。
	6 月	長篇小說《雨後》由南投臺灣省新聞處出版。
	本年	擔任第三屆吳濁流文學獎評審。
1973 年	1 月	〈淺論江上〈有一個死〉〉（第四屆吳濁流文學獎評語）發表於《臺灣文藝》第 38 期。
	10 月	短篇小說〈靜海波濤〉發表於《臺灣文藝》第 41 期。
	本年	擔任第四屆吳濁流文學獎評審。
1974 年	春	與郭明琴結婚。
	1 月	〈一點淺見〉（第五屆吳濁流文學獎評語）發表於《臺灣文藝》第 42 期。
	本年	擔任第五屆吳濁流文學獎評審。
1975 年	2 月	15 日，長女鍾雨靖出生。
1976 年	1 月	〈評選雜言〉（第七屆吳濁流文學獎評語）發表於《臺灣文藝》第 50 期。

	11 月	2 日，次女鍾怡彥出生。
	本年	擔任第七屆吳濁流文學獎評審。
1977 年	3 月	〈我看鍾理和小說中的人物〉發表於《臺灣文藝》第 54 期。
	6 月	〈我看〈獵女犯〉及〈小黑〉〉（第八屆吳濁流文學獎評語）發表於《臺灣文藝》第 55 期。
	10 月	短篇小說〈河鯉〉發表於《臺灣文藝》第 56 期。
	本年	擔任第八屆吳濁流文學獎評審。
1978 年	1 月	〈李喬印象記〉發表於《臺灣文藝》第 57 期。
	本年	〈河鯉〉獲得第九屆吳濁流文學獎佳作。
1979 年	4 月	24～25 日，短篇小說〈余忠雄的春天〉連載於《民眾日報》12 版。
	9 月	30 日，〈我的願望〉發表於《自立晚報》10 版「鍾理和紀念專輯」。
	12 月	4～6 日，短篇小說〈田園之夏〉連載於《自立晚報》10 版。
1980 年	6 月	1 日，〈《原鄉人》及其他〉發表於《聯合報》8 版。
	7 月	28 日，〈養豬戶何去何從？〉發表於《聯合報》8 版。
	8 月	〈鍾理和先生年譜後記〉發表於《臺灣文藝》第 68 期。
	10 月	短篇小說集《余忠雄的春天》由臺北東大圖書公司出版。
	11 月	3 日，三女鍾舜文出生。
1981 年	8 月	1 日，〈鍾理和紀念館設計人李登華舉行首次個展〉發表於《臺灣日報》8 版。
	9 月	15 日，〈親切〉發表於《聯合報》8 版。
	10 月	30～31 日，短篇小說〈洪流〉連載於《聯合報》8 版。
	11 月	28 日，〈清晨溪邊浣衣忙〉以筆名「笠夫」發表於《聯合報》12 版。

1982 年	2 月	次女鍾怡彥罹患白血病。
	4 月	短篇小說〈約克夏的黃昏〉發表於《文學界》第 2 期。
	5 月	8 日,〈我的母親〉發表於《臺灣時報》12 版。
	8 月	7 日,〈我的父親及「鍾理和紀念館」〉發表於《臺灣時報》12 版。
	9 月	12 日,〈美濃的印象〉發表於《臺灣時報》12 版。
	10 月	〈洪醒夫與他的小說〉發表於《文學界》第 4 期。
	本年	〈約克夏的黃昏〉獲第二屆洪醒夫小說獎。
1983 年	1 月	29 日,鍾鐵民作品討論會於苗栗舉行,出席者有鄭清文、李喬、彭瑞金等。
		〈來自美濃的李登華〉發表於《臺灣文藝》第 80 期。
	2 月	12 日,〈盡棉力‧了心願——「鍾理和紀念館」待上層樓〉發表於《中國時報》8 版。
		17 日,〈豬言豬語〉發表於《臺灣時報》8 版。
	4 月	短篇小說〈大姨〉發表於《文學界》第 6 期。
	8 月	4 日,〈期待一個文學殿堂的誕生——紀念先父去世廿三周年,兼及「鍾理和紀念館」落成〉發表於《中國時報》8 版。
		7 日,鍾理和紀念館落成啟用典禮。
	9 月	兒童文學《月光下的小鎮——美濃》由臺中臺灣省教育廳出版。
1984 年	2 月	12 日,〈大姨〉獲第 15 屆吳濁流文學獎正獎。
	3 月	19～20 日,短篇小說〈女人與甘蔗〉連載於《臺灣時報》12 版。
		〈得獎感言〉發表於《臺灣文藝》第 87 期。
	5 月	《魯冰花》前的愛情〉發表於《臺灣文藝》第 88 期。
	9 月	〈月光山下‧美濃〉(原〈美濃的印象〉)發表於《世界地

理雜誌》第 5 卷第 1 期。

10 月　〈我的摸索〉發表於《文訊》第 14 期。

1985 年　3 月　〈評後感──吳濁流小說獎評審感言〉發表於《臺灣文藝》第 93 期。

12 月　7 日,〈生命無常〉發表於《民眾日報》8 版。

本年　擔任第 16 屆吳濁流文學獎評審。

1986 年　4 月　3 日,〈斑鳩〉發表於《民生報》8 版。

16 日,〈山豬〉發表於《民生報》8 版。

5 月　10 日,〈母兮鞠我〉發表於《民生報》8 版。

15 日,〈追求善美‧提昇情操〉(《臺灣文藝》發行一百期感言)發表於《臺灣文藝》第 100 期。

7 月　22 日,〈牛〉發表於《臺灣時報》8 版。

1987 年　3 月　6 日,〈那些逝去的日子──悼文心先生〉發表於《民眾日報》11 版。

7 月　14 日,〈青蛙〉發表於《民眾日報》11 版。

8 月　9 日,〈蝸牛〉發表於《民眾日報》11 版。

10 月　25 日,〈土狗與伯勞〉發表於《民眾日報》11 版。

〈少年的作家夢〉發表於《文訊》第 32 期。

12 月　〈客家精神〉發表於《三台雜誌》第 15 期。

1988 年　1 月　9 日,〈父親的關愛〉發表於《聯合報‧副刊》23 版。

2 月　1 日,〈白血病奮戰記〉發表於《臺灣時報》14 版。

16 日,〈大蕃薯〉發表於《民眾日報》8 版。

〈美得農莊──高雄縣境內唯一客家大鎮美濃〉發表於《客家風雲》第 4 期。

1989 年　1 月　18 日,〈蛇〉發表於《自立早報》14 版。

5 月　〈小說評審報告〉發表於《臺灣文藝》第 117 期。

7 月　財團法人鍾理和文教基金會正式成立,擔任基金會董事,

並負責鍾理和紀念館管理事宜。

〈下馬喝水〉發表於《臺灣春秋》第 9 期。

9 月　　13 日，〈大閹雞〉發表於《中國時報・人間副刊》23 版。

本年　　擔任第 20 屆吳濁流文學獎評審。

1990 年　1 月　〈由「鍾理和紀念館」談起〉發表於《六堆風雲》第 12 期。

2 月　　〈小孩子戴大帽子？「鍾理和文教基金會」成立過程及感想〉發表於《客家》第 25 期。

7 月　　應美國「臺灣文學研究會」邀請，與曾貴海共同赴美參加臺灣文學研討會。

在洛杉磯「臺灣文化之夜」演講〈客家文學與客家精神〉。

9 月　　擔任《臺灣文藝》創新號的編輯顧問。

1991 年　2 月　24 日，〈發展客家新文化〉發表於《自立晚報》19 版。

3 月　　〈漫長的路〉發表於《文訊》第 65 期。

擔任高雄縣文化基金會董事。

〈鍾理和筆下的客家女性〉發表於《六堆風雲》第 33 期。

4 月　　14 日，〈掛紙〉發表於《中國時報・人間副刊》27 版。

5 月　　〈臺灣文學的領袖──鍾肇政〉發表於《客家》第 39 期。

10 月　21 日，〈人與蜂〉發表於《中國時報・人間副刊》31 版。

24 日，〈晴耕雨讀美濃人〉發表於《中國時報》22 版。

〈為美濃田園藝廊催生的「產公」──曾文忠〉發表於《六堆風雲》第 29 期。

11 月　12 日，〈強項〉發表於《民眾日報》10 版。

23 日，〈葫蘆巷中的老者〉發表於《臺灣新聞報・西子灣

副刊》14 版。

12 月	3 日，〈由葉石濤〈群鶴之王〉[1]與鍾理和〈阿遠〉看臺灣現代文學〉發表於《臺灣新聞報‧西子灣副刊》14 版。
	15 日，〈鍾理和作品中的人性尊嚴〉發表於《臺灣文藝》第 128 期。
	〈剃頭紀事〉發表於《文學臺灣》第 1 期。
本年	擔任第 22 屆吳濁流文學獎評審。

1992 年
1 月	22 日，〈鹹魚蕃薯飯〉發表於《中國時報‧人間副刊》27 版。
	28 日，〈來訪的人〉發表於《聯合報‧副刊》25 版。
2 月	〈高雄縣文化建設的情形〉發表於《文訊》第 76 期。
3 月	〈鍾理和筆下的客家女性〉發表於《六堆風雲》第 33 期。
6 月	短篇小說〈二伯公傳奇〉發表於《文學臺灣》第 3 期。
8 月	17 日，〈六堆耕讀好風氣〉發表於《中國時報》17 版。
	出席高雄縣政府舉辦「臺灣文學會議暨文學家鍾理和逝世三十二週年紀念會」。
9 月	12 日，〈父親的堅持〉發表於《中國時報》22 版。
	18 日，〈掌聲〉發表於《臺灣新聞報》13 版。
	26 日，〈颱風心情〉發表於《中國時報》22 版。
本年	受邀參與高雄縣的本土化工作，主編中小學鄉土教材「我的家鄉」第一、二冊。
	擔任第 23 屆吳濁流文學獎評審。

1993 年
4 月	〈牛車〉發表於《文學臺灣》第 6 期。
6 月	短篇小說集《約克夏的黃昏》由高雄縣立文化中心出版。
8 月	16 日，〈善門難開——醫院不是救濟院〉發表於《聯合

---

[1] 編按：〈群雞之王〉之誤植。

報》11 版。

10 月　12 日,〈大自然的反撲‧將是人類浩劫〉發表於《聯合報》11 版。

主持高雄縣鄉土教材「我的家鄉」第三冊編務。

11 月　20 日,〈選舉六合彩‧以未來下注‧政治豪賭!〉發表於《聯合報》11 版。

28 日,短篇小說〈阿公的情人〉發表於《民眾日報》24 版。

〈客家團結的力量〉發表於《六堆雜誌》第 40 期。

12 月　13 日,〈便當事件只是小事〉發表於《聯合報》11 版。

短篇小說集《鍾鐵民集》由臺北前衛出版社出版。

本年　擔任第 24 屆吳濁流文學獎評審。

擔任賴和文學獎評審委員。

擔任高雄縣文化基金董事。

配合臺灣省教育廳高級中學人文及社會學科研習活動,舉辦第一屆旗美高中鄉土文學營。

1994 年　2 月　8 日,〈紅包討吉利?表情意?或應酬?〉發表於《聯合報》11 版。

擔任《臺灣文藝》新生版顧問。

3 月　4 日,〈看戲的日子〉發表於《中國時報‧人間副刊》39 版。

4 月　12 日,短篇小說〈阿月〉發表於《臺灣文藝》第 146 期。

16 日,〈自家阿屎自家食〉發表於《中國時報‧人間副刊》33 版。

〈一本影響我很深的書〉發表於《出版界》第 39 期。

擔任美濃愛鄉協進會第一屆理事長,從事社區文化整理重建、生態環保工作,至 1998 年卸任。

5 月　3～4 日，短篇小說〈蘿蔔嫂〉連載於《中國時報・人間周刊》39 版。

28 日，〈文學獎得獎感言〉發表於《自立晚報》19 版。

〈火要人點著〉發表於《客家雜誌》第 48 期。

〈約克夏的黃昏〉獲第三屆賴和文學獎。

9 月　〈「陶壁」公共藝術──朱邦雄創作〉發表於《藝術家》第 232 期。

12 月　14 日，〈笠山下的故事〉發表於《臺灣時報》22 版。

〈父親〉發表於《聯合文學》第 11 卷第 2 期「倒在血泊裡的筆耕者──鍾理和紀念專輯」。

本年　舉辦第二屆全省高級中學鄉土文學營。

1995 年　5 月　舉辦第一屆美濃黃蝶祭。

8 月　舉辦第一屆笠山文藝營。

11 月　17 日，〈我的祖父與笠山農場〉發表於《中央日報》19 版。

本年　配合高雄縣政府母語教學，主編國小母語教材《客家話》。

舉辦第三屆全省高級中學鄉土文學營。

1996 年　1 月　29 日，〈發揮我們退休後的生命意義〉發表於《美濃月光山雜誌》4 版。

〈椰子〉、〈民間的文學家紀念館〉發表於《文學臺灣》第 17 期。

5 月　獲頒第三屆高縣文學獎。

6 月　舉辦第二屆美濃黃蝶祭。

7 月　26 日，〈蕧菜，好吃！〉發表於《中國時報・人間副刊》19 版。

〈懷念張彥勳〉發表於《文學臺灣》第 19 期。

	8 月	舉辦第二屆笠山文藝營。
	10 月	〈水庫的終結‧小鎮之復活〉發表於《六堆風雲》第 65 期。
	11 月	25 日,〈木瓜樹下好歇涼〉發表於《中國時報》19 版。
	本年	舉辦第四屆全省高級中學鄉土文學營。
1997 年	1 月	30 日,〈大舅與牛〉發表於《中國時報‧開卷周報》38 版。
		〈石灰敩路打白行〉發表於《文學臺灣》第 21 期。
		自旗美高中退休。
	3 月	開始為《民生報》寫專欄「山居雜記」,每週一篇。
		3 日,〈早起三朝當一工〉發表於《民生報》30 版。
		10 日,〈森林音樂會〉發表於《民生報》30 版。
		15 日,〈五色鳥〉發表於《臺灣日報》23 版。
		17 日,〈木棉樹〉發表於《民生報》30 版。
		24 日,〈荔枝香〉發表於《民生報》30 版。
		31 日,〈有用與無用〉發表於《民生報》30 版。
	4 月	7 日,〈烏杜子粥〉發表於《民生報》29 版。
		14 日,〈風水〉發表於《民生報》30 版。
		21 日,〈檳榔〉發表於《民生報》30 版。
		28 日,〈燕巢群雀佔〉發表於《民生報》30 版。
		〈走在文學步道上〉、〈鍾理和文學的原鄉〉發表於《拾穗雜誌》第 552 期。
		〈心靈的慰藉——為鍾肇政《臺灣文學兩鍾書》而作〉發表於《文學臺灣》第 22 期。
	5 月	5 日,〈蒔花植草〉發表於《民生報》30 版。
		12 日,〈苦苓樹〉發表於《民生報》32 版。
		19 日,〈清地屑〉發表於《民生報》32 版。

26 日，〈金斑鳩〉發表於《民生報》32 版。

6 月　2 日，〈山豬不吃糠〉發表於《民生報》32 版。

9 日，〈垃圾戰爭〉發表於《民生報》32 版。

13～14 日，〈憶楊國君〉連載於《臺灣新聞報·西子灣副刊》13 版。

16 日，〈花園般的小學〉發表於《民生報》32 版。

23 日，〈黃蝶兮，歸來〉發表於《民生報》32 版。

30 日，〈求人不如求己〉發表於《民生報》32 版。

7 月　7 日，〈義工校長〉發表於《民生報》32 版。

14 日，〈洗面洗耳角〉發表於《民生報》32 版。

21 日，〈飛機草〉發表於《民生報》32 版。

28 日，〈「羌」鴻一瞥〉發表於《民生報》32 版。

舉辦第二屆美濃黃蝶祭。

8 月　開始為《臺灣日報》寫專欄「非臺北觀點」。

4 日，〈遙想先父當年〉發表於《民生報》32 版。

11 日，〈阿炎哥〉發表於《民生報》32 版。

14 日，〈天作孽〉發表於《臺灣日報》27 版。

18 日，〈椰賤傷農〉發表於《民生報》32 版。

25 日，〈「打林」不開溝〉發表於《民生報》32 版。

28 日，〈淚滴禾下土〉發表於《臺灣日報》27 版。

9 月　8 日，〈紅蟳〉發表於《民生報》32 版。

11 日，〈《鍾理和全集》編後〉發表於《臺灣日報》27 版。

15 日，〈V-8 錄影機〉發表於《民生報》32 版。

22 日，〈看月華〉發表於《民生報》32 版。

25 日，〈必也正名乎〉發表於《臺灣日報》27 版。

29 日，〈麵包樹〉發表於《民生報》32 版。

10 月　6 日,〈嚇鳥〉發表於《民生報》32 版。

9 日,〈鎮誌與社區〉發表於《臺灣日報》27 版。

13 日,〈退休歲月〉發表於《民生報》32 版。

20 日,〈運動〉發表於《民生報》32 版。

23 日,〈仿製文化〉發表於《臺灣日報》27 版。

27 日,〈菜季〉發表於《民生報》32 版。

主編《鍾理和全集》,由高雄縣立文化中心出版。

11 月　3 日,〈紅香蕉〉發表於《民生報》32 版。

6 日,〈美麗的花的世界〉發表於《臺灣日報》27 版。

10 日,〈野山峰〉發表於《民生報》32 版。

17 日,〈女兒賊〉發表於《民生報》32 版。

20 日,〈意外〉發表於《臺灣日報》27 版。

24 日,〈共硯緣〉發表於《民生報》32 版。

〈寫我的家鄉〉發表於《源》第 12 期。

12 月　1 日,〈沒嗄吃貓飯〉發表於《民生報》32 版。

4 日,〈懶人無懶土〉發表於《臺灣日報》27 版。

8 日,〈毒蜆〉發表於《民生報》32 版。

15 日,〈冬寒落雨夏寒晴〉發表於《民生報》32 版。

18 日,〈遊唱詩人——山狗大〉發表於《臺灣日報》27 版。

22 日,〈農藥的迷思〉發表於《民生報》32 版。

29 日,〈菜瓜布〉發表於《民生報》32 版。

本年　應六堆文教基金會邀請,擔任《六堆鄉土誌》藝文篇召集人。

舉辦第五屆全省高級中學鄉土文學營。

1998 年　1 月　1 日,〈生命之河〉發表於《臺灣日報》27 版。

5 日,〈暖冬〉發表於《民生報》32 版。

12 日，〈監誓〉發表於《民生報》32 版。

15 日，〈理性的抗爭〉發表於《臺灣日報》27 版。

19 日，〈有女初成〉發表於《民生報》32 版。

26 日，〈入年掛〉發表於《民生報》32 版。

29 日，〈文學教育〉發表於《臺灣日報》27 版。

2 月　2 日，〈火燒門前紙〉發表於《民生報》32 版。

9 日，〈火焰樹〉發表於《民生報》32 版。

12 日，〈木馬的聯想〉發表於《臺灣日報》27 版。

16 日，〈俗務令人煩〉發表於《民生報》32 版。

23 日，〈感動〉發表於《民生報》32 版。

26 日，〈同心自救〉發表於《臺灣日報》27 版。

3 月　2 日，〈冰雹雨〉發表於《民生報》32 版。

9 日，〈四十九日烏暗天〉發表於《民生報》32 版。

12 日，〈阿麟的理想〉發表於《臺灣口報》27 版。

16 日，〈美麗的芳鄰〉發表於《民生報》32 版。

19 日，〈文學步道〉發表於《臺灣日報》27 版。

23 日，〈退冬〉發表於《民生報》32 版。

26 日，〈老吾老〉發表於《臺灣日報》27 版。

30 日，〈美的境界〉發表於《民生報》32 版。

《民生報》專欄「山居雜記」停筆，共發表 60 篇。

4 月　9 日，〈勞動服務〉發表於《臺灣日報》27 版。

23 日，〈這樣的微笑〉發表於《臺灣日報》27 版。

〈文學深情化步道大愛〉發表於《交流》第 38 期。

5 月　7 日，〈懷璧其罪〉發表於《臺灣日報》27 版。

21 日，〈生存的戰爭〉發表於《臺灣日報》27 版。

23 日，反對政府於土質脆弱的美濃峽谷建立水庫，推動成
立「六堆反水庫義勇軍」。

31 日，推動成立「美濃反水庫大聯盟」。

6 月　4 日，〈六堆〉發表於《臺灣日報》27 版。

18 日，〈長才猶未盡〉發表於《臺灣日報》27 版。

7 月　2 日，〈期待你來認識我們的作家〉發表於《臺灣日報》27 版。

《臺灣日報》專欄「非臺北觀點」停筆，共發表 24 篇。

8 月　鍾理和雕像暨臺灣文學步道落成典禮。

舉辦第三屆笠山文學營。

舉辦第四屆美濃黃蝶祭。

9 月　〈鍾理和紀念雕像揭幕感言〉發表於《客家》第 122 期。

11 月　獲臺灣省文化處第一屆特殊優良文化藝術人員創作組小說獎。

12 月　兒童文學《四眼和我》由高雄百盛文化出版公司出版。

本年　舉辦第六屆全省高級中學鄉土文學營。

擔任第一屆鳳邑文學獎評審。

1999 年　4 月　〈臺灣客家人〉發表於《客家發聲》第 9 期。

6 月　舉辦第五屆美濃黃蝶祭。

7 月　應邀至中正預校演講〈小說人物的塑造與描寫刻畫〉。

擔任高雄縣客家事務委員會第一任主任委員。

兒童文學《月光下的小鎮》（原《月光下的小鎮——美濃》）由高雄百盛文化出版公司出版。

8 月　1 日，〈淺談客家文學〉發表於《文化生活》第 2 卷第 6 期。

〈編印「鍾理和全集」〉發表於《客家》第 133 期。

10 月　〈我的父親阿成伯——理和先生〉發表於《漢家雜誌》第 62 期。

2000 年　8 月　21 日，〈比鄰小型焚化爐‧安全堪虞〉發表於《中國時

報》15 版。

舉辦第四屆笠山文學營。

舉辦第六屆美濃黃蝶祭。

10 月　9 日,〈七年慶生有感〉發表於《美濃月光山雜誌》8 版。

　　　　19 日,〈原鄉夜合的芬芳——序曾貴海的客家語詩〉發表
　　　　於《臺灣日報》35 版「理性與感性」專欄;〈鄉村畫家羅
　　　　平景〉發表於《美濃月光山雜誌》5 版。

　　　　27 日,〈所求於己者輕〉發表於《臺灣日報》35 版。

　　　　以鍾理和文教基金會名義,加入訴求關閉美濃焚化爐的美
　　　　濃環保聯盟。

11 月　6 日,〈漩渦〉發表於《臺灣日報》35 版。

　　　　16 日,〈天霸王〉發表於《臺灣日報》35 版。

　　　　26 日,〈多元就是豐富〉發表於《臺灣日報》35 版。

　　　　以鍾理和文教基金會名義,加入南臺灣廢核人遊行。

12 月　6 日,〈生命力〉發表於《臺灣日報》35 版。

　　　　16 日,〈森林中的婚禮〉發表於《臺灣日報》31 版。

　　　　17 日,〈葫蘆巷中的長者——小說家葉石濤〉發表於《聯
　　　　合報‧副刊》37 版。

　　　　26 日,〈山頂上的歌聲〉發表於《臺灣日報》31 版。

　　　　擔任行政院客家事務委員會籌備委員。

本年　擔任美濃扶輪社社長。

　　　　因陳水扁總統宣布任內不興建美濃水庫,使反美濃水庫運
　　　　動暫告一段落。

2001 年　1 月　擔任高雄縣社區大學主任。

　　　　4 月　〈鍾理和的文學生活〉發表於《國文天地》第 191 期。

　　　　6 月　5 日,〈懷念許振江〉發表於《臺灣新聞報》20 版。

　　　　　　　擔任行政院客家委員會委員。

短篇小說集《三伯公傳奇》由臺北桂冠圖書公司出版。

8 月　舉辦第五屆笠山文學營。

《山城棲地》由高雄串門企業公司出版。

9 月　〈美濃的黃蝶祭〉發表於《文化生活》第 25 期。

10 月　《山居散記》由高雄百盛文化出版公司出版。

12 月　23 日,〈莫要折福害子孫〉發表於《臺灣日報》23 版。

本年　擔任第八屆賴和文學獎評審委員。

2002 年

1 月　擔任第三屆國家文化藝術基金會董事。

4 月　長篇小說〈家園〉(第一～三章)發表於《文學臺灣》第 42 期。

5 月　《鄉居手記》由臺北未來書城公司出版。

6 月　擔任彰化臺灣師範大學白沙文學獎評審。

8 月　舉辦第六屆笠山文學營。

10 月　〈日本文學之旅〉、長篇小說〈家園〉(第四～五章)發表於《文學臺灣》第 44 期。

12 月　〈翠綠純樸中的靈魂呼喚——美濃的臺灣文學步道〉發表於《文化視窗》第 46 期。

〈存在,就是價值——農村型社區大學設立之目的與意義〉發表於《社大開學》第 1 期。

本年　擔任行政院院務顧問。

2003 年

4 月　長篇小說〈家園〉(第六章)發表於《文學臺灣》第 46 期。

7 月　29 日,〈大葉菅芒與蘭花〉發表於《自由時報‧副刊》43 版。

8 月　舉辦第七屆笠山文學營。

10 月　31 日,〈從鍾理和紀念館到臺灣文學館——看見了美與善〉發表於《中國時報‧人間副刊》E7 版。

		長篇小說〈家園〉(第七章)發表於《文學臺灣》第 48 期。
	本年	擔任中華電視公司董事。
		擔任國家文化藝術基金會董事。
2004 年	4 月	〈可親風趣的長者〉發表於《文學臺灣》第 50 期「鍾肇政、葉石濤八十大壽祝賀專輯」。
	5 月	〈不識愁滋味〉發表於《文訊》第 223 期。
	7 月	〈父執〉發表於《文學臺灣》第 51 期。
	8 月	舉辦第八屆笠山文學營。
	10 月	17 日,〈我的父親鍾理和〉發表於《自由時報・副刊》47 版。
	本年	擔任高雄縣文化基金會董事。
2005 年	7 月	〈春陽溫熙〉發表於《文訊》第 237 期。
	8 月	舉辦第九屆笠山文學營。
	本年	擔任第五屆鳳邑文學獎長篇小說評審。
2006 年	8 月	舉辦第十屆笠山文學營。
2007 年	6 月	獲頒客家傑出貢獻獎。
	7 月	短篇小說〈阿耀的作業〉發表於《文學臺灣》第 63 期。
	8 月	舉辦第 11 屆笠山文學營。
	本年	擔任臺灣文學獎評審。
		擔任第六屆鳳邑文學獎長篇小說評審。
2008 年	8 月	舉辦第 12 屆笠山文學營。
	10 月	9 日,母親鍾台妹女士逝世。
	11 月	〈父親:鍾理和〉發表於《文訊》第 277 期。
	本年	擔任臺灣文學獎評審。
2009 年	3 月	〈長篇小說金典獎總評〉發表於《臺灣文學館通訊》第 22 期。
	8 月	舉辦第 13 屆笠山文學營。

2010 年	1 月	主編《探訪鍾理和：紀念館暨文學地景》，由高雄笠山書坊出版。
	5 月	於高雄長庚醫院接受脊椎手術，脊椎裝上鈦合金支架。
	7 月	舉辦第 14 屆笠山文學營。
	10 月	獲頒高雄文藝獎。
	本年	擔任第三屆阿公店溪文學獎評審。
2011 年	7 月	舉辦第 15 屆笠山文學營。
		背部突然劇痛。
	8 月	8 日，因心肌梗塞入院。
		22 日，心肺衰竭，病逝於高雄長庚醫院，享壽 71 歲。
2013 年	1 月	鍾怡彥主編「鍾鐵民全集」（共八冊）由高雄市文化局、臺南臺灣文學館、高雄市客家事務委員會出版。
	2 月	鍾怡彥主編《鍾鐵民散文選》、《鍾鐵民小說選》由高雄春暉出版社出版。

參考資料：

・鍾怡彥，〈生平年表〉，《鍾鐵民全集・資料卷》（高雄：高雄市文化局；臺南：臺灣文學館；高雄：高雄市客家事務委員會，2013 年 1 月）。

・鍾鐵民，〈鍾鐵民生平寫作年表〉，《鍾鐵民集》（臺北：前衛出版社，1993 年 12 月）。

・國家圖書館──臺灣博碩士論文知識加值系統網站。最後瀏覽日期：2016 年 6 月 28 日。

http://ndltd.ncl.edu.tw/cgi-bin/gs32/gsweb.cgi/login?o=dwebmge

・鍾理和數位博物館。最後瀏覽日期：2016 年 5 月 15 日。

http://cls.hs.yzu.edu.tw/ZHONGLIHE/

・臺灣客家文學館。最後瀏覽日期：2016 年 5 月 28 日。

http://literature.ihakka.net/hakka/default.htm

輯三◎
研究綜述

守護土地‧見證農村變遷
鍾鐵民研究綜述

◎應鳳凰

一、前言

　　1941 年出生的鍾鐵民寫作生涯起步甚早。父親鍾理和晚年臥病寫稿，咯血去世時（1960 年），19 歲的他還是高中生。雖然父親遺言，交代他必得將全部遺作焚毀，未來也絕不可走上「拖累家人窮苦一輩子」的寫作道路；但作為長子的鍾鐵民終究違背父親遺願，不僅未燒毀手稿，還毅然走上寫作之路。父親去世次年他開始發表作品，第一篇短文〈蒔田〉1961 年刊出後，從此踏上寫作道路，直到 2011 年去世，寫作生涯持續五十年。

　　從〈文學年表〉看得清楚，整個 1960 年代，亦即創作起步最初十年，是他寫作產能最高、成果最豐碩的時期。1965 年出版生平第一部小說集《石罅中的小花》。三年後，1968 年返鄉教書前夕，再推出第二部小說集《菸田》，此書獲中山文藝基金獎助出版。兩書各收入 15 個短篇，題材聚焦南臺灣客家農村人物與生活，奠定他一生「農民寫實文學」的創作風格。

　　若將五十年寫作之「前三十年」（1961～1993）視為鍾鐵民的「小說階段」，那麼他出版長篇小說《雨後》的 1972 年，正好可以當作畫在中間的一道分界線。界線以前即前述「出版兩部短篇集」的最初十年。界線以後，同樣也出版「兩部短篇集」：《余忠雄的春天》（1980 年）與《約克夏的黃昏》（1993 年）。但同樣生產「兩部小說集」，前段在十年內完成；後段兩部卻耗費二十年時間。推測原因，應該是鍾鐵民 1969 年返家鄉美濃教

書之後，大大減少了小說創作量。一來教書生涯忙碌，二來他在笠山下為父親鍾理和創建臺灣第一座民營作家紀念館，過程費心費力，接待訪客參訪硬體軟體，忙碌生活不難想像。

　　影響鍾鐵民一生寫作風格的兩大因素，其一是他的父親鍾理和；其二是客家農村環境。父親作品與訓誨，形成他樸實無華的寫實文風；而長期居住農村接觸農民，則影響他緊扣環境的創作題材。整體而言，被評論家冠以「光復後臺灣文壇第二代作家」的鍾鐵民，五十年文學生涯：寫作、教書、環境保護、推廣在地文學，一生全在南臺灣美濃尖山下度過。小說家一輩子以文字及行動守護家園，從年輕到老，除北上就學未曾離鄉一步。與同輩小說家很不一樣的地方是：相對於「鍾鐵民文學創作」的早早起步，「鍾鐵民文學研究」卻遲遲展開。一直到他寫作二十年後的 1983年，才第一次有雜誌（高雄《文學界》季刊）為他辦了一場小型「作品討論會」並刊出紀錄。這是文壇首次以嚴肅、公開的形式探討其小說作品，關注他占有的文學位置。三位討論者彭瑞金、鄭清文、李喬幾乎是異口同聲地，一開始便提出：「鍾鐵民作品沒有受到應有的重視」。

　　其創作文類以小說為主，兼及散文、兒童文學。除了六部單行本小說、三部散文集，鍾鐵民「文學文本」於小型討論會之後，有兩度規模較大的「作品選集」編輯出版。一次是 1993 年前衛推出「臺灣作家全集」其中一冊的《鍾鐵民集》，另一次是他去世之後，2013 年由鍾怡彥主編，公部門出版的八卷本《鍾鐵民全集》。選集、全集出版相隔二十年，但通過文集編纂，不僅作者年表、評論目錄等資料有彙整的機會；更重要的，還有宏觀或深入的綜論作為附錄或書序。當然，學院裡也有大本研究鍾鐵民的碩士論文，第一本碩論完成於 2001 年，距離小說家出道已四十年。由成功大學歷史學系林瑞明教授指導的首部碩論，年輕研究者取的題目是〈臺灣農村的見證者——鍾鐵民及其小說研究〉，題意雖不離過往評家意見，卻已簡要描繪出鍾鐵民文學在臺灣文壇的位置與輪廓。

二、鍾鐵民文學發展歷程

不可否認，鍾鐵民文學旅程從起步到成熟，深受小說家父親鍾理和的影響。先天上他本就流著，也留著作家父親的血；就後天環境言，他熟悉也認同父親長年伏案的寫作身影。父親生前他常幫著寄稿、取信，也悄悄閱讀好些退回的稿件。內容常令他佩服又感動，而對於父親文稿竟未被接納，更刺激他少年好強的心。他覺得自己即使做不到讓父親得到應得的光榮，至少也要接下他的棒子，「完成他未竟的理想和事業」——這是「少年作家夢」的起源。（見鍾鐵民〈少年的作家夢〉）

有別於一般以「鍾鐵民生平活動」作為文學發展分期依據，此處嘗試以「作品出版時間」作為分期標準，但同樣將創作階段分成三期。第一期自開始寫作至出版長篇小說《雨後》為止，如前述「以 1972 年為分界線」。因此第一期包括數十篇短篇的兩部小說集以及一部長篇。這也是三期中時間最短卻是成果最豐碩的一期。第二期與第三期的劃分，則以 1993 年出版《約克夏的黃昏》為分界點，由於這一年也推出精裝本《鍾鐵民集》，首次有了完整的評論資料整理，以下是三期的起迄時間及各期主要作品：

第一期	1961 ～ 1972 年	出版《石罅中的小花》（1965 年）、《菸田》（1968 年）、《雨後》（1972 年）	10 年出版三書，小說為主
第二期	1973 ～ 1993 年	出版《余忠雄的春天》（1980 年）、《約克夏的黃昏》（1993 年）、《鍾鐵民集》（1993 年）	20 年出版二書，短篇小說為主，小說精選集出版
第三期	1994 ～ 2011 年	出版散文集《山城棲地》（2001 年）、《山居散記》（2001 年）、《鄉居手記》（2002 年）、《三伯公傳奇》（2001 年）	17 年出版四書，散文為主，經營第二部長篇（未完）

　　繼短文〈蒔田〉之後，1962 年第一篇短篇小說〈四眼和我〉在林海音主編的《聯合報》副刊上發表，這年他從旗山高中畢業，準備投考大學。若非懷抱作家夢，從小對文學志業情有獨鍾，不可能如此意志堅定地在短短十年間，創作這麼多小說。難以想像的是，這十年豐碩成果，卻是他在身體病痛下，一邊斷斷續續念大學，一邊脊椎發炎，幾度住院出院，休學復學之間完成的。

　　1960 年鍾理和去世，正在鍾家失去最重要精神支柱的時候，鍾鐵民也病倒，脊椎發炎引起麻痺，兩腳乏力，疼痛到無法行走。但他並未放棄，終能克服萬難進入臺灣師範大學國文學系，在夜間部辛苦工讀，也為寫作之路打下紮實基礎。1965 年是他遭遇最嚴峻的一年，雖然這年得鍾肇政鼓勵支持，由臺北幼獅書店出版第一本小說集《石罅中的小花》，與李喬、鄭清文並列入「臺灣省青年文學叢書」；卻也是這一年，他在鬼門關前走了一回──脊椎再度發炎，雙腿麻痺無法行走，醫生表示若不動手術恐將終身癱瘓。

　　就像父親，年紀輕輕即遭遇一場生死關頭的大手術。鍾理和動大手術跨過鬼門關那年 35 歲，兒子生死大關的手術更比他年輕──推進高雄醫院手術室這年 26 歲。這場重病讓鍾肇政、王鼎鈞等分別在報紙雜誌上呼籲社會「搶救鍾鐵民」，驚動官方救國團伸出援手，民間贊助醫藥費。幸而手術成功，得以完成師大學業，於 1969 年取得文憑，回鄉擔任旗美高中老師。回到美濃任教後並未停筆，1972 年出版長篇小說《雨後》，完成他文學旅程一部重要作品。

　　《雨後》由南投省政府新聞處出版。官方出版機構邀稿時即約定：小說內容主題須呈現臺灣社會進步和光明面。從這角度觀察，看得出《雨後》書名頗能呼應出版宗旨──「雨過天晴」自然是光明的一面。然而熟識鄉土文學，喜愛鍾理和作品的讀者知道：小說家父親臨終咯血修訂的文稿，即是中篇小說〈雨〉。因此它還顯示了「人子鍾鐵民」所表達的「文學承續關係」：書裡書外「後來者」承繼衣缽的心意可說呼之欲出。

　　父子同樣在病痛中堅持寫作，風格上也都帶著堅毅、冷靜、謙遜的特質。值得注意的是：堅持寫實主義傳統，兩人同站在南方飽受摧殘的土地上，一前一後以小說記錄客家農村生活，為身邊弱勢農民發聲，帶著悲天憫人的溫柔胸懷。總結第一期三部小說，題材聚焦客家農村，呈現南臺灣農民生活困境。他出身農家也成長於農家，寫作對象離不開他熟悉的農民與鄉土。相較於第一階段十年，第二階段在時間上拉長了一倍，創作量卻少得多。這與他回到家鄉後教書工作繁忙，加上結婚成家，又在笠山下故居原址創立「鍾理和紀念館」。這是臺灣第一座民營作家紀念館，從無到有，創業維艱。工作與雜務大大分掉他創作的精力與時間。然而第二期出版的兩部小說，顯示鍾鐵民於小說題材的開拓，敘事技巧更加成熟：除了農民主題，身為高中老師，也關注農村青年教育問題，思考城鄉差距下升學就業的未來出路。重要篇章包括 1977 年發表的〈河鯉〉，1978 年的〈秋意〉，及隔年發表、用作書名的〈余忠雄的春天〉。

　　後來同樣用作書名的是短篇〈約克夏的黃昏〉，發表於 1982 年。此篇刊出後同時入選當年度「前衛」及「爾雅」兩家出版社編的年度小說選，並獲得第一屆洪醒夫小說獎，足見藝術性受到各方肯定。小說以一隻約克夏種豬作為第一人稱敘述者，呈現了「我輩」（牽豬哥行業）的盛衰史，也畫出一幅「急速轉變中的農村剪影」（鄭清文語）。第二期另值得一提的是 1983 年《文學界》辦的一場「作品討論會」。雜誌做了「鍾鐵民專輯」：除了刊出新作、討論會發言內容，還編了〈寫作年表〉，以及呂昱的長篇評論。累積二十年創作成果之後，他不只是鄉人學生愛戴的「鍾老師」，同時是占有文壇位置的「小說家鍾鐵民」。有此專輯，方有十年後：1993 年的前衛版《鍾鐵民集》。此書更是「三十年文學歷程」一次總整理，書中除了照片、手稿、林瑞明書序〈紮根泥土掌握人性〉，還編有詳細〈鍾鐵民小說評論引得〉與〈鍾鐵民生平寫作年表〉。

　　第三期自 1994 年至去世的 2011 年。這期沒有小說出版，卻因替報章寫專欄，於 2001 年前後一口氣出了三本散文集，彷彿「新世紀」也是鍾鐵

民文學旅程從小說轉入散文的「文類新世紀」。鍾老師是在 1997 年從旗美高中退休的，每週上課、開會、改作文的教學生涯長達 28 年。然而退休後的生活並非清閒歲月，而是從書房走入社會，守護土地，實際參與環保社運。寫文章只是「坐而言」，而捍衛腳下這塊土地，喚起鄉人重視環境生態，更須進一步「起而行」。政府在 1992 年片面宣布美濃水庫興建計畫，引起美濃在地居民反彈。1994 年 4 月，「美濃愛鄉協進會」成立，長期關心地方農業發展的鍾鐵民，擔起第一屆理事長的重任。1998 年起「反水庫運動」愈加激烈，高潮階段一度號召農民成立「六堆反水庫義勇軍」與「美濃反水庫大聯盟」，鍾老師與美濃鄉民站在一起作了與政府長期抗爭的準備。

對於青年文學教育的推動，更是不遺餘力。他曾在校內辦「鄉土文學營」，向學生介紹、推廣臺灣文學。1994 年以後更擴而大之，舉辦全臺範圍的高中生文學營，希望本土文學能紮根在全臺灣各個角落。也配合高雄縣政府母語教學計畫，編輯《客家話》，作為國小母語教材。即使退休後也沒有停下創作的筆，1997 年起為臺北《民生報》撰寫「山居雜記」專欄，每週一篇。也在臺中《臺灣日報》開闢「非臺北觀點」專欄，除了書寫美濃山居生活，也提供務實意見。第三期的文學創作，最值得注意的是退休後於 1998 年起，以親身參與「反水庫運動」的題材背景，計畫寫一部二十萬字以上的長篇。情節架構以描寫南臺灣農民如何於產業轉型之際，團結一致捍衛家園，抵抗政府興建水庫過程。小說題目，鍾鐵民斟酌再三，取名《家園》。不僅開始執筆，完成部分甚至已在高雄《文學臺灣》季刊上逐期連載。可惜這第二部長篇《家園》終於未能完稿，殘稿編入 2013 年出版的《鍾鐵民全集》。

三、鍾鐵民小說研究觀察

鍾鐵民高中時期開始投稿，大學時代出版第一本小說，說明文學道路起步相當早。值得注意的是，文學道路開步很早，相關評論研究卻比同輩

作家晚；從另一個角度看，可說作品遲遲未受評論家關注。1965 年與他同批在幼獅文化公司出第一本書的作者包括李喬和鄭清文。18 年後《文學界》雜誌為鍾鐵民辦「作品討論會」，受邀參與討論的正是他們，而兩位當時已是文壇知名小說家。1983 年「鍾鐵民作品」第一次公開討論，或說第一次站在聚光燈下的「評論舞臺」——此時距離他出道已二十多年。在此之前正式評論很少見，直到這次「雜誌專輯」邀來呂昱的長篇評論。一般而言，雜誌做專輯、安排作品討論會，多少也在為作家找尋一個「文學史位置」。三位文友或文壇如何討論一位「出道二十年、作品近百萬字」的小說家，又如何看待「作品未受重視」的「鍾鐵民評論現象」？呂昱論文認為長篇《雨後》的完成，代表他「走過創作旅程的第二站」。究竟長篇小說在鍾鐵民文學旅程上有何特殊性？審視已按時間序整理的〈評論資料目錄〉，我們有理由將 1983 年訂為「鍾鐵民研究元年」。新世紀以後「臺灣文學研究」進入國家體制，也進入另一個新的研究階段：學院中有了研究生的相關碩士論文；而學術界對「鍾鐵民文學」有哪些新的研究角度？如何看待鍾鐵民的兒童文學作品及文學觀？關於「遲來且晚熟」的文學研究現象，展望未來，我們可否樂觀地期待一段新的研究前景。

（一）1983 年「作品討論會」及其延伸

　　歸納這場「作品討論會」中三位討論人（鄭、李、彭）的相同觀點：首先，三人皆認同鍾鐵民乃「光復後臺灣文壇第二代作家」，寫作超過二十年，是「相當有成就的作家，卻沒有受到應有的重視」。其次，關於作品特色，皆提及「樸實」的小說風格——執著於農村題材，屬於「傳統寫實主義文學」，為臺灣農村變遷留下珍貴紀錄。但三人對於鍾「未受重視」的原因看法各自不同。彭認為寫作題材局限於農村，予人缺乏使命感的印象。鄭認為作品「太老實」，經驗重於虛構，缺少運用想像力的作品。李喬的看法是作品「不能深挖人性的深層底層的面貌……視野和作品的涵蓋面不夠寬闊」，能加上「一些思想性的，觀念性的東西」會更好。

　　三人討論的另一個重點，是關於鍾鐵民與父親鍾理和的傳承關係，或

說「身前身後的文學影響」。鄭清文認為：鍾鐵民作品未受重視，是因「被他父親鍾理和的光芒掩蓋了」；所以他主張研究者要能夠「離開他父親的影像來談他，比較公平」。換句話說，父親對其寫作的影響，不僅是書寫風格或文字思想上的，名氣太大光芒太強，也是他作品未受注意的因素。此處出現一個有意思的議題：當你在文壇有一個名氣太大的親人時，對於文學事業影響有時可能是負面的。

　　文學家的光芒，名氣大小云云，聽起來很抽象，但在「鍾鐵民研究領域」裡見得到具體的例子。鄭清文提出「鍾理和的光芒」時並非沒有根據；遠行出版八卷本《鍾理和全集》，也是戰後第一套本土作家全集，是在1976年出版。嚴格說來，此書上市後緊接著「鄉土文學論戰」熱鬧開打，鍾理和文學隨之大受討論與注目，也讓更多人認識這位「倒在血泊裡的筆耕者」。換句話說，從1950年代到1970年代末，處於南臺灣兼文壇邊緣的鍾理和一直是默默無聞的。雜誌的三人討論會在1983年，文壇確已存在鍾理和「文學的光芒」，也才有鄭清文的「不平之鳴」。然而在「沒有光芒」或名氣，因而沒有「被掩蓋」問題的1965年，鍾鐵民文學在評家筆下，有著非常鮮明的特性，父子的文學風格也明顯不相同。且看小說家鍾肇政這段評介：

> 鍾理和的文學，一言以蔽之是人間苦的世界：那兒有的是深沉、悲悒、憂鬱、悽慘，甚至還滲著絲絲怨艾。有著這樣的父親，在那窮苦貧困的環境裡長大，自身又不幸半殘，然而鍾鐵民的文學卻不僅沒有一絲一毫的深悒的陰影，反而是充滿光明的，充滿歡笑的，讀鍾鐵民的作品，我們幾乎要懷疑他不是鍾理和的兒子。

　　發表於1965年《公論報》副刊，鍾肇政以〈創造嬉笑歡樂的鍾鐵民〉為題，信手拈來給了作家一個頗有個性的頭銜。鄭清文的說法或許沒錯：讀者評論者如果能「離開他父親的影像來談他，比較公平」。重點是：「離

開某某人的影像來談某某人」，其實與「被談論的作家」無關，而該是評論家拿來「自我警惕」用的。未來評論家們面臨作家之間「影響研究」的時候，的確要謹慎小心，步步為營。

（二）《雨後》代表創作旅程的新階段

呂昱長篇論文首見於 1983 年《文學界》作家專輯，十年後前衛版《鍾鐵民集》再次選入此文，足見其於鍾鐵民評論史上的重要性。有別於前述擔憂農村題材的局限，呂昱認為鍾鐵民早期小說是「童年淒苦生涯的追記」，同時「攝出生命原鄉的精神風貌，展現出生命掙扎中的悲壯與落寞」。文中進一步強調 1972 年長篇小說《雨後》完成，代表鍾鐵民進入另一個主題層次的文學旅程。這也是論文題目「走過創作旅程的第二站」之意義所在。

呂昱提出：作者選擇主角「祁家」作為「過渡社會的農村抽樣」，乃正確掌握臺灣 1970 年代初期農村變貌與價值摩擦。鍾鐵民為自己證明了「不單只能寫寫故事而已，更能將自己對當代社會的觀察和感受化為哲學理念的思辨」，其駕馭文字，質樸而流利。

熟悉鍾理和生平的人知道，他臨終咯血修改的正是中篇小說〈雨〉，原稿上還染著他的斑斑血跡。鍾鐵民不僅小說取名《雨後》，且兩部小說的女主角都叫「雲英」；雖然命運結局不同──「雨前雲英」飲農藥殉情，以悲劇收場；「雨後的雲英」遵父母之命嫁給陳家，樂觀活下來繼續與命運抗爭，終於尋回感情歸屬。呂昱以為小說刻意探討的問題，便是女主角這段戀情，「以及因這段戀情所伴隨而生的心理危機和倫理價值之反省」。強調《雨後》作者是存心對〈雨〉裡的那段悲情「翻案」。

關於鍾鐵民的「子承父志」，呂昱的看法是正面的。認為鍾鐵民得天獨厚地承襲了鍾理和「筆下謙遜，冷靜與堅毅的特質」。鍾鐵民起步階段正好是主流文壇興起「現代主義」，西風橫掃臺灣文化界的時期。幸運地，由於他「血液中貫注的農民性格，以及承自父親文學心靈感召的創作意念，使他具備了先天的免疫力，不致因文學市場的流行風而染患現代主義的熱

病」。因而讚揚小說家「守住了寂寞、守住了貧苦、守住了自己的文學陣地」。此一論點似乎也回答了前文所提，鍾鐵民作品「沒有受到應有重視」的緣由：終究在地緣上、藝術潮流上都離主流文壇太遠。

（三）地方記憶與美濃書寫

學術界每年有不同議題研討會，各大學臺文系所、研究機構如「國立臺灣文學館」，皆定期推出各種「研究學報」。新世紀以降「臺灣文學學術場域」的形成，對於文學理論的運用、相關議題的深化，對單一作家細緻的訪談，文學史料的收集發掘等等，與此前「當代文學」處於邊緣位置，無人問津的情況早已不可同日而語。以鍾鐵民為例，過去雖有評介肯定其小說的農村題材，作品記錄了農村的變遷，或小說場景多設定家鄉美濃。而余昭玟的論文〈美濃農村的庶民記憶──談鍾鐵民的故鄉書寫〉則進一步強調作家的歸屬感，「土地與空間、記憶」的密切關係。

她提到：小說場景皆在美濃，用彩筆記錄美濃「種種人物、故事、形勢、神韻之美」。更重要的，客家農村庶民生活所展現的「空間語境與歷史記憶，形成互文網絡」。作家建構故事場景，織出的故鄉記憶之網，這讓美濃一個「看似狹小的地理空間」，因其細膩精確描繪，不僅有多采多姿的完整樣貌，更因文字所延伸的明喻隱喻，形成「無限的象徵空間」。論文更提醒讀者：「空間是一種符號建構，經由歷史書寫、作者詮釋取得自己的面貌，也被賦予特殊的地理意義」。葉石濤曾經說：「鍾鐵民繼承了鍾理和強烈的地方性格，描畫出農民生活的日常性，不愧是農民文學的開拓者」。土地與作家記憶的關係何在？何以作家「書寫地方」，可以凝聚鄉土文化認同。余昭玟論文既為葉老所提「強烈的地方性格」做了很好的註腳，也通過理論，深化了小說家鍾鐵民「書寫美濃」的文學貢獻。

（四）鍾鐵民與兒童文學

檢視鍾鐵民〈作品目錄及提要〉一欄，除了「散文」「小說」兩個文類之外，還有第三類「兒童文學」。這一類產量不多，外表看來是三部，嚴格說只能算兩部半──原因是 1983 年省政府教育廳出的《月光下的小鎮──

美濃》絕版之後，接著 1999 年百盛版《月光下的小鎮》，只能算「增訂版」。另一本 1998 年出版的《四眼和我》，從書名不難看出，它是一部早年「兒童與少年題材小說」的選集。也因為量不多，過去一直少人注意。新世紀之後，不只臺灣文學「學科化」，新的相關學科也紛紛加入行列，如臺東大學成立「兒童文學研究所」。蔡明原〈文類想像與地誌的塑造——鍾鐵民與兒童文學〉便是 2012 年的研討會論文，而後在該所學報《竹蜻蜓》上發表的。

　　題目看似冷僻，卻對這兩邊：「鍾鐵民研究」與「兒童文學觀念」提出有意義的補充議題。對於前者，讓讀者進一步看到小說家對兒童文學的看法與作法——首先，鍾鐵民認為臺灣兒文書市大多流通像《魯賓遜漂流記》等翻譯類的童書，「土產」創作太少。其次，所謂土產，指的是「具有本土、在地身分的作家，以這塊土地為對象」書寫的作品。以上文句皆引自鍾的書序，作者表達對眼前童書市場的憂心，也解釋自己出版選集《四眼和我》的用意。

　　對於後者，蔡明原論文提出兩個議題供大家進一步思考。其一，「兒童文學」是什麼？簡單也最基本的回答是「適合兒童閱讀的作品」。其二，鍾鐵民對兒童文學的看法如何。回到論文題目：鍾鐵民的「文類想像」——他心目中理想的「兒童文學」該是怎樣的作品？鍾在書序舉了冰心的《寂寞》和夏目漱石《少爺》作例：

> 這些作品透過兒童的眼睛來感受成人的感情和社會行為，最能表達出兒童純真無邪的心靈……這類作品深深吸引著我，當我企圖從事文學創作時，不免也嘗試將童年生活中難忘的感受寫下來。

　　鍾鐵民的「兒童文學定義」，無疑地並不以「是否適合兒童閱讀」為前提，他認為「以兒童為主要角色」或「透過兒童的眼睛」，兒童題材或情節才是主要考量。《四眼和我》一書選入七個短篇，選自早年發表於《聯合

報》、《徵信新聞報》、《臺灣文藝》等報刊的小說。很明顯，原先發表小說時設定的讀者對象是一般大眾，不是專為適宜孩童閱讀而寫的。

　　反過來說，鍾鐵民小說的本土性、地方性，也豐富了臺灣兒童文學創作的風格題材。將鍾鐵民兒童題材小說放進更大範圍的「少兒文學傳統」加以考察，不得不注意到鍾鐵民最常描繪的是：「貧苦農家生活艱困的孩童」、被社會歧視的畸零人。而另一部《月光下的小鎮》以都市小孩李偉中在假期回到朝思暮想的故鄉為情節主軸，漸次展開美濃一地悠遠複雜的人文歷史、景物建築、地方沿革等。論文最後試圖解答上述提問：「成人與兒童的閱讀是不是必然涇渭分明？」答案是：透過「鍾鐵民的創作實踐」可知「兩者之間的分野其實沒有那麼難以跨越」。是的，見證此篇學報論文早先在「研討會」發表時，原題〈跨界書寫與在地生產——以鍾鐵民的少年小說為研究對象〉，參加的是「客家少兒文學研討會」。隔了一年多，到「兒童文學學報」上發表，副標題隨之更改。看來「少年小說與兒童文學」之間也不必然是涇渭分明的，「跨界書寫」原來頗為常見。

（五）鍾鐵民文學研究的新展望

　　既然「臺灣文學研究」進入大學教研是新世紀以後才漸次展開，則學院裡自 2001 年起陸續出現四本鍾鐵民研究碩士論文，從時間上來看似乎沒有「遲遲展開」或「未受學界注意」的情況。但比較其他同輩小說家的研究數量，仍多少看到「鍾鐵民研究」的邊緣性。且不論「質」如何，單從碩論的「量」來看，找年齡最相近的小說家——1940 年出生，只比鍾鐵民大一歲的王禎和，他的「研究生碩論」截至 2013 年止總共 27 本。再比較僅大鍾鐵民兩歲的小說家七等生、王文興兩位，研究碩論也各有十幾本。

　　此處將四本鍾鐵民碩士論文依時間順序，列出各冊的「題目、作者、畢業系所與年分」，可清楚對照各研究生的「所屬院校與完成時間」：

1.臺灣農村的見證者——鍾鐵民及其小說研究／林女程／成功大學歷史學系
　／2001 年

2.鍾鐵民及其小說研究／柳寶俐／高雄師範大學國文學系／2005 年
3.鍾鐵民農民小說作品研究／李惠玉／屏東教育大學文化創意產業學系／
　2014 年
4.鍾鐵民短篇小說詞彙研究／吳聲淼／屏東大學文化創意產業學系／2015
　年

　　正如評家所言：鍾鐵民常年偏處南臺灣美濃鄉間教書寫作，處於文壇邊緣。再看各研究生畢業院校，成功大學、高雄師範大學、屏東教育大學，地緣上都靠近美濃；若按一般認定「臺北」是全臺文學文化及學術中心，則單是學府地緣位置，一樣顯出研究的邊緣性。此外，不知是當時研究資訊不夠暢通，還是系所指導教授不夠嚴格，前面二部碩士論文題目，可說幾乎雷同。嚴格而言，認真的研究生或指導教授一旦發現相同題目已經有人寫出，一般就該主動更換對象，或更改論題，換個研究角度。臺文研究領域裡的「鍾鐵民研究」，竟出現此一「不很學術」的學術現象，只能解釋為：臺灣文學研究剛起步，還在拓荒階段，短時間裡「學術體系」還沒有全然上軌道。其實鍾鐵民雖生活在農村，居住臺灣島嶼邊緣，他的文學以及文學研究卻不必然同樣處在邊緣位置。

　　對於「鍾鐵民研究」前景我們有樂觀的理由，是因為在 2013 年初，由鍾怡彥主編的《鍾鐵民全集》，包括「小說四冊、散文三冊、資料卷一冊」，共八冊完整作品集已隆重出版。收集他一生中已出版成書，以及生前尚未結集的全部作品。特別引人注意的是：其中「未集結作品，計有小說25 篇、散文 196 篇，另有未完稿小說五篇、散文六篇」。「未完稿小說」其中一篇，即是前面提到的，計畫中描寫農民反水庫運動的長篇小說《家園》。按照過去經驗，有時一部完整「作家全集」的出版，正是更嚴謹、深入地研究一位作家的開始，因某些珍貴作家資料此時才正式「出土」。不說太遠的例子，單看 1976 年《鍾理和全集》問世後，方啟動各類研究即是最佳說明。基於這樣的信念，我們有理由樂觀展望：「鍾鐵民文學」在未來研究道路上有更加寬闊、美好的前景。

輯四◎
重要評論文章選刊

我的摸索

◎鍾鐵民

　　初中時代，有一次我把作文簿給父親看，因為我很得意自己有幾篇作文得到高分。父親看完後卻並未如我所願的讚賞我，他只是平靜嚴肅的告訴我說：文章全在一個「誠」字，如果所說不是本意，不是自己真實的感受，寫得再堂皇也不是好文章。我想了很久，以後便試著表達自己的想法，不再著意討好老師，也不再迎合那時代一般人的喜好，於是一直到高中畢業，常常作文都吃個「丙」。

　　我生長在偏僻的農村，自小便沒有機會看書，接觸的人也少，思想貧乏自然是可以想見，不得老師歡心也就沒有什麼奇怪了。偏偏我又喜愛上文學，而且還喜歡塗鴉，真是無可藥救的事情。

　　我總覺得，要成為第一流的作家，必須要有第一等的手眼，豐富的感情，開闊的心胸和敏銳的感受力，此外還必須要有足夠的道德勇氣和全神投注的創作熱情。這全是一流作家不可缺少的條件。憑著創作的熱情，透過作家的手眼所傳達出來的信息必定是真、善和美的。作家在思想上應具有啟發引導的責任。伊尹曾以先知先覺自任，自以有喚起世人的義務，孟子讚美他是聖之任者。一個偉大的文學工作者，必定能比別人更強烈的感受到人世間的苦難和不平，看清人性的美善及醜陋。他能以感性的文字發掘問題，表達自己的感受和理想。藉著他的筆端，創設各種情境，使讀者由感性的滿足中得到知性的理解與認同。如果能從而鼓舞人心，提升人性的美善情操，使人類社會得以更加合理與進步，這更是文學主要的使命。

　　我從許多名著中發覺，世界上許多大文豪都有著博愛的心懷，他們的作品中充滿了各種悲憫與關懷，即使有時筆觸尖銳，提出嚴厲的批判、諷刺或怒責，但原始的動機還是基於人類愛。缺乏這種高尚無私的情操的作品，恐怕就不易有永恆的價值了。所以我以為能表達人性，反映人生的作品是不受地域和時間限制的，它放之四海而皆準，感動古人也同樣感動今人。

　　文學創作本來是一種藝術活動，所以不論作家用何種方式來表現，來傳達他的信息，文學的藝術性都是不容忽視的，作家必須賦給作品以藝術的生命力。如果僅僅把文學當作文學家達成某種目的的工具，利用他化人於無形的力量，完全不顧文字表現的技巧，那麼這種作品必然會粗糙膚淺，甚至流於口號，那還有什麼好看的呢？

　　每一個人生活的環境各不相同，對於周遭事物，有些熟悉，有些卻是生疏隔閡的。我生活在農村，對於全國通盤性的大題目既沒有能力也沒有勇氣去觸及。我只能關心到我生活的這塊小小的土地，以及在這塊土地上與我共同生活的人們。我試著從各方面去了解他們，感受他們的喜樂和哀愁，他們的苦難及希望。關懷他們其實也就是關懷了我自己，生息在這塊土地上，誰不希望這塊土地變得更加美好？作品表現這些人和事，局面固然嫌小，但是人情的悲喜，人性的美醜都是共通的。透過文學的筆觸所表現出來的善美感人內涵，應該不會因為所選擇的地區和人群而不同吧！

　　但帶有地方特色的文學作品無疑會被分類列入鄉土文學。發生在臺灣地區的人和事必然帶著臺灣獨有的地方色彩，稱之為臺灣文學並不為過。臺灣是中國的一個行省，臺灣文學其實也是中國文學的一部分。中國版圖這麼大，自北至南人種這麼複雜，地形景觀氣候的差異如此的明顯，生活在其上的人們，在性格習慣上絕對不可能完全統一，表現感情的文學作品又怎麼能不各顯不同的丰采呢？最古老的《詩經》和《楚辭》，一個代表北方一個代表南方，風格不同，主題各異其趣，但是它們優美感人的內涵則是南北一致的，誰能否認它們是古代中國文學的菁華呢？山東有山東文

學、福建有福建文學、新疆有新疆文學，每一個地區各有自己的生活方式和體認，各有其不同的憂苦與歡樂、理想與希望。文學工作者探索的是人們的心靈、表現的是人性的善惡，這點不分地域，應該給予肯定和支持。總合這許多的作品，才能構成偉大的中國文學。

　　我覺得文學的包容性很大，不論何處何時的作品，都在不停的吸收學習別人的長處，至於取捨間有其自然的法則，外力勉強干涉往往反而扼殺了文學的生命。中國文學的主流究竟在那兒，臺灣文學究竟是不是中國的邊疆文學？我想時間會作最明確的裁斷。

　　先父理和先生以文壇小兵自況，自認為只有搖旗吶喊的份。我自知難以企及先父，更豈敢有什麼文學主張和見解，二十年來我在文學也只是在不停的摸索嘗試。但我始終不忘先父教訓，文學不能虛假，我寫我知我見我真正的感受。同時我相信臺灣鄉土文學即使不足以代表中國文學，至少在現時代中國文學中應占有重要地位。近年來鄉土文學人受攻擊，我亦得十分惶恐，我總是想，文學如果失去了它所依存的根源，離開了它的土地和人民，它要如何生長茁壯，更別談開心結果了。川端康成壓倒日本多少文學大家獲得諾貝爾獎，出乎許多人意料之外，是不是因為他的作品能散發出日本民族獨有的氣息呢？臺灣曾經慘遭割棄，受日本殖民統治五十年，長期的分離固然在思想文化上發展出了臺灣地區比較獨特的意識，但是否臺灣人便因此完全失去了中國人的本質了呢？我個人是深不以為然的。

　　我的母親是一個鄉下農婦，她沒有受過學校教育，她所承襲並反覆要求我們兄妹在做人處世的態度和原則，我發現那是十分純粹的，中國傳統的，也完全符合儒家要求的價值觀。倒是我們後來所接受，來自西方的思想觀念常常與她有出入。就我所知我家鄉一般老農們言語、想法，習慣也都一樣是典型的中國模式。在這種傳統的中國模式陶冶下長大的我們，如何可能摔脫掉原鄉所鎔鑄進我們人格上的原鄉成分？表現到文學上時，不論有多鄉土，就如先父的許多作品，任誰都不會把它視為日本文學或是菲

律賓文學的。

　　文學的功能常常被作家自己看得太重了，一部《三國演義》對中國人心所產生的影響力確實給了作家許多鼓舞。但是在傳播事業發達的今天，文字的宣導力量早就大不如前了。畢竟文學工作是藝術活動，作家們如果把寫作看成是藝術創作，就能更為心安理得了。

——選自《文訊》第 14 期，1984 年 10 月

少年的作家夢

◎鍾鐵民

　　究竟從什麼時候開始憧憬作家生涯，想要開創自己的文學世界，我已完全想不起來了。在南臺灣那麼一個保守偏僻的地方（美濃）長大，除了教科書外連報紙都不容易看到。我又貪玩幼稚，成長遲慢，初中三年級時很多同學在談論女生追求異性了，我卻天天找人騎馬打仗，摸頭相殺。既不關心功課，當然更沒有想到自己的前途方向。但是，即使在這樣的時期，在我內心深處也已隱約產生對文學世界的嚮往了。

　　我七歲那年父親因肺病進病院療養，一住三年多。母親是一個未上過小學的鄉下農婦，她對父親及父親所從事的工作是十分崇敬的。每當我跟弟弟翻開父親的書櫥，碰觸父親的原稿的時候，母親總是又急又氣，很嚴重的警告我們，所以我不久就了解了：「這些是父親的性命」，我們是不准亂碰的。

　　父親從病院返家後，雖保住了生命，卻要長期休養。在我的印象中，他除了靜養，最多就是看看書，偶爾寫寫稿，在父親從事創作工作時，母親是絕不打擾他的。所以，我心中留下了這樣的一個感覺，創作是個偉大值得尊敬的事業。

　　但是父親在創作事業上，卻一直那麼的不得意。我看他坐在庭前木瓜樹蔭下苦苦思考，辛苦的靠著一小塊木板、一張張寫著。我幫他投郵寄稿後又為他收回退稿，然後看他沮喪難過，把舊稿一篇又一篇改了又改，而退稿依舊。直到他去世前兩年，情形才稍有改進，偶然有副刊或雜誌採用

了他的作品，於是他稍稍感到了一個創作者受到肯定的喜悅。這更令我興奮，我覺得父親在從事不朽的事業，讓我嚮往。加上我為父親寄稿收稿之間偷偷閱讀了父親的作品，是那麼的令我感動。偏偏他如此的不被接納，隱隱中也刺激了我少年人好強的心，我覺得應該讓父親得到他應得的光榮，即使做不到，我也要接下他的棒子，完成他未竟的理想和事業。

好像我的父親有預感似的，他一再限制我閱讀文學書籍，除了功課外其他書刊我都只有偷偷欣賞。事實上我喜愛上了文學，父親也是無可奈何的。民國 49 年我高二，暑假中父親去世，在他臨死前仍然憂心我的前途，一方面是我功課不很好，又無一技之長，最主要是我國小時一病駝了背成了殘廢。我自己卻對未來全無概念，總以為船到橋頭自然通，而且居然還信心滿滿呢！

可憐我的父親是那麼的絕望，尤其是我還身為長子。

我還很清楚記得父親臨終前的情景，他每一口氣都要咬緊牙關吸取，他喘得非常厲害。交代了一些後事，他忡忡地問我將來的打算。

「我高中畢業後會先找一個工作。然後我要接過您的工作，我一定要當一個作家。」我這樣告訴他。

「為什麼要當作家呢？」

「可以成名！」我毫無遲疑的回答他。

父親看了我很久，我知道父親寧願我做個技工、商人，甚至農夫，但這時我知道我不能不讓父親明白我的決心，所以我很勇敢堅定的直視父親的眼睛。最後他認命似的嘆了口氣說：

「你如果一定要當作家，請答應我一個要求。你不要結婚。你要吃苦是你自己的事，可是不要拖累了妻子兒女也跟著你吃苦！切切要記住！」

當時我並不了解父親的悲哀以及他對我們母子所感到的愧疚。只覺得將內心的願望表明了，從此可以有一個明確的目標了。

一個鄉下無知高中學生妄想作家夢，真是不知天高地厚。再想想與父親所說的一番豪氣的話，是當時真有這種壯志理想呢？或是只是為了安慰

父親，表示為子女者對他的尊敬和肯定，以繼承衣缽作為對臨死的父親的支持呢？現在我也分不清楚，可能兼而有之，而且以後者的成分高些。而且高三功課又繁重，不管家庭經濟如何，考大學總是最現實必要的追求。寫作只是一個長遠的目標。

父親去世後，由他生前的文友林海音、鍾肇政、文心、廖清秀、陳火泉等諸父執組織了一個出版委員會，為先父出版遺著集《雨》、《笠山農場》，幫助先父完成作品出書的願望。我也因此能真正接觸到學校以外的社會，而且都是我所敬佩的文學前輩。我持續的與他們保持通信連繫，同時也向他們表達了將來想要繼承父業，請求指導的意思。大家未置可否，有些表示文學路途的困難，有些泛泛鼓勵幾句。我想必是我那些字跡拙劣文不達意的書信使他們深深認清了「孺子不可教」。

我並不在意。文學是高遠的理想，我從未想要立刻去嘗試，急著要有作品。民國 50 年聯考失敗，加上脊椎受傷引起雙腿麻痺，行動困難，躺在床上將近一年，天天反反覆覆的把父親留下來的書籍、作品一遍遍閱讀，得到了不少的啟示。動筆的衝動越來越強烈了，看了人家的作品立刻構想自己的故事，一個個故事慢慢越來越完整了。鄉下長大的人，學養見識相當有限，這些故事沒有什麼偉大的主題，但我對農村實際的境況十分了解，農人鄰里們生活中的喜憂悲歡我也十分關懷，我常為他們的單純善良而欣喜，也常為他們的無知自私而憤怒。而且我們自己就耕種幾畝山田，我們全家也依此為生。這是我想從事文學工作的基本經驗。

在我動筆之前，有幾件事情給我的影響很大。小學六年級時負責畫學校壁報，我從《今日世界》雜誌裡描繪下一幅四連漫畫，覺得很有意思。我小時候就聽過青蛙與牛比大，不斷吸氣鼓起肚子，結果爆裂的故事。漫畫中一隻青蛙神氣活現的高舉雙手，上頭有和平兩個字，青蛙腹部有俄國的鐮刀、鐵鎚、國徽。第二三圖中青蛙肚子越來越大，頭上和平兩字也越粗黑，第四圖是青蛙肚皮炸開，和平兩字四飛。我自覺畫得傳神生動，顏色也上得好看，於是獻寶似的先呈給在庭前木瓜樹蔭下看書的父親品賞。

沒想到父親突然變色，把畫紙撕成兩半丟在地下。這是父親罕見的憤怒，我一方面嚇慌了，另方面畫紙是老師給的，我無法交差。尤其讓我難忘的是父親的一句話：

「這些事情你了解嗎？不知道的事畫什麼？」

我想可能是我畫得太好了，才會觸怒父親。又有一次我把一篇得到老師讚賞的作文呈給父親閱讀，我記得是寫某一個慶典中人人歡欣鼓舞，如何的興高采烈的場面。事實上我因為身體有缺陷，從未參加過一切活動。

「你真的看到這種情形嗎？你真這樣感覺到了嗎？」

父親質詢的眼光是嚴厲的，我從而體會到作文不能為了討喜而虛偽、誇張感情，甚至違背本心，寫文章感情一定要真誠，說自己真正的感受和感情，說我自己的話和經驗。可以浪漫不可以自欺以欺人。

民國 51 年 3 月，在父執鍾肇政先生引導及鼓勵下，我的第一個短篇小說〈四眼和我〉在《聯合報》副刊發表，當時聯副是林海音先生主編。父親辛苦半輩子不易達成發表的願望，我一試便得成功，固然這其中應有著照顧故人之子的成分，但已夠使我歡欣若狂了。

一試得售之後，再寫時雖有足夠的熱情，卻始終不能終篇，這時在成大讀書的張良澤兄到美濃來看我們，住了一夜，也看了我那幾篇未竟的作品，然後提出兩點意見：第一是不要在風花雪月中尋找題材，第二是不要著意舖衍故事情節，拖長篇幅。這對我是當頭棒喝。於是我重新檢視幾篇作品，丟的丟改的改，終於一一又能登上聯副版上。而且其中一篇以我自己疾病為題材的〈新生〉讓我認識了臺北的讀者錢女士及她的先生，由他們的安排我得以離開代書館抄抄寫寫的工作，到臺北一家宗教雜誌社任職，再得到機會進大學求學，這個際遇，改變了我一生的命運。

父親留下來的一本《當代創作小說選》，雖然脫落不全，連封面都沒有，卻是我重要的文學教科書。從這裡我體會出取材的方向，那都是社會的，寫實的。讓我沒有多走歧路。

我不是一個聰明的人，生活中接觸面又狹隘，要想完成氣勢龐大的作

品是不可能的，只能在所熟悉的生活中取材，試圖探索人性中共通的美善。我堅信一個偉大的作家一定是心懷人類大愛，他所追求的是一個永遠比現實更完美的理想的世界。對現實的苦難抱著悲憫的情懷，即使對社會黑暗面有著嚴厲的批判，也必出於善意而不是惡毒的恨。所以一個作家應該是一個「好人」。把文學當作生命全部的價值去追求，那是我父親的態度。我也一直把文學當作我一生的事業去努力。不過，父親一生的遭遇所給我的教訓是深刻清楚的。文學工作雖然重要，但是生活問題更重要。在艱難的環境中我完成了學業，謀得一份工作，先安定全家人的生活。我一直這樣認定，工作是我謀生的手段，文學才是我生命的意義。

說起來很可笑，十幾年教學工作下來，雖偶爾有些作品，但為謀餬口的工作竟然占去了我大部分的精神和體力，而且沒有改善的能力。加上「鍾理和紀念館」建造以來，各種雜務加上接待交際，常常使我心焦。但我個人對文學世界的嚮往未減，想放也放不開。忽然憶起先父與鍾肇政先生信中敘說心懷的感嘆：老驥伏櫪，望風嘶鳴。到了這時，我才真正感受到了先父當時的心情呢！

——選自《文訊》第 32 期，1987 年 10 月

《三伯公傳奇》序

◎鍾鐵民

　　我這一生差不多就要在農村度過了。雖然自小想要當一個小說作家，也塗塗寫寫半輩子，而為圖飽足還從事教學工作，以教師身分退休，但感覺中卻一直以農村一分子自居。祖父留給父親的產業不少，傳給我時剩有幾分薄田，早期我確實曾操持耕種，與山妻共同輪番種作水稻、雜糧，不使土地荒蕪，經歷臺灣農業由盛而衰的過程，最後放棄傳統以糧食生產為主的模式，改種經濟作物，將水田變成果園，名為轉作，實乃廢耕，這在經濟考量下，不得不爾，極其無奈。不過在心態上我還是自覺自己是農人，關心著農村一切的變化。事實上學校退休後，我的職業欄登記的就是自耕農。

　　自來臺灣農人便將糧食生產視為神聖的責任。先父鍾理和小說〈菸樓〉中的人物，為農事不顧一切辛勞，以拚命的態度工作著，不僅為謀生活而已，從事農耕生產就是他們生命的意義。也因此他們從不計較所付出的勞力與所獲得的收益是否相對合算。當工商業漸次發展，利潤的追求成為行為的目的以後，年輕一輩的農村青年對農耕的價值有了新的衡量標準，當然不再認同耕種是神聖責任的傳統精神，於是兩代之間看法的差異成為農村嚴重的社會問題，衝突、妥協之間的調適和轉變，正展現了人性的可貴，也充分說明了農業沒落，農業人口凋零所造成的農人心靈上的痛苦。做為農村的一分子，這種人性上的衝突，心靈上的悲苦，感受特別強烈，於是很多社會現象便成為文學的題材。本集中所選的作品，一系列全是臺灣農村中農人的故事，大眾完全疏離的農村人物的生活與感情或許有

趣，但人物故事背景所顯現的問題十分嚴肅，怎麼解決？我也沒有答案。

　　土地是農業生產最重要的部分，是農人生存的保證和依據，有土地就有生產，有生產就能生存。但從 1950 年代土地改革至今短短四十年間，土地和農民之間的依存關係卻有了極大的改變。主要是工商崛起農業沒落，農產品價格長期低迷，農作物生產幾乎不敷成本，所以土地本身的生產價值降低，但在炒作房地產期間，高飆的地價使土地本身成了商品，農民如果願意放棄土地，可以換取鉅額金錢，這個誘惑很難抗拒。問題是農民失去土地後已經不再是農民，心靈上頓失依據，《三伯公傳奇》到底是悲劇或者是喜劇呢？

——選自鍾鐵民《三伯公傳奇》

臺北：桂冠圖書公司，2001 年 6 月

兩代之間

◎鍾鐵民

　　每次碰到被介紹的場合，總是聽到介紹的人很熱切的說：「這是作家鍾理和的兒子鍾鐵民，他也寫文章。」

　　曾經有幾位好友問我，同樣從事寫作，有一個這樣知名的父親，心理上有沒有壓力，是否曾經生氣。其實我早就聽慣了這種介紹，不只不在意，甚至有時還感到洋洋得意呢。在父親含恨以終的時候，我之所以發誓走上文學之路，固然由於我們小喜愛文學，可以沉醉在文學虛幻的世界裡，更主要的原因是心中的一股不平之氣。

　　我從小看父親沉浸在創作的工作裡，那麼全心全意，總是感受到他的工作的神聖性。偏偏我懂事以後，就發現他的努力是那麼徒勞，我偷偷讀過他一部分的作品，每次都感覺到無比的親切和感動，像這樣美好的文學作品，竟然不斷的被當時的文壇拒絕，連連遭到退稿，甚至吐血而死時，他那篇得到當時等於國家文學獎最高榮譽的《笠山農場》，都找不到發表的園地。我不相信父親失敗，所以不信邪的打算撿起他的筆，完成他未竟的事業。現在想想，真是不知天高地厚，完全是出於年輕人的輕狂。如今，我終於有了一位受到肯定的父親了，又有什麼好遺憾的？

　　我是最讓父親掛心的人，調皮貪玩加上脊椎結核的疾病，才九歲就成了駝背的殘廢，但這種不幸並沒有影響我搗蛋好動的習性。我家在山坡上，有樹林有河流，我爬樹游泳的本領一如附近所有的野孩子，除了體力較差外，其他絕不遜色。學校功課並不十分用心，過分貪玩所以不認真學習，幸好有一些小聰明，抓題猜題、推測老師出題心理相當準確，僥倖能

應付大小考試，得到不錯的成績。

這種情形父親是最清楚的，他不只十次的告誡我：「兒子啊，別人從樹上掉下來，最不幸跟你一樣，你再跌下來可怎麼好？想想你要做什麼吧，光耍小聰明會害了你自己，想想你將來要做什麼，你要比別人更認真做學問才對呀！」

我一直把父親這些話當耳邊風，因為那時節我真的不會思考，而「未來」又是好久以後的事情。難怪父親臨終前還憂心忡忡，殷殷探問我將來的打算。我當時高二要升高三，未來有什麼計畫根本不曾用心想過。隨口回答要繼承父親的事業，繼續走文學創作的路子。

這話固然有安慰父親後繼有人的意思，一方面也因為自己根本沒有認真想過前途，完全是初生之犢的勇氣，那裡有了解文學之路是怎麼回事？而我這種回答卻正是父親所最擔心的狀況，是他最不願意我走的路子。

父親去世 37 年了，大概仍在天上關懷著我們、照顧著我們，所以我後來能完成學業，擔任教職，如今竟然又能安然完成工作，退休下來。而父親當年告誡的情景，自己少不更事茫然無知的歲月，還歷歷印在腦海中呢！

──選自鍾鐵民《鄉居手記》
臺北：未來書城公司，2002 年 5 月

創造嬉笑歡樂的鍾鐵民

◎鍾肇政[*]

且先引錄一段文章：

父親說農工商都可以選，學文，他不贊成。我從小就喜愛文學作品，父
親又是寫文章的，我也常常想試試，這是他所最不放心的，許多條件都
在驅著我跟在他後面。臨終前，他還不忘為我操心著。我告訴他我要盡
可能地完成學業，找份小差事後就接過他的遺業 ──寫作。
父親聽完嘆了一口氣，停了一會才問我。
「寫作有什麼好處？」
我當時很稚氣的應了一句：「可以成名。」
他很快就說：「名氣可以當飯吃嗎？」
我答不上來了，我確實不知道我要做什麼好。父親熱切的望著我，嚴肅
的說：
「這是你自己的事，你可以自己決定。你若一定要寫作，答應爸爸一個
條件，你不要結婚。你喜歡吃苦是你自己的事，你沒有權力讓妻女也受
連累跟你吃苦。」

──〈父親‧我們〉

---

[*]小說家、翻譯家、評論家。曾主編《文友通訊》、《臺灣文藝》、《民眾日報‧副刊》等刊物，曾任
臺灣文藝出版社發行人、臺灣筆會會長、臺灣客家公共事務協會創會理事長、臺北市客家文化基
金會董事長，長期致力於推展臺灣文學、客家文化之藝文與公眾事務，領導客家文化傳承及社會
運動，進而催生行政院客家委員會。發表文章時為龍潭國民小學教師，現已退休。

　　這是一段不平常人的不平常事的不平常描述，兩代父子作的面目，由這一小段文章裡可以披露了。不待說明，這兒的父也就是已故作家鍾理和，子就是鍾鐵民。

　　關於鍾理和，這兒是不能──似乎也不必多加介紹的，鍾鐵民呢？「我當時很稚氣地應了一句：可以成名」。他寫作是為了成名嗎？我想那是真實的感覺，並不全如他自己所說，是稚氣的。試想：在一個畢生與貧病搏鬥，作品一篇一篇地被退，終其生碌碌無名，猶能不停地寫，直到吐血而死為止的臨終時的父親面前，他的這個希翼──抑且是盟誓吧，是何等地痛切，何等地有力。父親，你寫了一生都沒有能成名，稿子沒有人要，這麼窮，這麼苦，文學對你太薄情了，文壇對你太殘忍了，我要成名，為的是要替你復仇……在一個二十歲不到的少年鍾鐵民的心胸裡，我想沸騰的一定是這樣的熱血，跳躍的一定是這樣的決心，於是作家鍾鐵民就這樣誕生了。

　　鍾理和的文學，一言以蔽之是人間苦的世界：那兒有的是深沉、悲悒、憂鬱、淒慘，甚至還滲著絲絲怨艾。有著這樣的父親，在那窮苦貧困的環境裡長大，自身又不幸半殘，然而鍾鐵民的文學卻不僅沒有一絲一毫的深悒的陰影，反而是充滿光明的，充滿歡笑的，讀鍾鐵民的作品，我們幾乎要懷疑他不是鍾理和的兒子。但是，這不關緊要，理和的深沉悲悒，鐵民的歡樂嬉笑，都是不容易企及的，而在文學的本質上來說，也都同樣地值得吾人珍貴。

　　他到底怎樣用他的筆尖來製造這種歡樂嬉笑呢？我以為主要是靠那些有點兒傻頭傻腦的人物。且看：〈憨阿清〉裡那個只知拚命做苦工和省幾個點心錢，卻又讓那神氣的當老師的哥哥一個子兒不剩地掏走的憨阿清；〈夏日〉裡那個不高興女兒交男友，到頭來卻又顧慮「時代潮流」的父親阿丁；〈敵與友〉和〈故事〉裡的頑童等。這一類人物在鍾鐵民筆下，幾乎舉不勝舉，而他們不管是成人也好，小孩也好，都有一副傻楞楞的嘴臉，他們點綴在多爭執、多糾紛、多苦悶的世間裡散播無盡的歡樂與嬉笑，或者

化戾氣為祥和，或者勸善懲惡演化出因果報應的大道理。

是的，這個離奇的世間，對鍾鐵民來說是太神奇了，正如他在〈憨阿清〉一篇裡所描寫的，「憨阿清在幾個月間，由一個小小孩忽然長高了，回家一看，一切的一切都變了——變小了，連他頭上的癬疥也不見了，女孩們居然也看見他就羞怯地避開他，再也不敢取笑他了。」鍾鐵民為讀者們一頁頁地展示出來的，就是這麼平凡，但又如此地神奇的世界。

當然，鍾鐵民筆下也出現過憂鬱、死，如〈土牆〉裡的那個患重病的女孩，不過在鍾鐵民的為數不少的作品當中，這是僅有的「例外」。從這篇作品中我們可以發現到，他寫那種悲切悒鬱的境界，仍然出色，仍然動人。

鍾鐵民的文字風格是很值得特別一提的。他很善於運用一種很特殊的口語，這種口語說是我國北方話嗎？有點像，卻又使人覺得不完全是，還夾雜上為數不少的客家語言，而口氣卻不完全是客家的，我們可以說那是鍾鐵民獨創的。在生活環境上，他自然是臺灣的，不過他從國內許多文學作品中吸收到不少屬於民國北方的語法與用詞方法，加以融會貫通，造成一種活躍的、意象鮮明的，並且也是訴諸直覺的文句。加上他又不故做深刻，沒有半點造作成分，因此讀來格外動人。說來這是一種自然的感悟，靈性煥發，令人欽佩，也令人稱羨。

鍾鐵民筆下，到目前為止，尚有一點令人注意的是絕少有女性，也絕少有男女之愛。我說絕少，當然不是說沒有，尤其女人倒不少，但他筆下的女人都只是一個人，並沒有顯著的性別。在〈枷鎖〉與〈石罅中的小花〉兩作中，我們僅有地接觸到女性，在〈枷鎖〉裡的阿蕙曾是「我」的同窗好友，又是「我」哥哥的愛人。因為她的母親是個「半殘」，所以父母不同意哥哥娶她，結果一對戀人給拆散了，阿蕙奉父母之命嫁給一個也是「半殘」的丈夫。在「我」的眼光裡，她美、賢慧、溫馴；如今跟著那大塊頭的傻楞楞的丈夫，生下了幾個子女，卻似乎正浴在幸福當中。〈石罅中的小花〉裡的貞是個養女，「他」對她經常地百般侮罵，把蟻窩塞進她衣

服，把草蛇偷藏在她笠下，也曾把沙泥撒向她眼睛。可是她雖沒有父母，
卻有大量的母愛，常常母親一般地照顧他，然後他走了，她則嫁給別人。

在這兩篇作品裡，女人以女性身分出現了，也微微觸及到愛情，她們
以一種遲滯的忍從，聽受命運的擺布，而男主角對她的愛又是那樣地不露
痕跡，空濛濛地，令人覺得那個〈枷〉作裡的「我」和〈石〉作裡的他，
都是不敢面對現實，只能讓她去忍苦。雖然鍾鐵民也為她們安排了一個
「幸福」的歸宿，卻是有點兒令人不忍的幸福。「文，人也」，這是否就是
鍾鐵民所體認出來人生呢？

上面，我特別提出了〈枷〉、〈石〉兩篇作品中的人物加以簡單的分
析，恰巧這兩篇也是鍾鐵民試圖改變過去作風的嘗試作品。在這一點上
面，這兩篇也可以說是他的到目前為止比較重要的作品了。實在地，鍾鐵
民寫作的歷史還很短，全部作品大概還不到三十萬字，但在近四年之間所
寫，從取材、技巧、文字風格、內涵各方面來看，都有受局限的跡象。對
他而言，推陳出新已到時候了。在這樣的當口，能看到他這樣的作品，縱
然其成敗尚難定論，總是值得他的朋友們、讀者們欣喜的事。

目前，鍾鐵民在師大夜間部國文系就讀，自然也是半工半讀的，有餘
暇便努力地寫作，兩年來產量相當地可觀，深受文壇矚目，近年二十歲上
下的年輕作家輩出，鍾鐵民可以說是其中的佼佼者。由他的過去與現在，
我們很容易地就可以展望一幅屬於他的未來藍圖，以他的勤奮和天資，前
途實在未可限量。讀者們不妨拭目以待之。

——選自《公論報》，1965 年 8 月 8 日，8 版

綠谷深處的鍾鐵民

◎曾寬*

　　美濃有如陶淵明筆下的〈桃花源記〉的聚落，三面環山，一條古老的
荖濃溪奔流而出。所不同的是，此地沒有繽紛的桃花，有的是全省最大的
菸田，三千甲寬闊的菸葉覆蓋的綠色平原。

　　二次大戰末期，美軍攻下菲律賓後，緊接著對臺灣發動佯攻，南臺灣
的居民以為美軍會在佳冬、枋寮一帶登陸，為逃避戰禍，紛紛舉家攜眷逃
入隱蔽的美濃平原。

　　而今，太平洋戰爭的陰影，經過久遠的年代，早已淹沒於人們的記憶
裡。可是人們並沒有忘記現代的桃花源——美濃。不因吸菸思源，也不因它
保留原鄉客家文化，而是此地出現過鄉土文學先驅——鍾理和先生。

　　雖然，鍾理和已作古多年，但後人忘不了他，為他拍攝《原鄉人》的
電影，也為他蓋建紀念館。

　　更重要的是，他的長公子鍾鐵民，勇敢地接下他的寫作棒子。繼續他
未完成的事業。

　　鍾鐵民飲水思源，仍住在鍾理和筆下的尖山——這裡是鍾理和的故居，
也是鍾鐵民的家園，永遠是鍾家代代子孫的家園。

山腰上的家

　　孤舍落日殘霞，輕煙老樹寒鴉，一點飛鴻影下，青山綠水，碧草紅葉
黃花。

---

*作家。發表文章時為屏東民立廣播電臺記者、屏東潮州國中教師，現已退休。

　　站在鍾鐵民老家的庭院，環顧四方，美哉，由不得令人大叫「哈利路亞」。

　　想當年，這裡雖不是蠻荒，也必是蔓草寒煙，舉目不見人煙。鍾理和從北平歸來，在此築屋定居，想必已知此地會是充滿靈氣的地方，會是作家理想的家園。

　　而今，一樣的尖山，一樣的家園，可是，周遭的景色卻早已不同於往昔了。

　　往前看去，隱隱約約，一條黑澤澤的柏油小道逶邐而來，遼闊的菸田，在陽光下閃動，有如微浪。雖不見稠密的農舍，然而，零零落落的菸樓，古樸聳立，點綴於菸田裡，卻充滿和諧、恬靜。

　　附近條條潺湲悠悠的小溪，晝夜淙淙琤琤，不遠之處則是梵宇僧樓，煙靄漫漫，老樹旁尖塔，則是存放鍾理和骸骨的靈塔。

　　再看看已有幾十年歷史的鍾家房舍，不是詩畫家筆下的竹籬茅舍，也不是古色古香的三、四合院式，而是一幢花木掩映的田莊農舍。

　　房舍一側的長形客廳，牆上掛有鍾理和相片，書櫥裡陳列的全是鍾理和父子的作品。這裡是鍾鐵民招待訪客的地方，他會為你沏一壺甘美的好茶，會為你侃侃而談他老爸的故事，也會跟你暢談文學事。

　　山腰的家，是作家的家園，為來訪的文友所羨慕、嚮往呀！

鐵民的一天

　　雲來山更佳，雲去山如畫，我愛山無價，看行踏，雲山也愛咱。

　　天色微明，讀聖賢書的鍾鐵民，守著曾國藩「黎明即起」的格律，早早起床，打掃庭院；然後沿著山腳小徑散步，看雲山、聽鳥囀，然後轉向紀念館走去，開了大門，邊燒茶邊打掃，待燒好大壺開水，方走回老家準備上班。

　　鍾鐵民自師大國文系畢業後，便一直在旗美高中執教，以前是騎機車上班，前幾年，改以轎車代步，由於身材較矮小，以縫紉為業的妻子，設

想周到，為他做了一個厚實的座墊，墊高了座椅，方便了操縱駕駛盤。

不知是旗美高中編課與眾不同，抑是鍾鐵民自願犧牲奉獻，他教了三班國文，比一般國文老師多教了一班。

教三班國文不算累，可是，批改三班作文卻是傷腦筋的事，一班以五十人計，三班的作文簿就是一百五十本，夠多了。

愛好文學的鍾鐵民，批改作文一絲不苟，每天下班總會帶一疊作文簿回來，夜晚跟家人話家常，其他的時間便是批改作文，每篇都修修改改，加了眉批，再給予總評，一篇改到滿意，往往耗時一、二十分鐘。如此一來，他夜夜改作文，改至三更半夜方上床就寢。

星期日是可以不改作文，可是，他又得到另一個地方上班，那就是坐鎮於「鍾理和紀念館」，他一人身兼數職，工友、管理員、招待員及館長等等，不過，頭銜雖多，工作卻不算繁重，因為，不辭千里而來的訪客畢竟不多，話雖然如此，他還是得在此耗個大白天呀！

教書匠的寫作時間多半會利用寒暑假，可是，鍾鐵民生來就是勞碌命，訪客多，外頭的「秀」也多，這些「秀」有的是座談會，有的是應酬，也有不少演講。

鍾台妹女士很疼愛鍾鐵民，每逢愛兒外頭有約，老人家總是不放心，而會派貼身侍衛護送，此人不是別人，乃是鍾鐵民的太太郭明琴。

郭明琴所負的使命只有一項，那就是替老公開車，她膽大心細，技術了得，大都會、高速公路，來去自如，深得婆婆信任。

談到郭明琴，也許有人會對她和鍾鐵民的結合深感興趣。

人們都會以為，自古文人多情，婚姻一定充滿羅曼蒂克，尤其看過《原鄉人》電影的人，更會深信不疑，可是，偏偏鍾鐵民其心如「鐵」，對戀愛這玩意兒興趣缺缺，他和郭明琴的婚姻，完完全全是明媒正娶。

擁有很多關愛

人性善惡很難定論。

有人說，時代越是文明，人心越是冷漠，就如同卡繆的《異鄉人》一樣，冷酷至極。

不過，住在隱蔽尖山的鍾鐵民，卻可為文明世界做見證人——人心皆善，溫情滿人間。

他年輕時，脊椎骨嚴重發炎，無錢動大手術，為已故的總統蔣經國先生知悉，資助送他入陸軍總醫院手術矯治痊癒。

電影名導演李行，不一窩蜂拍有賣座的商業電影，而竟率領一大隊電影人員，前來美濃尖山，拍攝鍾理和的一生。《原鄉人》果如所料，叫好不叫座，但鍾理和的辛酸奮鬥，卻深植人心，受人欽崇。

鍾理和紀念館，由無而有，由一樓蓋至二樓，三百多萬工程費及幾千冊文學書籍，文化界人士及有關單位，或多或少，給予不少助力。

鍾鐵民的次女怡彥罹患白血球過多症時，造訪者都相當關心她的健康，都同心祝福早日痊癒。

鐵民其心不「鐵」，重感情，知道「得之於人太多」，也努力回饋社會。

鍾家只有二分地薄產，由鍾台妹女士從光復前耕耘至今，毫不吝嗇地捐出，供作鍾理和紀念館用地。

紀念館工程費不足，鍾鐵民也把多年來的積蓄，統統捐出。

紀念館雖為其父而建，然該館是屬於社會大眾，是全國第一座作家紀念館，蒐集存藏作家作品，作為後代子子孫孫的文化資產。

也許鍾理和地下有靈，也許是訪客至誠的祝福，也許天公特別庇佑鍾鐵民，次女怡彥已奇蹟似地霍然而癒。

寫作不是死胡同

看過李行導演的《原鄉人》的人，都知道鍾理和是倒在血泊中的苦命作家。

鍾理和從 16 歲起走上寫作的道路，46 歲時為中篇小說〈雨〉修訂

時，肺疾復發，咯血染文稿，與世長辭。他寫了整整三十年，死前卻悲憤地要鐵民燒去他所有的文稿手卷，且要鐵民不要步他的後塵，他以為寫作是一條沒出息的「頭」路，是一條死胡同。

可是，鍾鐵民卻拂逆老爸的叮嚀，不但沒燒去文稿手卷，還執著走老爸走的道路，像薪火相傳一樣，燃得更烈。

寫作是否是一條死胡同？我們姑且慢點下斷語，先看鍾理和寫作情形吧！

《原鄉人》被拍成電影，其文學水準必定不差，可是，它卻是參加亞洲畫報徵文的落選作品。

他 31 歲以前，寫過很多作品，統統未獲發表，直到 31 歲這一年，才在兀平出版第一本創作小說集《夾竹桃》——此為鍾理和唯一獲出版社青睞而出版的書。

31 歲至 39 歲，完成的作品更多，同樣未獲發表，40 歲寫的〈野茫茫〉，發表於《野風》月刊，此為他返臺後第一篇發表的作品。

45 歲起，應是黃金時代，大量作品刊登於《聯合報》、《新生報》等副刊，可是，好景不常，因為，翌年便撒手西歸。

從鍾理和的寫作歷程中，我們可以看出他是生不逢時的悲劇作家，他的寫作於最糟糕的時代——光復前後，文盲多，報紙、雜誌少，有稿無處投，刊登出來又沒有讀者，而所獲的稿費，少之又少。就如刊登於《野風》月刊的〈野茫茫〉，稿費竟然少得不夠車資到高雄去領錢。如此糟糕的寫作環境，難怪鍾理和會悲憤要鐵民別走寫作的道路。

鍾鐵民從小愛看老爸的文稿與所買的小說，長期耳濡目染，早已奠定他寫作的底子，及後，看到老爸的作品屢投屢退，為老爸爭一口氣之心也油然而生。因此，他高中畢業後，便躍躍欲寫，於是他寫信給老爸的好友鍾肇政，表明自己寫作的意願。

他寫給鍾肇政的信很「爛」，爛得鍾肇政大搖其頭，以為他不是寫作的料子。

　　鐵民意志似「鐵」，寫了〈四眼和我〉，投稿於《聯合報》，很幸運，獲得刊登了。不但堅定了他往後的寫作信心，且讓鍾肇政、林海音等前輩重估他的實力。

　　鍾鐵民在師大讀書時，作品便不斷地在《聯合報》副刊露面。返鄉執教於旗美高中以後，作品更多，所發表的大都是短篇小說，結集出版的有《石罅中的小花》、《菸田》、《雨後》、《余忠雄的春天》及《月光下的小鎮》等書，另外，前些年還獲得吳濁流的小說創作獎。

　　從鍾鐵民的寫作歷程來看，可謂一帆風順，比起老爸則是「青出於藍」。他之所以順坦，除了身上流有老爸相同的血液外，最大的原因乃是寫作環境不同——老爸所處的是文化混沌未開時代，而他所處的則是文化大開，別的不談，報紙副刊容納量大，作者一旦成名，不愁沒有園地發表。

鍾鐵民的文學觀

　　前些年電影事業發達時，常有人開玩笑，電影街西門町的商店招牌隨便掉下來，便會砸到一個電影導演，意謂臺北的導演多得不勝其數。

　　國內文化機構似不曾統計過臺灣究竟有多少作家，但可以估計的人數，絕對比導演多上千倍、萬倍，多得作家成了「氾濫」的名詞。

　　很多青年學生，在飽讀古今中外文學作品之際，也想爬爬格子，可是對其「前途」又茫然不知，而不敢全力以赴地走上寫作之路。

　　甚至有不少筆耕多年的作家，驀然回首，覺得浪擲不少生命，到頭來還是前途茫茫，而躊躇是否該寫下去。

　　鍾鐵民以為決定寫作的「前途」，在於作者本身，若能寫出震撼性、永恆性的大文章，必然頗有前途。

　　他說，好文章不是千奇百怪，不是違反人倫，亦不是火辣辣，更不是影射、偏激，雖然這些文章頗能刺激讀者感官，且很有銷路，可是它卻不具永恆性，它會像流行歌曲一樣，隨波逐流，久了自然銷聲匿跡。

　　他所謂的好作品，乃是作品必須具備人性的共同點，亦就是「真善

美」。反映時代也罷，刻畫人性也罷，強調鄉土也罷，都不能離開「真善美」。

人性，古今中外皆同，作品若具有人性的共同點，必能超時空，流傳千古。有如《約翰‧克利斯朵夫》、《戰爭與和平》、《飄》等等，暢銷於全球，歷久不衰。

電影老闆不喜歡拍「叫好不叫座」的影片，因為多拍會關門大吉。那麼，文學作品會如此嗎？鍾鐵民頗不以為然，他以為文學愛好者不同於電影觀眾，尤其，現在國內讀者水準很高，他們絕不會浪費時間去看毫無內涵的作品。

他舉海明威的《老人與海》為例，海明威取材於大海，人物很少，沒有色情，沒有愛情，沒有火爆，故事也不曲折，可謂相當枯燥的作品，可是，它卻擁有很多的讀者，讓人細細咀嚼，感性十足。

當然，好作品付出的代價很大，絕不能「揮筆疾書」、「一瀉千里」，更不能一味地「閉門造車」。他以為一篇作品的完成，必先經過長時間的醞釀，從取材、結構至技巧，均須苦心蒐集、縝密思考，作品一旦完成後，又須再三斟酌修改，直至滿意為止。

鍾鐵民也許歷練多了，要求也高了，近些年來，反而不敢輕率寫作了──他很坦率，他很怕寫作，愈寫越怕，愈覺得寫文章不是簡單事。

寄語

人道主義的作家托爾斯泰，曾因同情農奴的不幸，而自我放逐、虐待，毅然放下寫作工作，去做農奴所做的粗重工作，有如劈柴、挑水、修補鞋子……等等。

後來，屠格涅夫知道托翁在墮落，很生氣地寫了一封長信，罵他不務正業，而要他再握起如椽之筆，為廣大心靈寫作，因為，世人太需要托爾斯泰深厚的愛了。

而今，鍾鐵民很少握筆寫作了，只勤於日夜批改學生作文。

　　雖然，他的文學觀多少影響筆耕，可是，正因他有透澈的文學觀，更需要筆耕，若是不寫，不啻是讀者的損失。

　　在此，我們很希望做鍾鐵民叔輩的鍾肇政先生，不妨拿起籐條狠狠抽打鍾鐵民幾下，令他再握筆寫作！

──選自曾寬著《陽光札記》

屏東：屏東縣立文化中心，1994 年 4 月

文學之怒

◎彭瑞金*

　　有一位朋友打電話來，以非常急迫的口氣要我趕快打開電視，看看電視上出現的是不是我的文友鍾鐵民。果然，電視上出現的，頭綁布條、一臉憤怒的鍾鐵民，是我這相交近三十年的老友都不曾見過的一張臉，難怪我的友人要像發現新大陸一般，立刻通風報信。

　　鍾鐵民是鍾理和的長子，也是他的文學衣缽傳人，但我一向都不喜歡這樣形容這位老友。鐵民的文學之肉，固然是種在父親身上，從小看著父親為文學苦撐苦鬥，實在不甘心讓父親的一生湮沒草萊，是他紹述文學的動機，但是，從青年時代寫到現在滿頭白髮，他的文學其實是自己發展出來的，不是繼承而來。鍾鐵民唯一很像鍾理和的是，人格性情的修為，鍾理和年紀輕輕便病逝，但他四十多歲時，看人生的透澈，宛如修為一世的得道高僧，鍾鐵民一向行事平和，幾十年相處，我從未看到他疾言厲色罵人，這一點，則深得鍾理和真傳。

　　我當然知道老友的性情大變、犧牲色相，上街遊行，率眾陳情抗議，是因「美濃愛鄉協進會」而起，愛鄉是由反對在美濃興建水庫而起，從他出任愛鄉協進會的理事長以來，他面臨非常多不一樣的生命思維的課題。有一位前輩以無限疼惜的口氣要我轉告鐵民：「趕快辭掉那勞什子的理事長吧！身體那麼差，為什麼不留條命好好寫自己的文學呢？」我始終沒有把這句話帶到，因為我了解其間心路歷程的曲折。鍾家父子兩代都是作家，鍾理和給人的感想是，這個社會虧欠他太多，上天對他也不公平，他那麼

*文學評論家。現為靜宜大學臺灣文學系教授暨臺灣研究中心主任。

努力地創作文學，要為人間貢獻他靈魂深處的美好，為什麼卻只得到貧苦與疾病的報償。我知道，鍾鐵民想的卻是，身為作家，自己能做的怎麼這麼少？

坦白說，我也是近幾年才比較深刻體會出楊逵「用鋤頭寫大地」的心情，以前我以為多少是作家懾於現實淫威的遁詞。我認為鍾鐵民放下平和的個性，站出來大聲怒吼，是經過深思熟慮的，也是長期習慣寫作的人，很不容易踏出去的一步。我想這和文學是否式微，是否無力無關，而純粹是文學生命另一種發光的方式，是文學如何落實到人間，和自己生存的土地、人群，怎樣緊密結成一體的問題。文學工作者連自己腳下的土地都不知也不能關心的時候，一切的理想豈不是空談？前行代作家吳新榮是醫生，他從日本東京學成歸國後，在自己的家鄉懸壺行醫，第二年就糾合了地方上的文藝青年成立「青風會」。吳新榮在他負責撰寫的「青風會」創會宣言中說，農民和軍人各以他們手中的工具或武器，建立屬於他們的文化，知識分子則豈能苟且因循行事？「老年期」主張文學也應該確確實實奉行科學程序的吳新榮，是個主張把文學拿到現實世界來實踐的作家。他不但選擇在最貧瘠的土壤上去種植臺灣文化的珍貴花朵——推動鹽分地帶文學，他也多次以地藏王菩薩的「我不入地獄，誰入地獄」的心情，投入選舉，備嚐政治無情的滋味，只為抱得「自己的家鄉自己建設」的理想而已，充分展現為實踐文化理想，不惜一切犧牲的精神。

吳新榮的理想，可能在他有生之年被充分實踐的還很有限，但我們可以說，在那地方磽薄，年輕人口大量外移的鹽分地帶，不僅能喚起同時代的文友，共同開創了「鹽分地帶文學」這朵臺灣文學奇葩，還能蔚為傳統，使鹽分地帶文學、作家生生不息，香火承傳不斷，自有其對家鄉、對國族永恆不朽的貢獻。美濃人自誇是博士之鄉，擁有全臺灣鄉鎮市中密度最高的博士人口，最近還有人站出來，要為這些博士設館紀念，表彰他們的成績，以昭後進之模範，相形於吳新榮等文學前賢風範，這種美濃人就太沒有水準了。美濃人怎麼不去追究這些靠美濃大地的乳汁，靠荖濃溪的

水栽培長大的博士們，曾經為生養他們的美濃做了什麼？他們是不是都在這裡放雞屎而不曾在家鄉生雞蛋呢？尤其是在自己的家鄉快要被水庫淹沒，成為水庫庫底，家鄉有難的時候，那麼多博士，難道竟找不到一個可以登高為自己的家鄉一吼，為自己家鄉的父老，可能還包括這些博士們的父母、叔伯、親友請命的博士子弟？竟然還要我那從小體弱多病、也沒有博士頭銜的老友帶頭拚命？

　　如果這些對自己家鄉一無情感，自私自利，不知感恩，不知回饋的「博士」們，值得建館表揚，還要做為美濃人子弟的表率模範，我只能說，那是美濃之羞，美濃之恥，美濃把「無情無意，沒血沒目屎」當作教育自己子弟的人生信條？這樣的美濃博士再多，對美濃何益？對臺灣何用？對生養他們的大地何用？

　　寫到這裡，我不能不豎起大拇指，肯定我的老友鍾鐵民是真正的文學家，他的大筆寫在養育他的美濃土地上，也寫在臺灣的人地上。這些年來，有人一直覺得可惜，他的作品不夠多，寫得不夠勤，但從沒有人想到逼他寫，大家都知道，文學作品經常是要付出健康的昂貴代價。鐵民站出來為反水庫戰鬥，一開始當然是被動的，因為從事社會運動一定影響創作，但當他決定投入後，就是義無反顧了，保鄉衛民早已是作為臺灣作家生命中不可分割的一部分了，我實在不忍心看到他憤怒的臉孔，但對他的憤怒，心底只有由衷的敬意。

——選自《臺灣日報》，1998 年 9 月 13 日，27 版

繼承與開展
鍾鐵民不向命運低頭

◎莊金國[*]

　　因應高雄縣市合併舉辦的 2010 高雄文藝獎，同年 10 月 24 日在高雄市文化中心至德堂進行頒獎典禮，文學類有兩位得獎人，分別是詩人錦連、小說家鍾鐵民，他倆皆乘坐輪椅出席。錦連因長期洗腎，身體虛弱，鍾鐵民甫於 5 月間動過脊椎手術，當天強打精神上臺，回家後，聽說身心虛脫了一個多禮拜，之前，曾到美濃笠山探望他，猶在二樓寢室休養，2011 年 3 月間再度造訪，他已可從樓梯緩緩走下來，落座後隨即沖泡北部友人送的膨風茶，並且挺起胸膛笑說，這次手術雖經歷生死交關的重重危險，卻也因為脊椎裝上鈦金支架，使身體增高了一寸多。我回以老天給他的任務未了，還有得忙的。同年 7 月，一年一度的笠山文學營，照慣例在鍾理和紀念館開營，那幾天，他忙進忙出，忘卻病體，累出併發症——心肌梗塞，延至 8 月 22 日因心肺衰竭過世，享年 71 歲。

　　結識鐵民兄，緣於 1980 年鍾理和紀念館籌建初期。先前，讀了張良澤編的《鍾理和全集》（共八卷，1976 年遠行初版），得知其家事蹟。全集第八卷書名《鍾理和殘集》，我曾以同名賦詩追念理和先生：

切去七條肋骨者
活像半個人了吧

---

[*]詩人、媒體工作者。

每當嘔出的血絲滲透稿紙

滲入尺長六寸寬木板

只為書桌買不起

差堪用來墊著寫

寫到台妹拖著疲累的身子回家

台妹的左肩胛又是

手掌大一塊新傷的，淤血

這樣的日子終止於

一個颱風夜

理和先生終止於清醒

留下那些血跡斑斑底

　　鍾理和 1915 年出生於屏東高樹的大路關，18 歲跟隨父親鍾鎮榮（又名藩薯）遷居高雄美濃的尖山（另名笠山），實習經營農場，認識了農場女工鍾台妹，隔年雙方戀情傳開，因同姓，不見容於保守的客家農村社會，兩人遂私奔出走，遠赴當時同屬日本殖民地的滿州國奉天（今中國東北瀋陽），長子鍾鐵民 1941 年 1 月 15 日即於此誕生，同年夏天一家三人遷居北平（今北京）。日本戰敗後，1946 年舉家返臺，鍾理和因罹患肺疾，隔年接受手術割去七根肋骨，從此無法繼續在職場工作，靠寫作賺些稿費貼補家用，整個家庭的重擔落在其妻肩上。

　　當鍾理和還在臺北松山療養院時，鍾鐵民也跌倒背部受傷，延誤治療，引起脊椎發痛，造成肩膀歪斜，經醫師診斷為脊椎結核，其後變成駝背，經常氣喘。1960 年 8 月 4 日，鍾理和正在修訂中篇小說〈雨〉，肺疾復發，咯血染稿紙，終告不治，享年 46 歲。遺下妻子和兩個兒子、兩個女兒。鍾鐵民時年 20 歲，就讀旗山高中二年級，抱病協助母親料理喪事，全家陷入舉債度日窘境。儘管父親生前一再勸誡不可步其後塵寫作，隔年，他參加大專聯考雖落榜，仍鼓起勇氣投稿，發表第一篇文章〈蒔田〉。22

歲這一年，連續發表了〈四眼和我〉等十篇，更增進傳承父親文學香火的信心。

葉石濤在〈新文學傳統的繼承者——鍾理和〉文中，指出鍾理和的「故鄉」四連作：〈竹頭庄〉、〈山火〉、〈阿煌叔〉、〈親家與山歌〉及長篇小說《笠山農場》、中篇小說〈雨〉，是「填補向來缺少描寫 1940 年代到 1950 年代臺灣文學的代表性作品」，因為這些小說，描寫戰後農村走向凋零的普世情況，具備寫實主義所講求的細膩、精緻及批判性。再就鍾理和的文學風格，葉石濤看出有一部分已由其子鍾鐵民繼承，但新一代有他們不同的人生遭遇和歷史感覺，鍾鐵民自有其不同造就的文學風格。

迥異鍾理和的慣常寫法，最明顯的是 1982 年 4 月發表於《文學界》第二集的〈約克夏的黃昏〉。鄭清文以這篇小說，最能代表鍾鐵民的氣質和才華。呂昱針對分析說：「從約克夏種豬的引進、繁衍以至於被新種所取代的過程中」，帶引讀者「身歷了農村興替的具體經驗」，而其間文字的凝縮、精鍊，更加深了主角（約克夏）與小說人物生動的印象，讓讀者看見作者在主題與藝術之間同時盡了力。

李喬於 1970 年代所寫的〈我不要〉，其主角是一隻高髻冠的雄雞，葉石濤點出作者「始終透過雄雞的眼光來看慘絕的現實」，他認為最精采的段落是城隍廟前斬雞咒誓那一幕鬧劇，阿涼嫂與尤議員爭論不下的糾葛中，最後遭殃死於刀下的，卻是一對互有情愫的患難雞：高髻冠與黃腳仔。鄭清文因此稱讚作者善於利用觀點的變化，配合以敘述的方法，讓小說裡的主角有時可以脫離人的限制。

鍾鐵民筆下這隻英國來的約兑夏種豬，尚幸遇到對牠有念舊之情的主人，但眼看著各種同伴陸續被載往屠宰場的下場，自己也清楚已近黃昏的未來命運，恐難善終。

身為鍾理和的長子，鍾鐵民於鍾理和紀念館首期工程即將完工前，寫出令人耳目一新、備受好評的〈約克夏的黃昏〉，隨後獲得「洪醒夫小說獎」。接續於 1983 年發表的〈大姨〉，又得到吳濁流文學獎小說正獎的肯定。

〈大姨〉呈現白色恐怖的氣氛，情節描述逼真，這也是 1979 年 12 月 10 日高雄發生美麗島事件後，激發臺灣作家發揮道德勇氣，突破禁忌，取材敏感的政治事件，書寫政治詩、小說的傑出作品之一。

事實上，鍾家也有政治受難者，那就是鍾理和的同父異母兄弟鍾浩東（又名和鳴），曾偕妻蔣碧玉潛往中國投入抗日運動，戰後回臺，發現國民政府派來的接收人員，多數貪婪又腐敗無能，失望之下，閱讀左翼書刊，思想左傾遭檢舉，在擔任基隆中學校長期間被捕後槍決。

鍾浩東的遭遇，讓家族個個戒慎恐懼，尤其肺疾纏身的鍾理和，喜歡搖筆桿，又走寫實路線，怕招來文字獄，因此絕少涉及政治題材。鍾鐵民除了〈大姨〉這一篇之外，在當局未解除戒嚴令之前，盡可能不碰觸政治禁忌。

> 初到大姨家的時候，大姨確曾有如母親般慈愛，那時他的父親剛剛出事被捕，母親憂急自殺，他還處在驟然失去溫馨的家庭和父母的震懼迷離的情緒中，姨丈和大姨全家特別優容他，以及大姨的眼光中那般憐憫的神情並不太能感受到，依稀只感到一種類似做客般的氣氛。等他情緒安定下來，漸漸習慣了新的生活環境以後，大姨就是他所認知的大姨那樣冷漠急躁了。那才是現實生活中的大姨。

這一段攸關大姨情緒轉折的伏筆，對照他出麻疹又染上肺炎，氣息奄奄，伏在大姨削瘦多骨的肩上，聽到她一面走一面惡毒的罵著：「你為什麼不死呢？乾脆死了讓人清心！生害人死害人，你們父子兩個都一樣，害蟲，害物。」以及從小學開始。他就愛讀書，他的成績一直都是最好的。但是對於他在學業上優秀的成績，只有大姨一個人不高興，反而在有人讚美時，當著他的面前表示：「讀那麼多書有什麼用？好好耕田或學樣手藝，最少不會害人害己。」

從以上引述，不難發現多少有鍾浩東事件的後遺跡象。鍾鐵民以「震

懼迷離」形容白色年代頓失父母照顧的孩子的心情，貼切而傳神。

　　1983 年 8 月 7 日，鍾理和紀念館落成啟用，鍾鐵民配合撰寫〈期待一個文學殿堂的誕生〉。這座文學作家紀念館，當初本來計畫要擴大規模，興建臺灣研究院，從事有關臺灣歷史、文化、政治、經濟等學術研究，集合建立臺灣學，後來鑑於難以籌募到鉅額資金，權宜縮小為鍾理和紀念館，建館土地由鍾鐵民家人無償提供。這紀念館總也促使政府十幾年後在臺南設置國家級臺灣文學館。

　　〈大姨〉之後，鍾鐵民的小說就逐漸減產了，直到 1998 年 9 月，他想寫一篇反對興建美濃水庫運動的故事，決定取名《家園》。這部長篇小說動筆後，曾在《文學臺灣》連載，時斷時續，終未完成，主要因為涉身公共事務過多。雖然他早在 1997 年 57 歲時即從旗美高中退休，卻更加忙碌，有時讓他覺得身心不堪負荷。回想到了 23 歲，好不容易考上臺灣師大夜間部國文系，辦理註冊時因外型駝背一度未被接受，幾經陳情，第二年才獲教育部核准。讀入學第二年，在高雄徐外科醫院安排下，至高雄醫學院中和附設醫院進行第一次脊椎手術，徹底清除脊椎結核病灶，使他得以順利完成學業、擔任教職、從事文學創作及參與多項社會運動。他深知自己的身體經不起勞累，常自我調侃能夠活到六十歲，就阿彌陀佛了。

　　成為殘篇的《家園》，其實是鍾鐵民的第二部長篇小說。早在 1972 年，他就完成第一部長篇《雨後》，列為臺灣省政府文藝叢書之四十三。呂昱在〈走過創作旅程的第二站──試論鍾鐵民的小說〉文中，對照《雨後》與鍾理和的最後遺作〈雨〉，發現兩者的不同訴求，在於〈雨〉中人物面對旱災，只能無奈躺著望天，《雨後》人物對風災則能積極防護。透過《雨後》，鍾鐵民對〈雨〉裡那段悲情，不無翻案的意圖。

　　鍾鐵民當中學老師教國文，可以勝任愉快。他是師大國文系出身，在文壇有相當知名度，加上口語清晰，性情溫厚，很有學生緣。他在農村的中學校園，發覺體制教育存在不少問題，教育當局採取一貫的教學模式及管制措施，這對某些個性奔放，不喜受太多約束的學生，容易激起反彈，

使師生處於對立態勢。鍾鐵民運用小說，替這些所謂的問題學生發出不平之鳴。這類作品，以〈秋意〉和〈河鯉〉寫的較為出色。彭瑞金評論〈秋意〉，能夠「一針見血指出教育主體性的嚴重錯置，完全不重視受教學生的需要和意願，對於無意願、不適合升大學的學生，趕鴨子般往升學道上趕，當然就要趕得百病叢生。」至於〈河鯉〉，作者以準備放棄學業，提前找工作賺錢的學生，比喻像從河裡釣到的鯉魚，放入水缸後每常躍出缸外。「明天，或許我該把牠放回河裡吧！我上樓時這樣想著，不過，連自己也不太肯定。」最後如此收尾，顯示管教學生的收與放，難下定論。

鍾鐵民出版的小說集，依序為《石罅中的小花》、《余忠雄的春天》、《約克夏的黃昏》、《三伯公傳奇》和《鍾鐵民集》。他從事文學創作長達半個世紀，雖以小說為主，散文方面亦迭有佳作，收集在《鄉居手記》、《山城棲地》。

以〈五色花和尚〉為例，寫第一次聽到俗稱花和尚的五色鳥咯咯的鳴叫聲，自鍾理和紀念館庭前的羊蹄莢樹傳出，因躲在密葉中，找不到牠的芳蹤。第二次在雙溪上游，耳聞五色鳥叫聲此起彼落，用望遠鏡搜尋，看到一隻五色鳥，停在不遠山坳一棵麻桐樹的細枝上，但只見其輪廓。第三次，驚喜目睹近在眼前──就在庭院下一棵枯死的椰子樹：

> ……牠身子貼緊樹幹……啄木聲清晰可聞。我以為牠在尋找白蟻等小蟲，中午從學校下班回來發現牠還在努力的啄著，半個身子已沒入了牠啄成的圓洞裡，旁邊高壓電線上，赫然還有另外一隻停在那裡，好像在欣賞同伴的工作。
> 「牠在為老婆築巢！」我心中直接這樣的反應。

這樣細緻的描述，呈現栩栩如生的動人畫面。

〈生存的戰爭〉是一篇發人深省的文章。從生活體驗中，領悟「弱肉強食」雖是一般生物界的定律，但為爭取生存的空間，即使面臨強大壓

力、危機四伏，亦不輕易放棄抗爭任憑宰制。鍾鐵民採取夾敘夾議及徵喻的手法，融合知性與感性，賦予深刻的意涵。其中第二、三、四段，別出心裁，寫土蜂獵食蜘蛛，又利用蜘蛛產卵培育後代，不讓蜘蛛早死，等幼蜂出來有蜘蛛可吃。山狗泰（鬃背蜥蜴）則搶奪身懷蜂卵的蜘蛛，土蜂發現後，一路跟著從空中猛撲，一次又一次攻擊山狗泰的頭部，他形容這戰鬥場面，像極了「戰鬥機在轟炸航空母艦」。以此生態現象，反映出美濃人與官方對當地水庫興建與否的拉鋸戰況。

鍾鐵民曾為「黃蝶祭」，寫了一首客語歌詞，卻自嘆缺乏詩人浪漫的細胞。他家的庭院有一叢夜合樹，跟詩人曾貴海談起對夜合花的感想，促使曾貴海寫出一系列的客語詩，第一首即取材夜合，且看最後一段：

> 半夜，老公捏散花瓣
> 放滿妻仔圓身
> 花香體香分毋清
> 屋內屋背
> 夜合
> 花蕊全開

由此可以想見，鍾鐵民當時向曾貴海所說的感想，在真情流露中，或也散發出濃郁的詩情吧。

2011 年 8 月上旬得知鐵民兄病危住院，在高醫加護病房配置人工心肺機「葉克膜」搶救，終告失效拔管。他的一生，少有健康的日子，家人不忍心他臨終前還要痛苦掙扎，寧可讓他早一點上路，告別人間。對於這位我心目中的文學兄長，謹賦詩〈另一個世界〉，感念他的親切與寬容：

> 六十歲以前
> 每一天都是掙來的

六十歲以後
每一天都是撿到的

從小「隱龜」¹多病
有時連呼吸也困難
即款「三寶」²身體
還能怎樣？

你竟跳出來
高喊反水庫
手牽手捍衛
美濃的家園

你在笠山下守護
臺灣第一座作家紀念館
以及第一條文學步道
直到七十一歲最後的

十四天──端賴
「葉克膜」維持生命
回家途中，恍惚
遁入另一個世界

──選自《鹽分地帶文學》第 38 期，2012 年 2 月

---

¹隱龜：臺語比喻駝背。
²三寶：臺語自嘲，愈寶愈差也。

笠山下一道永恆的亮光

◎蔡文章*

壹

我與鐵民兄相識是 1976 年左右，由葉石濤老師介紹。當時他在旗美高中教書，我在梓官國小任職，同是老師話題較多，加上內人是客家人與台妹伯母很談得來，之後便有深一層交往。

鐵民兄除去就讀北師大外，一生中都在美濃笠山下過活，這裡青山綠水、景緻秀麗，仿若世外桃源。當雙溪蝴蝶谷翩翩翩飛時，我是年年造訪，也順便來拜訪他，而就在這時接觸到他父親鍾理和的作品，種下日後筆耕鄉土文學的根基。

我們都熱愛鄉土，對故鄉都有一份深厚的愛意。與他偏愛文學讀本、刊物都有過難忘的記憶。記得 1991 年余陳月瑛當選高雄縣長時，由鐵民兄提議編寫鄉土教材，讓生長在這塊土地的國中小朋友能認識自己的家鄉。我們常利用星期日在紀念館開會、討論、定案編寫方針，兩年下來共出版一套三本《高雄縣──我的家鄉》。而 2007 年由高雄縣政府發行、文學臺灣基金會執行編寫的《高雄縣國民中小學臺灣文學讀本》，這本書的散文選兩冊亦由我倆共同編成，但這與前述的鄉土教材已相距近廿年歲月了。

談及乖違的這廿年歲月，我在補教忙得焦頭爛額，參與文學活動幾乎停擺，只支援過兩屆笠山文學營擔任講師及 1996 年因應《兩岸現代文學名家的第二代》出版（現任政大教授張堂錡主編）。記得我端坐在鐵民兄家

*作家、實踐大學高雄校區應用中文學系客座副教授。

客廳很正式地訪問他，寫下〈笠山下的香火傳承——承繼文學種子與愛鄉情的鍾理和子嗣〉。我知道，這時也是鐵民兄正為守護棲地投入反水庫運動，我常從報章得悉，偶而也會去電關注，並加油打氣；其實這之前他也為紀念館、基金會、社區大學、文學營等忙得不可開交；而我卻沒能幫上一些忙，只在忙中偷閒中去美濃笠山下探視他並閒聊而已。

　　1999 年我從教職退下來，相處的機會多了，但這時他也不得閒，除了當上社區大學主任外，還陸續受邀在三所大學兼課，但我們都會約定相見的時機；尤其 2007 年我在補教的工作也告一段落，之後受聘實踐大學應中系。學校離笠山僅十餘分鐘路程，在他笠山下的家，我常是座中客，泡泡茶、論人生、說文學、談旅遊。我們都深覺歲月不待，旅遊是我倆共同的興趣，我們除了常在國內到處走動外，更期盼至國外多見識；哪裡想到2008 年的巴里島之遊及半年後的北越之旅竟成絕響。

　　與鐵民兄最後五年的相處最頻繁，彼此相知相惜，他事母至孝，一直陪到終老；對妻女疼惜有加，待人處事真摯、誠懇，都是我學習的榜樣。

貳

　　上述總總只是簡略記事我與鐵民兄生前相處的情形。我深深覺得文如其人，要了解一位作家的形貌，欲探討其作品的要義，對於他的家世、思想、品德與平日生活不能不深入了解。

　　有句銘言：「修身、齊家、治國、平天下」頗能說明鐵民兄一生行誼。談到修身，鐵民兄是位極有修養、良善之人，三十餘年相處我不曾聽過他批評任何人或說些重話，總是和氣、真誠待人、幫助人；他又非常好客，生前他笠山下住家常是文友聚會、拜訪場所，雖常讓他應接不暇，但他樂於相處。對朋友有情有義，溫情可感，寫了許多懷念文友的作品，如〈生命無常〉、〈懷念張彥勳〉、〈那些逝世的日子——悼文心先生〉、〈懷念許振江〉、〈生命並未留白——悼邱智祥兄〉、〈永遠的葉老師〉、〈記陳國政兄文〉等等。

　　其次「齊家」，鐵民兄嫂孝敬母親一直陪伴到終老，又非常照顧弟妹，過去常聽台妹伯母稱許。大嫂任勞任怨，把家裡整理得井然有序，幫助鐵民兄完成文學大業，又把女兒教育成功，令人敬佩。在鐵民兄的散文作品裡，寫家人的篇章不少，對女兒的關愛、弟妹的情分，溢於言表。如〈親切〉、〈喜悅〉、〈父親鍾理和〉、〈有女初成〉、〈女兒賊〉、〈母兮鞠我〉、〈父親的堅持〉、〈白血病奮戰記〉等，其中後者寫女兒得到白血病，全家人一同奮鬥對抗病魔的經過。女兒患重病身為父母的焦慮、心慌、不安，不言可喻，常心痛得必入洗手間拭著不停湧出的淚水，透露著為人父母的深情，而且在女兒抗病中還特別關照病友，彼此打氣，讓人印象深刻，也令人感動。

　　至於「治國、平天下」就是「三農」的實踐。我們都知道鐵民兄違反父親鍾理和的臨終叮嚀，走向文學之路，承接、延續父親的文學衣缽與人格思想，但為了順應時代變遷，發展出一套屬於自己的文學實踐之路，更進一步將客家文學深廣地注入文學作品之中。

　　鐵民兄文學反映的是真實化的生活。他曾說，在他腦海中所能想到的，無非是家鄉及身邊的人和事，也深深覺得自己似乎還有某種義務，不得不關心起周邊環境，去面對看到的社會問題與困難。所以他積極負起時代滾輪見證者的角色，寫農民、寫農村，寫老農的心境與困局，關心農村及下一代的未來，以冷靜敏銳的觀察角度，用寫實的手法探討、抒寫，完成了〈河鯉〉、〈余忠雄的春天〉、〈田園之夏〉、〈約克夏的黃昏〉、〈秋意〉、〈洪流〉、〈雨後〉、〈鄉愁〉、〈女人與甘蔗〉、〈竹叢下的人家〉、〈阿月〉、〈三伯公傳奇〉、〈祈福〉等持續數十年的臺灣農村觀察及各階段轉型中，人們的感受與心聲，用文學小說見證了臺灣農村變遷史。

　　記得兩年前我參與《鍾鐵民全集》散文三卷導讀，我細覽鐵民兄書寫有關家鄉及臺灣社會不公不義的主張與見解，用散文體直接論述，如〈農業的輓歌〉、〈美濃的黃蝶祭〉、〈六堆〉、〈養豬戶何去何從〉、〈生

存的戰爭〉、〈仿製文化〉、〈天作孽〉、〈莫要折福害子孫〉、〈水庫的終結與小鎮的復活〉等，都給我深刻的體悟與感受，其中特別是反對政府興建美濃水庫破壞環境的言論，更讓人感受最震撼。

大約在 1993 年左右，政府一再釋放出大高雄將出現民生用水不足，需建水庫因應。水庫選擇在笠山下黃蝶翠谷附近。一開始美濃將建水庫是受歡迎的，因為可以藉機發展觀光產業，繁榮地方，後來發現建水庫是滿足工業用水，為企業家圖利，而黃蝶翠谷土質脆弱，若發生意外，只要二分鐘左右即可將整個美濃沖毀。這時整個美濃客家社區很快地瀰漫著堅強的自救意識，民間力量也主動整合起來，投入反水庫的環保與社區保護運動。這個反水庫運動由愛鄉協進會領導，其成員很多都是參加笠山文學營而重新認識鍾理和、認識自己的家鄉，或返鄉服務關心家鄉事務的成員；鐵民兄毅然決然地挺身而出，成為反水庫的精神領袖。頭綁白布、上臺北請願、街頭遊行，鐵民兄經歷了前所未有的人生體驗，成為臺灣社區保護家園的典範；同時也培育不少優秀的回鄉青年，他儼然成為美濃客家社區的守護者。邁入 21 世紀後，臺灣政權更替，新政府宣布停建。是想今日美濃水庫若興建，2009 年莫拉克風災及隔年九一九風災侵襲，很難想像美濃是否安然無恙。

我一直認為鐵民兄才是真正農民作家或田園作家。他的作品大抵以笠山下為背景，除了寫山居生活種種的體驗與感動外，更關懷臺灣農業的處境，以及捍衛棲地遭受破壞，而不像有許多作家深居山中，以出世的寫作態度，生活在自囿的環境裡；而他是入世地關照故鄉，愛護鄉土，一生如是，展現了他文學家的本色。

參

綜觀鐵民兄「文學的三農」作品，給予我們如下啟示：

一、終生執著文學，為文學奉獻、犧牲的精神，是我輩年輕人的典範。

二、熱愛鄉土，從事臺灣文學創作，始終如一，堅持臺灣文學的主體性，

傳達的是人間的信、望、愛，寫出真善美的作品來感化人心。

三、生活的艱難、病痛的纏身，但不自憐怨懟，秉持著文化悲天憫人的淑世情懷詮釋著人間的希望、溫暖與幸福。

四、一生為致力於鄉土意識，維護公義，作品充滿人道關懷；且充分表現人與土地緊密結合的文學特性，對臺灣文學的傳承與發展，值得肯定。

　　總之，鐵民兄的文學創作具有土地、人民與社會關懷的三農書寫，擅長抒寫農民生活、探討所有農業的面向，著意於鄉土之愛，生動刻畫當代人的心靈與生活，作品充滿愛，即便一生中遭受波折苦難，但字裡行間只有悲憫、寬恕的偉大同情心，讓人感受感動；也影響著你我，他是笠山下一道永恆的亮光，永遠照耀著人間大地。

——選自《臺灣文學館通訊》第 45 期，2014 年 12 月

一九九九年七月九日笠山下 訪鍾鐵民

◎林女程*

問：鍾老師在文章中，為何常用兒童的視角從事寫作？

答：有時候創作是很奇怪的，在創作之前，並沒有什麼確定的想法，而是在題材形成之後，才慢慢考慮這樣的題材要如何呈現。基本上，我心靈上的童年期特別長，況且我民國 59 年開始創作時，正在鄉下的高中讀書，接觸的人、事、物很有限，如果我用成人的視角來寫作，會比較不深入。至於用兒童的視角，雖然比較淺短，但很銳利，而且還可以因為童趣而把文章渲染的較有趣。況且當時這些作品發表時，確實也得到不錯的回響。

問：一般而言，評論者都認為〈約克夏的黃昏〉是你創作風格的一大扭轉，你自己覺得呢？

答：其實一剛開始寫〈約克夏的黃昏〉時，我是抱著開玩笑的心態的。有一次我去旗山釣魚，看到一個種豬場上面的招牌就是寫著「中國第一強」。後來我聽說因為警察的干涉，場主只好把「中國」塗掉，只剩「第一強」，其實「第一強」亦是種豬的一個品種。當時我去釣魚時，此話題便成為大家開玩笑的話題，卻也引發我寫作的動機。這篇文章一開始其實要寫的是豬的問題，但我突然想到之前的文章都是以人為主題，若能把動物「擬人化」，以豬的眼光來看人的世界，必定很特殊。但我動筆後卻一直無法完成，因為我一直覺得太荒唐，而且

*成功大學歷史學系碩士。發表文章時為成功大學歷史研究所碩士生，現為高雄新莊高中教師。

以我當老師的身分，以種豬為題材來寫作似乎有點敏感，再加上當時臺灣人稱外省人為豬，為避免不必要的麻煩，所以也就停筆了。直到一、兩年後，我剛好又翻起來看，而彭瑞金又催稿催得厲害，於是我便把有關農村轉變的議題加進去，而完成此篇文章。

臺灣的畜牧業隨著農村的轉變，面臨很大的衝擊。在過程中，農民吃了大虧是無庸置疑的。其實還有「汙染」的問題，我並沒有在文章提到。在早期小規模畜養的時代裡，並不會有豬糞汙染的問題，因為豬糞是最天然的肥料。但在大規模畜養的時代裡，豬糞便無法完全消耗掉，而形成汙染源。現在我常在思考如何再造農村的生機，例如把夥房重新整修，以吸引城市人來度假。我想這是身為一個作家，應該關懷的。

問：宋澤萊、林雙不等人，亦寫了不少以農村為主題的文章，但批判性較強，鍾老師對此有何看法？

答：文學不是那麼直接的東西，既然它是一種文藝創作，「藝」本身就是美的，因此文學不能脫離美學的範疇，否則直接寫論文就好了，何必再寫小說。換言之，若只把文學當作工具，那文學本身的生命便失去了。

如果你問我，我父親對我在文學創作上，最大的影響是什麼？我想就是他讓我體會了文學是平實的，從平實的文句中，體會作者所要表達的想法，這才是文學的真正精神。所以我很欣賞鄭清文的小說。鄭清文的小說從來就是淡淡的，但讀起來就是有味道，而且一樣兼具社會性。其實從另一個角度來看，在社會進步的過程中，也需要像宋澤萊等人的小說，以凸顯社會的不合理，所以批判性強的小說，也有其存在的意義。

問：鍾老師從很年輕就開始創作，但作品卻異常地冷靜、客觀，請問一位20、30歲的年輕人，怎會寫出全無火氣的作品？

答：應該跟性格有關吧！說我「冷靜」是太抬舉我了，應該說我「冷漠」

才是，或許「遲鈍」更能形容我的特質。有一次我與黃春明經過總統府前面，恰好遇到學生因為蔣中正生日，而被學校安排來遊行，每個學生在太陽底下，都汗流浹背。於是黃春明在旁邊就一直跺腳，直說「虐待！虐待！」而我雖然也感受到遊行的不合理性，但我反應遲鈍，只是冷冷看而已，這是性格上的差異。

問：一位作者在創作時，如何在主、客觀中，尋求平衡？

答：文學當然不能避免主觀，但文學就是文學，作者還是要盡量保持客觀。所以我在創作時，會盡量避免放太多的自我在小說中。

問：鍾老師以教育為主題的小說，亦頗受好評，請問你的教育理念是什麼？

答：事實上，我覺得我很缺少道德勇氣。我從事教職那麼多年以來，一直覺得臺灣教育在扼殺年輕人的心，真正是扭曲的教育，而推動這扭曲教育的劊子手就是老師。這些老師當中，有許多是我的好朋友、同事，但他們的作風真不是我可以接受的。尤其是升學至上的老師，我很不能苟同。但是我在創作關於教育問題的文章時，常有莫大的心理壓力，因為我怕得罪人。而且深一層想，這樣偏差的教育環境，也不全然是他們所造成的，況且他們希望孩子考上大學而注入的精神力量是我所不能及的，雖然他們的用心在我看來是錯誤的。這亦是我那麼恨聯考的原因，因為它扭曲了是非。我父親在我人格上最大的要求，就是「誠實」。但今天的教育體系裡，卻充滿了不誠實，例如當督學來視察時，學校一定要求學生要說沒有補習、用測驗卷，但哪一間學校沒有呢？處在這樣的教育環境下，我真的充滿「無力感」，所以我只寫了幾篇相關的小說就不寫了，面對的問題太多，我真的很無奈。

問：鍾老師創作量的顛峰期大約在 1960～1970 年，可否談一談？

答：教育系列的小說是因為鍾肇政在編民眾副刊，他規定我一個月至少要交一篇，我只好照做。彭瑞金在編《文學界》與《文學臺灣》時，也向我邀稿，所以我就會寫。但我真正主動參與，且較用心創作的時期

是我在念大學的時候,所以 1960～1970 年是我創作的顛峰期。

問:可否談談當老師後,創作量遽減的原因?

答:我從事教育工作以後,無法全心全意放在創作上,除了時間割裂的很厲害外,我的嗜好又很廣泛。所以我只能寫散文,因為散文要耗費的精神比較少。另一方面,我覺得作家的生活經驗真的很重要,當時除了教書,跟社會並沒有什麼接觸,生活閱歷與視野都受到限制。沒有了創作靈感的來源,根本寫不出來。

問:為何鍾老師覺得寫散文對你而言,是一種傷害?

答:總覺得寫小說的人,去寫散文是很逃避的事。後來彭瑞金跟我講沒關係啦!把農村生活用散文呈現出來,其實也蠻好的。其實我剛開始寫散文時,真的很慚愧!

問:鍾老師除了農村與教育兩個主題外,其他主題為何很少涉獵?

答:我覺得我要寫的話,就要寫我比較關懷和熟悉的事。我在教育界這麼多年,將來若有時間讓我寫,教育可能會是我的主題。不過教育問題一直在變,已經不存在的問題,再談也就沒什麼意義了。農村問題亦然,我住在農村,自己也曾種田,周遭的鄰居、朋友大部分亦是農民,在心態上,我就是農民,所以寫農村、農民,是極自然的。很多人也許認為我創作的視野過於狹小,但我覺得從小地方著手並非就不宏觀。從一粒砂可以看整個世界,農村問題也是整個臺灣的問題。

問:鍾老師的作品最後都予人一絲希望,關於此點,您的創作理念是什麼?

答:我總覺得一個人要活下去總要有期待,如果明天比今天更差,那真的無法活下去了。或許是自我麻醉吧!以我自己的經驗而言,我一生所承受的苦難非常多,有時甚至想一死了之。但到最後我發現沒什麼過不了的事情,日子總是過的下去,而且不見得比過去更悲苦。因此我從事創作時,若把這種悲苦、絕望放進去,這便是一種反教育,這一點我相當堅持,絕不反教育。事實上,從事文學創作的人,都應有一

種使命感，讓社會更完美，不合理的事情減少。

問：鍾老師的小說，對人性、心理的掌握很精準，請問您如何去揣摩和掌握？

答：我只是設身處地去想而已。但現實的經驗對我當然也有幫助。例如我有幾位朋友的父親是贅婿，我自己的外祖父也是贅婿，透過別人的談論與自己的觀察，自然會比較了解狀況。但也是「想當然爾」罷了！

問：您是否在創作時，試圖要擺脫鍾理和先生的影子？

答：我創作的時候，根本沒想到我父親。所以有人問我身為一個名人之後，有沒有什麼心理上的壓力？老實說，我一點都沒有感受到我父親加諸給我的壓力。如果說有影響的話，他的影響力應該在於他要求我做人處事要「真」的態度，而這亦成為我性格、生活，甚至創作的一部分。到目前為止，我一直相當我行我素，任何事只要不違背我認為合理的範圍，我都會去做。若在其中我有所顧慮，只是因為可能我這樣做會對某些人造成傷害。寫小說也是一樣，我選擇我認為適合的題材去創作，不管別人如何批評我。到目前為止，我對別人的批評完全不在意，我做任何事，只要不違背我認為合理的範圍，我都會去做，例如反美濃水庫運動。當然我也是用這種態度從事文學創作。

問：可否談談〈竹叢下的人家〉、《雨後》，和鍾理和先生〈阿煌叔〉、〈雨〉的比較？

答：〈竹叢下的人家〉與〈阿煌叔〉的主角，事實上是同一個人。他們就住在我家下面，而他們的小孩自小就是我的玩伴，所以我寫〈竹叢下的人家〉時，是從小孩的觀點出發，而我父親則以大人的角度來寫〈阿煌叔〉。當然選擇與我父親相似的題材是不好的，應該避免。

至於〈雨〉和《雨後》則完全沒關係。我不是一個感觸性很敏銳的人，命名對我來講是很難的事。很多作品寫好後，都沒題目，到最後便胡亂命名。《雨後》的「後」，原本是「后」字，後來臺灣省新聞處印刷時，就把「后」改為「後」。取名為《雨後》，只是認為是

「雨過天晴」的意思而已。

問：談一談〈大姨〉？

答：在〈大姨〉中，大姨對呂永正說的話，就是我外婆對我說的話。當時我患脊椎結核，而父親住在松山療養院，為醫治方便，於是住在外婆家。外婆可能覺得父親與我拖累了母親，所以對我的態度並不好。

問：您曾說過《當代創作小說選》對您影響很大，為什麼？

答：當時讀《當代創作小說選》時，崇拜的要死，但以現在的思想來看，則覺得這些作家的觀點太偏頗了。因為有些現象是大環境的潮流，無法避免，我們只能在這變遷的過程中，探討執政者應負的責任，而非抵抗潮流。現在再回頭去看我以前的小說，自己都覺得好笑，覺得自己當時很淺薄。我以前的作品都不標日期，但現在我就會習慣標上日期，因為它代表了我當時的思想與立場。一個人的思想不可能都不變，沒有變化就沒有進步。

問：您認為有必要去界定「客家文學」嗎？

答：我一再強調沒有客家文學，這是不可能的。我比較重視的是客語的失傳。現在我們所能做的，大概只能在文學中，把客語的語法和用語融入情節中，以保存一點客家文化。現在用客語創作最有可能的便是詩了，例如曾貴海所寫的客語詩，我就很欣賞。

問：文學既然是您一生追求的志業，但現在您因反水庫而沒有時間創作，你的想法如何？

答：這也是沒有辦法的事，葉石濤便向我說：你活到現在已不容易了，趁你活著時趕快寫吧！但我目前已在寫一本關於反水庫運動的小說《家園》。

問：有人說，您的父親遮蔽了你在文學上的光芒，您自己覺得呢？

答：事實上，我真的比不上我父親，我父親對文學的堅持是我做不到的。

問：您的《雨後》是否有想為鍾理和的〈雨〉，那個悲劇性的結局翻案？

答：完全沒有。我想《雨後》想凸顯的是人與人之間合理的相處模式。所

謂最好的價值觀，並不一定是約定俗成的觀念。其實一個人想要追求的，並不一定是實際得到什麼，做自己該做的事，讓自己覺得這樣做最有價值，才是最重要的。《雨後》中的祁雙發追公猴，就是要強調此種觀念。

問：在您的生命歷程中，您覺得最難過的關卡是什麼？

答：在我進入師大念書之後，我原本以為生活就此會比較平順，交了女朋友，也找到可以謀生的工作，這對一個殘障者而言，是充滿希望的。但我在 1965 年又病倒了，而且臺大醫生跟我說，你不會走路是正常，會走路是奇蹟。中心診所的醫生則認為除了手術，毫無機會。但我怎麼有錢做手術，所以當時只好休學回家，那時是真的絕望了。這是我生命最黯淡的時期，因為已把一切希望都拋棄了。那時我休學回南部，心想我從此不可能再從這裡走出去了，一切都沒了。但如果還有一點支撐的力量，那就是跟父親一樣，一輩子半身癱瘓，在家從事文學工作，我想只有這條路了。我回家後，又看了美濃的醫生，醫生連藥都不開給我，只跟我說：你有很好的腦筋，一定會有你可以走的路。其實醫生已很明顯地告訴我，我不可能再站起來走路了。

問：您的小說為什麼傾向社會關懷？

答：我想別人讀我的小說，至少要有一些收穫，如心靈上的滿足與快樂，或是得到一些啟示。其實我看到社會上的許多問題，雖然我沒有能力解決，但透過小說中的文字，將問題呈現出來，讓大眾重視問題，進而去思考、解決問題。我想這是我寫小說的目的之一。

問：為何您的小說中的主角，大都是一些社會邊緣人？

答：你把他們定義為邊緣人也可以，但事實上他們是大多數人，只不過很少人在乎他們的喜、怒、哀、樂。從事小說創作時，當然要從平凡人中，取樣比較特別的，也比較需要關懷的對象為題材。

問：「山火」真的在美濃出現過嗎？

答：確實有的，尤其在光復前後幾年最為嚴重。當時我伯父整山的荔枝園

都被燒掉了。其實我覺得那不是神的力量，是人類的自我懲罰。

問：反水庫運動是否是您小說中，關懷社會的延伸？

答：當然是。在我念小學、初中時，我父親訂的《今日世界》雜誌，其中常會有中共倒行逆施的報導，受這些內容影響，我開始有興趣去關懷政府對人民的政策是否合理。當時也會找父親討論這方面的事，但因為年紀小，父親大都不理我們。但父親有時在跟鄰居、親戚談論社會問題時，我便會站在旁邊聽，雖然覺得這些問題好像離我很遠，但心中總覺得這些問題應該是很重要，層次很高的。父親去世後，我讀他所遺留下來的《當代創作小說選》時，看到 1930 年代的作家控訴、批判社會不公平、不合理的部分，這也影響了我去關心社會問題。

在我的一生當中，受到許多朋友的協助，沒有這些力量，就沒有今天的我，所以我現在做任何事，但求心安理得而已，並不貪求什麼。在我過去的生命中，我失去很多東西，但也獲得很多東西，所以我相信「能量不滅定律」，只要付出，便有收穫，但這種收穫可能並不是你所期待的，也不是一些實質的東西，而是一種無形的能量，你不斷釋出能量，你就會不斷回收能量。現在我只是把別人曾經釋放給我的能量，再釋放出去而已。例如我參加扶輪社時，別人都質疑我為何要參加？如林海音就是。事實上，在經濟上，我確實沒有能力參加，但我覺得社團可以把大家的力量集中起來，達成個人無法完成的事，於是我參加了。事實上，扶輪社也真的發揮了它的作用，例如反水庫運動就是由扶輪社開頭的。我想這是我回報社會的方式，我能做的，我盡量做，有時別人會勸我身體不好，不要做了。但想一想，我不做，誰來做呢？

問：如果今天美濃水庫還是建了，您覺得您的努力值得嗎？

答：我很得意的是，反水庫運動讓許許多多原來只關心自己的鄉親，現在會去關心整個地區的事務。當然還是有很多人認為我阻礙了地方繁榮，但我一點都不在意，畢竟大多數的人還是心懷感激的。所以不管

到最後美濃水庫是否興建，我都覺得這幾年的努力並沒有白費，因為它喚起了大眾對環保議題的重視、社區意識的凝結與對美濃傳統客家文化的維護。

問：請比較您自己與父親小說的異同？

答：事實上，我從未做過比較。我與父親有不同的創作空間與條件，也有不同的表現方式。但若說我沒有受他影響，也是不可能的。只是我可以很肯定地說，我沒有模仿他的方式或技巧來寫作。

問：為何您父親極力阻止您走上文學之路，您仍然還是義無反顧地從事創作？

答：我從小在農村長大，腦筋很單純，小時候的理想就是當總統，再大一點的理想，則是找個可以餬口的工作就好了。若當時還有一點夢想的話，就是當作家了。我父親曾對文學付出那麼多，至少在我的心中，我是相當肯定他的。但我的父親卻一直要我用功讀書，以後可以找份工作，混口飯吃，就好了。因為他的一生就是太理想化，才會這麼慘，所以希望我平平凡凡過一生就好了，不要再當作家。在我父親去世前，雖然我跟他說我要當作家，老實說，那時也沒什麼概念，書也看的少，《當代創作小說選》也是他死後，才在抽屜翻到的。以當時的環境來思考，我父親叫我把他的日記及原稿燒掉，並勸我不要從事寫作，除了寫作難以餬口外，怕我們不知輕重而惹禍上身，應該也是重要的原因。

其實《當代創作小說選》對我的震撼力真的很強，它讓我去正視與思考問題的真正所在，所以我就想，若能用文字將它表達出來，亦是不錯的。再加上鍾肇政也鼓勵我寫寫看。鍾肇政看了我的第一篇文章後很驚訝，說「這孩子有天才」。因為我的作文很差，一方面是我沒用心，二方面是從前寫作文要用毛筆，但家窮沒錢買毛筆，我只能借別人的毛筆，所以寫得很倉促，成績都是丙上或丙下。當時鍾老叫我寄作文給他看時，我還真不敢寄給他看。況且過去也沒跟別人寫過信，

寫給鍾老的信亦不會表達。所以他看了我的文章後，說怎麼跟我的信是兩回事。我的第一篇被刊登的小說就是〈四眼和我〉，當時半身麻痺，突然心血來潮，趴在樹蔭下完成的。寫完後，我寄給鍾肇政，鍾肇政就拿給林海音，不久就刊登出來了，這對我是很大的鼓舞。後來張良澤來看我，又給了我一些建議，使我更清楚日後的創作方向，所以張良澤對我的文學之路是有啟發作用的。

──選自林女程〈臺灣農村的見證者──鍾鐵民及其小說研究〉
成功大學歷史學系碩士論文，2001 年 6 月

海與風的對話：鍾鐵民

◎孫鈴[*]

　　還記得電影《原鄉人》及動人的主題曲嗎？鍾理和與鍾台妹的愛情故事，在電影《原鄉人》中，曾經感動了多少人？鍾理和一生創作不斷，最後倒在血泊中的影像，又讓多少人斷腸？是注定？還是身為長子對早逝父親的承諾？鍾鐵民老師在父親去世後，也提筆寫作，而且一寫就是四十年。縱使鍾理和先生已經過世多年，但鍾理和的愛情故事以及鍾鐵民成長學習中的波折起伏，依舊是傳誦於街坊且讓人津津樂道的故事，一個淡黃蝶漫天飛舞的早晨，孫鈴來到高雄縣美濃鎮拜訪鍾鐵民老師，一起來了解鍾老師的故事……

鍾鐵民（以下簡稱「鍾」）：在我們小時候，根本不知道什麼叫文學，只是我愛看各種故事書，從小學時就喜歡各種故事書，那個時候能拿到的，大概都是小學生看的雜誌，後來有《學友》、《東方少年》之類的書，報紙上偶而有兒童版，那時候只有這些東西，尤其在農村，很難有好書可以看，也很難找到好書，後來知道圖書館是一個「寶庫」，所以我小學時，管理學校圖書的老師也許是我常找他，他可能也煩了吧？或許也可能他覺得這個孩子喜歡看書，大概也有點喜歡我，後來他乾脆把鑰匙交給我，所以我可以自由的進出圖書館，那時候開始看兒童書，慢慢的小學五、六年級，開始讀一些比較大部頭的小說，世界文學小說中，比較簡單的大概都看，像《泰山》，那時候已經非常迷；到了初中，就看《福爾摩斯辦案》之類的書，我們都非常迷這些作品，所以在那時候來講，大概就是看故事，也許因此而產生興趣。

---

[*]高雄廣播電臺節目主持人。

孫鈴（以下簡稱「孫」）: 沒有任何休閒活動，唯一的就是看書嗎？

鍾: 對那時候的我來講，遊戲的時間非常長，我們農村生活跟工作是混和在一起的，農村的兒童，生活就是工作，工作也是生活及娛樂，娛樂也是工作，所以我們要看牛、砍柴、幫忙家事，家庭的各種雜務都是我們工作的項目，工作對我們來講就是生活，有時候也是遊戲，看書的時間反而變成農村兒童比較奢侈的一種休閒。

孫: 父親是以寫作為終身職志的作家，在您的幼年時期，他會不會特別注意您的文學啟蒙？

鍾: 如果說進入文學的範疇，我父親對我當然是有影響的。我父親是一個小說作家，我們分離的時間非常長，他在病院裡有三、四年的時間，是我在農村成長的那段期間，他回來的時候，我已經小學三、四年級了，我印象中的父親大概就是在看書或是寫些稿，他寫些什麼東西我是不清楚的，一方面不知道，二方面也是不關心，慢慢的，父親寫作的態度，還有我母親對父親的態度，讓我覺得他所作的那個工作在他生命中是非常重要的，既然非常重要，而且我父親那麼重視，當然我也重視。因此，我覺得我是喜歡文學的，那時候才比較具體的知道什麼是文學的概念。

渾身帶著文學細胞，父親卻毫不鼓勵，但他終究還是朝著這條不歸路筆直前進。

孫: 所以您喜歡文學，其實是天生的特質，本來就很喜歡。

鍾: 很奇怪，就是愛聽故事，有故事就聽，聽到沒有故事，長輩來我家，第一個被我要求的就是講故事給我聽，然後是看故事，再來就是從故事慢慢延伸到一些世界文學作品，比如看到《湯姆歷險記》時，簡直把我迷死了。然後慢慢的也進入到現代文學，從散文開始，我初中的時候，大概是從堂哥那裡拿到翻譯的書，比如《苦兒流浪記》這類的

作品，也有一些現代文學作品當時幾乎變成我的教科書，因為沒有別的書可以看。我父親所寫的書都比較嚴肅，我完全不懂。在初中的圖書館比較容易看到現代中國文學、臺灣的現代文學，慢慢地我就看到了，讓我的觸角更廣泛，尤其後來迷上世界文學名著，可以看到各國風情的作品，影響更大。

事實上，我的父親不太樂意我從事文學工作，他覺得前途堪慮，現代人最好規規矩矩地作謀生活的事情，他甚至會限制我接近這些作品，所以，我看文學作品都有點偷偷摸摸的感覺，看到父親進來了就收起來，因為他看到了會不高興，他希望我過最普通的生活。

孫：也許做生意，也許去公司找個比較像樣的工作，或許教書都好。

鍾：甚至是學手藝都沒關係，就是不要寫文章，所以他說當農夫都可以，至少你是快快樂樂過一生，文學這種東西，老實講，在我們的社會到目前為止，都還不能變成職業，你要把文學當成職業的話，是很難過生活的，他是這樣顧慮的，如果看小說會妨礙我作功課的話，那最好不要。

孫：是不是因為這樣，您在父親去世之後才開始發表文章？

鍾：我真正有心要接觸、接受文學是父親去世以後，在他去世之前就交待我不要從事文學工作，坦白說，那時候的我也不知天高地厚，父親去世時，我才高中二年級，總覺得他這樣含恨而終，而且這麼年輕，我總感覺他的心願未了，他的作品都還沒有受到應有的肯定就去世，所以在父親臨終前，我基於對父親的承諾──對父親表達願意繼承父志的決心，我跟他說：「你筆丟下來，我撿起來，我繼續寫作」。

孫：那時候他不反對您寫作了嗎？

鍾：當然是反對，他跟我說，你最好不要，可是我就是覺得這是作子女應該承繼的，在我們的傳統觀念裡，這是對父親一生的一個肯定，所以我要好好地拿起父親的筆，繼續完成他沒完成的心願。

孫：那時候您覺得自己可以寫嗎？

鍾：事實上我什麼也不會，我只是講著好聽，當然我過去一直也有這樣的想法：我願意去做的事，只要有決心沒有什麼做不了的。我這麼講當然也是想有這樣的機會進入文學行列，能讓父親安心也完成自己的心願。

第一篇作品就被採用，那種感覺至今仍清晰在目。

孫：後來您真的寫了，而且開始寫之後，就有很多作品接連完成，21 歲開始，22 歲就寫了非常多，怎麼突然間能寫出這麼多作品？

鍾：剛開始寫的時候是因為高中畢業了，第一年聯考沒考上，想起跟父親有過這樣的約定，這時候剛好可以試試看，所以就跟父親的文友們有接觸，比如鍾肇政先生，我寫好的稿子給他看，他看了之後覺得這個孩子寫得還可以，他就鼓勵我，試試看投稿給《聯合報》，當時林海音女士編輯《聯合報》副刊，把我第一篇作品〈四眼和我〉的小說刊出，我是用一個兒童的視野去看一個小故事，當然是寫農村的生活，文稿寄給林海音女士後，沒幾天就登出來，當然我非常高興，當時《聯合報》副刊是國內水準很高的報紙副刊，文藝氣息也最濃厚，在這麼重要的副刊版面登出來，而且是第一篇作品就登出，看著亂七八糟的文字變成鉛字，真的是非常興奮的事情。

孫：那時候的感覺還存在嗎？家裡訂《聯合報》嗎？

鍾：還是印象深刻。那時候家裡有訂，報社也會寄給我。記得那時候沒有電話，稿子寄去以後就完全失去聯絡，然後有一天，報紙打開來才發現自己的作品刊在上面，當然非常的高興，事實上，以我對文學藝術的愛好，報紙在我手上，打開來先看的一定是副刊，那時打開來看到了，真的是很興奮、很有幸福感，然後就覺得既然可以發表，那我就可以寫啊！爸爸寫了多久都沒有機會發表，我寫第一篇就發表。其實現在回想也都是我父親筆路藍縷，開創了一條順暢的路，因此我跟林海音及鍾肇政先生這些前輩都有連繫，所以我的稿子寄到《聯副》

去，他看了可以用，當然就毫不猶豫的採用了。

孫：那時的稿費多少？

鍾：稿費雖然不多，可是對我來講是非常好的收入了。以今天看那些稿費很微薄，可是以我們那時的生活，有那點稿費在生活上幫助很大，因為農村的現金奇少，幾乎沒有現金收入，稻穀收割後，它是一年的糧食，如果賣掉等於賣掉一年的糧食，到最後一定會缺糧，所以，多餘的稻穀才能賣，那時的糧食很難變現，種一些雜作一年就是兩次收成，而且雜收的價格差，現金收入很少很少，而稿費的現金收入是個意想不到的來源，所以鼓勵了我，讓我很高興地寫，在這段期間幾乎每天拿筆就是在構思題材，沉浸在一種興奮狀態，那時只想到寫故事。

孫：其實您寫的故事都有生活的影子。

鍾：過去長期看了很多文學名著，在這時就產生某些指導的作用，寫的時候自然要這樣去表現，藉著這個故事，還要在這個故事裡傳達某種感覺。所以，一篇小說不只是寫故事而已，就算找到過去生活中、經驗中的故事，還要經過組織、安排，去感覺這個故事的發展可以替我傳達心中某一種想法及感受，我後來才知道，原來這個叫做小說的主題，其實開始寫小說時，理論我根本不懂，只憑感覺去做，後來接觸理論才發現，我一開始寫小說，就能抓得到別人歸納出來的要領，都是過去長時間的吸收，感覺自己應該怎麼走，所以我寫小說不是從理論那裡學的。

孫：寫小說的痛苦和快樂，只有寫的人才能完全體會，鍾老師最嘔心瀝血的作品……

鍾：寫得嘔心瀝血的作品往往是最不好的作品，因為花費很多心血，這個東西很奇怪，突然間的靈感，記錄下來之後，有時覺得寫得很順暢，有時就覺得文思枯竭，在文思枯竭的時候要寫，比如說哪個雜誌社要你在什麼時間交稿，你就有壓力，有壓力就編造故事、限制主題，反

而會夭折，我自己比較不喜歡；有些作品寫的時候很快樂，而且時間很短就完成，比如〈竹叢下的人家〉，我寫小說沒有那麼順暢過，一個下午就完成幾千字的小說，我過去好像不曾有過這樣的經驗，這裡面有很多是我小時候生活經驗點滴，當然不是同一地點同一時間，但可以通通收納在小說裡，後來我發覺不只自己喜歡，很多人也很喜歡，就像李喬每次看到這篇就說這篇是鍾鐵民的代表之作，這是我念大學的時候完成的。

孫：鍾老師為什麼鍾愛小說？

鍾：小說是文學裡被認為比較正統的形式之一，當然，寫小說最好能寫長篇小說，問題是，寫小說要非常多的生活歷練及生命力的投入，而且要有豐富的社會經驗跟生活感受，我出身在這麼單純的農村，過去也沒有什麼深厚的生活經驗，要寫長篇小說根本不可能，因此就寫短篇小說，寫短篇小說不一定要有非常龐雜的思想體系或內涵，常常就是一段感受，對生命的一段領悟，或許是對外在環境的一種看法，都可以變成一個非常精簡有力的短篇小說，而這樣的短篇小說比較能夠把心中想傳達的訊息傳達出去。當然寫散文也可以，那時我總覺得寫散文比較沒有發揮的空間，所以就以寫小說為主。

孫：您喜歡聽故事、看故事書及寫故事？從來沒有想過寫詩？

鍾：應該是。寫詩不是那麼容易，寫詩的人感受力特別強，小說的話可以表達比較龐大而完整的觀念，我覺得寫小說似乎比寫詩容易，所以從來沒有嘗試過寫詩。

孫：父親鍾理和先生這一生對您影響最大的地方是什麼？

鍾：做人和做事的態度吧！早一輩的客家長輩對晚輩及對自己子女後代的要求都非常嚴苛，尤其是生活態度，我父親並不要求我們一定要怎樣，可是在生活態度上，他要求我們過規律、嚴肅的生活，不像現在孩子一樣，只要想要，有什麼不可以？像放假時，我孩子每天都要睡到九點才起床，但我們那個時代的教育就告訴我們，你要生活有規

律，這是一個生活態度，這種生活態度如果不好，什麼事情都做不成功，父親給我最大的影響就是讓我一直到今天，都是規規矩矩，而且非常嚴肅，非常嚴謹，我一直也是以這樣的態度來做人、做事，我想父親給我最大的影響應該是終身的生活態度。

孫：反而不是文學方面？

鍾：在文學上他有他的路，我有我的路，以他從事文學的態度，我是學習不來的，他把寫作當成職業，我則當成類似唱戲玩票態度，但是比娛樂嚴肅一點，我也很期待一生中，文學是我生命的價值，可是在謀求生活三餐的工作同時，讓我沒有辦法把文學當作生活中最重要的工作，這是很無可奈何的事。

　　確實，理想與現實無法兼顧的無奈，發生在每個時代，也幾乎發生在每個作家身上。

　　鍾鐵民老師近十年來，積極參與地方事務，包括擔任美濃愛鄉協進會理事長，最重要的工作便是反對美濃水庫興建，愛鄉愛家之情，洋溢作品中，目前正著手書寫長篇小說《家園》，寫的就是美濃小鎮的故事。

鍾：當你覺得有這個責任要把對社會的一些主張、看法和感覺，讓更多人體會並重視這個問題時，就會用文學來傳達這樣的訊息，比如我寫一些有關教育的問題，有關農村沒落及土地炒作給農村帶來的問題，〈約克夏的黃昏〉這篇小說就是說明農村沒落的慘狀，農民面對慘狀的無奈，文學畢竟要讓人家喜愛並接受，寫作過程中，如何讓這麼嚴肅的主題，變得大家都樂意接受？像〈約克夏的黃昏〉這樣的作品，我寫得讓看的人都哈哈大笑，在笑完之後，你會思考農村的殘破，農民生活的無奈，會引起對事情深刻的思考，雖然用幽默的手法呈現，但這是比較嚴肅的作品。

孫：《家園》也是嗎？

鍾：寫《家園》是因為美濃水庫的案子，整個美濃地區的民眾知道水庫的

方案後，從歡迎水庫在這裡興建，到真正了解水庫的情況後，開始恐慌、無奈、憤怒，最後尋求如何自保的過程中，我幾乎都參與其中，跟著鄉親來為自己的家園努力，來保衛自己的家園，這個過程有很多可歌可泣的故事，也有面對許許多多困擾的過程，我選擇用文學的方式來表達這一段可歌可泣的過程，如果用報導文學的方式，是很真實，但我不想把它變成報導文學這種硬梆梆的東西，我用小說呈現這個客家農村面對這樣的工商衝擊，犧牲小農村的事實，這地區人民如何反擊，如何一步步為保護家園而努力，我把它小說化，當然還要把它趣味化，讓讀者願意接受，正視這些問題。

孫： 您父親鍾理和先生有長篇小說《笠山農場》，您有長篇小說《家園》，寫的都是美濃這塊土地，難免有人把這兩本書拿來比較，您的感受如何？

鍾： 父親寫的是幾十年前的農村，那時候是開發期，《笠山農場》寫的是農民為開創一個好的生活環境，而開發農村資源：我寫的是保護農村資源，就是不要讓它繼續開發，在《笠山農場》裡，我父親也有意無意間批判不理性的開發，一定遭到大自然反撲，所以笠山農場的開發是失敗收場，事實上，我的小說是反對這樣無限擷取資源的開發。在主題來講，不同的時代有不同的風格，我父親寫小說，我也寫小說，很多人就會覺得你是受到父親的影響，我看過父親這麼多作品，也熟悉他的作品，每篇我幾乎都清清楚楚，他的思路結構、他的內涵，我發現我的文學跟父親真的完全不一樣，我父親過去給我的影響在文學上來說，就是要傳達真正的感受，既然我的感受跟父親不一樣，我的文學就跟他的不會一樣，我寫的都是我真正的感受，人家喜不喜歡是別人的事。

孫： 不能免俗地請教鐵民老師，會不會活在父親的盛名之下？

鍾： 人在一生中，要承擔各種壓力，像我父親後來慢慢在文學界闖出相當的名氣，而我到任何地方，人家介紹我的時候，都會說這是鍾理和的

兒子鍾鐵民，有人問我：你會不會覺得不高興？其實我這個人一向對名跟利都非常淡薄，我根本不在乎，所以怎麼介紹都沒關係，不過因為常常有人這樣問我，所以我就會跟他們開玩笑說，我也有我的努力、我的方向、我的成就，父親是父親的成就。我希望將來有一天，別人介紹我的時候說：這位是鍾鐵民先生，鍾理和是他的爸爸。事實上我也沒有什麼盛名，我一向不太在乎別人的批評和看法。

孫：您的父親已經過世四十多年，而在終身寫作過程中，都是疾病纏身，最後在修訂〈雨〉這本書時，肺疾復發、血染稿紙，倒在血泊中，這是一種對寫作終身執著不悔的態度，而您對寫作的態度又如何？

鍾：我這個人一生做什麼，都不是能廢寢忘食的，也沒有那樣的熱情，所以大概很難像父親那樣。我這一生沒有什麼大成就的原因大概是太冷靜，所以很少熱情地去從事一個事情、追求一種興趣而全神投入，我對文學大概也是如此，寫作長篇小說的時候，常常利用晚上十點，電視也不看了，家人也睡覺了，那時候也沒有電話，很安靜，我就開始寫作，整個人投進小說情境中。寫小說有一個很特殊的狀況，就是要整個人進入故事情境中，才能夠參與故事中人物的生活思想，你必須設身處地跟人物說話，所以常常一寫就寫到半夜一、二點，我也常利用暑假很短的時間完成作品，很有時間壓力。

孫：您有三個女兒，對這三個孩子是不是也有文學上的期許呢？

鍾：我是希望孩子們能有一個人來繼承，可是發現她們的性向跟我都不一樣，像我的二女兒中文研究所畢業，可是她研究臺灣文學，不走創作路線，我也不會勉強她，每一個人有適合的路要走，而且我覺得創作的路也不好走，尤其文學創作在生活中，已經沒有我父親時代那麼重要了，現在媒體太多，視聽媒體比文字影響力更大，純文學創作在今天能夠影響的非常有限，所以她不做這個工作我也不反對。

孫：您在高中教國文，對孩子的文學素養看法如何？

鍾：文學在現代社會裡，不再像從前那麼受重視，這是自然趨勢，不是臺

灣如此，全世界都有這種情況，日本的純文學也一樣面對這樣的問題，年輕人不太看純文學的作品而看漫畫，他們喜歡視覺的刺激；還有，現在年輕人沒有耐性接受迂迴的東西，像詩、散文或小說，尤其詩是非常迂迴的，把營養放在美好的食物裡面，一般人並不是要吃那個營養，而是要吃美味的食物，然後吸收營養，可是，在現在來說，這樣的美味就好像過去的點心，現在的孩子要求的已超過以前的點心那種美味，他們要更特殊的風味，更特殊的食物，嘗試各種新的東西，所以傳統點心擺在一邊，不是不接受，而是不把它當作第一的選擇。文學也是這樣，年輕人愛看漫畫，這很難說是好是壞，但有一個好處，現在年輕人接受各種訊息非常多面而複雜，跟以前比較單純的情況不一樣，所以我覺得，年輕人能夠接受文學當然最好，不能接受，我想文學應該用另外一種型式的轉變，讓他們繼續接受，這不能怪年輕人，文學跟著時代及社會的變遷而變遷，如果文學跟不上，那就注定失敗，也是無可奈何的事情。

孫：大概這十年來，您參與很多地方事務及公共議題，像您編鄉土教材、參與美濃愛鄉協進會、反水庫……等等，談談中間是怎樣的事情讓您有所轉變？

鍾：文學工作不是能賺錢的行業，得不到好處又這麼辛苦，為什麼要去做呢？原因很簡單，很多作家抱著一種使命感，覺得自己有一種責任，對這個社會也有責任，這讓他們覺得運用文學的力量，能夠把某些進步的思想、看法、美麗的人格、美好的人性，讓更多人接受，能夠對社會有點功用，讓文學產生改造社會、美化社會、美化人性的功能，所以，許多文學家一生很辛苦，但他們願意這麼做，我個人是這樣，我父親也是這樣，我從父親的小說裡感覺到他絕對不是寫著好玩的，他的文學不是為了自己高興、好玩，他的文學創作是傳達他對生命的看法，對社會的理想，他對整個人類行為的批判及看法，希望營造一個更美麗的人生藍圖，我基本上也是用這樣的態度切入文學，所以我

的作品一開始能被林海音接受，大概開始時就沒有走錯路，很多文學家從事文學工作，常從愛情小說開始，因為他們覺得寫愛情是文學創作最有趣的經驗，也是最有趣的題材，可是我開始寫文章就很少寫愛情故事，都是介入人類各種不同感情，像祖孫之情、朋友之情、鄰居之情，因為我關懷，如果我不關懷社會就不會從事文學創作，關懷這個社會我希望它更美好。我會參與鄉土教材的編輯也是這樣，臺灣長期以來受到各種不同壓力，日本人來了希望把它變成日本，中國來了希望把它完全變成中國，所以我覺得做一個臺灣人，至少要了解自己出生的土地，我從事鄉土文學編輯，也是這樣的想法，所以我很樂意去參加高雄縣的一些鄉土文學教材編輯及客家母語教學。

孫：1996 年開始，鍾理和紀念館就不定期舉辦「笠山文學營」，希望將文學的種子遍灑到每個角落。這是怎樣的過程？

鍾：「笠山文學營」的創辦其實是幾個年輕人的想法，鍾理和紀念館成立後，又成立鍾理和文教基金會，希望能夠幫助鍾理和紀念館將來可以長久營運，不是我個人的事業，將來我老了，離開這個事務團隊的時候，還有人繼續承辦，所以鍾理和文教基金會成立後，除了鍾理和紀念館的營運，還有一些文化活動，年輕人就想，既然鍾理和的文化在這裡，這個地方應該是發展文學的好地方，鍾理和的文學精神值得推薦，所以有了鍾理和文學營的構想，鍾理和寫長篇小說《笠山農場》，因此大家都稱這個地方為「笠山」，而這個文學營就被稱為「笠山文學營」，辦完一屆後感覺效果不錯，我們就陸續申請一些經費，公家給經費我們就辦，有時沒時間申請，有時是申請不到，因此，這些年來中斷了幾次，近年來又連續在辦，每年都會設定一個議題，比如曾經設定臺灣本地幾個特殊文化產生的文學，像原住民文學、客家文學、閩南文學、後山文學、婦女文學……等等，我們找專家來討論，今年因為 SARS 的關係，我們設定為疫病文學。因為我們感受在 SARS 風暴中，整個社會人性的扭曲、人心的自私恐慌……我們想到在過去沒有

這類的疫病文學，發現它非常有趣，很多文學家面對這樣的疾疫時，也創作出許多好文章，我們找了幾位專家——是文學家也是醫生的人來談疫病文學這個問題。

鍾理和先生和夫人鍾台妹女士的愛情故事，並未隨理和先生仙逝四十多年而被遺忘，反而在報章版面中不斷被提及，不可能問到鍾理和先生心中真正的想法，而老太太也因年事已高臥病在床，但可以問問鍾鐵民老師，對他父母親這段感情或這段生活，他心中真正的感受？

鍾： 他們的感情在我看來，應該是比報導還要深刻，畢竟寫成文字的東西，沒有辦法完全傳達真正的生活及感情，父母親他們之間的互相依賴，互為一體的感覺，在我的記憶中是非常強烈的。

孫： 母親都沒有任何的埋怨？

鍾： 我記得有記者問過：「如果時間可以重來，鍾理和先生要求妳跟他一同出去，妳已經知道出去之後，將來就是這樣痛苦的狀況，會不會重新考慮？」她想了一下說：「除了跟他出去，我沒有第二條路了！」即使這樣還是不會更改，那是一種共患難的感情，他們在臺灣的生活，早期受到的社會壓力使他們更接近，他們都知道絕對不能鬆弛，後來生活的壓力也變成他們要共同奮鬥破解的難關，任何一方都不會放棄奮鬥，所以變成生命共同體，我父親一直感到難過的是，他沒有辦法繼續跟母親來為生存、事業努力，所以他一直說：「對不起妳！對不起妳！」可是我的母親還是從來沒有對我的父親埋怨過。

鍾理和先生去世得早，鍾鐵民老師跟母親相依為命，而這一路走來，到現在他們還是不能分離，只是角色已經互換。

鍾： 我母親年紀大了，老了，對我的依賴非常深，尤其是在精神上，我出門在外沒有回來，她晚上就會睡不著，她常說：「我的小孩還沒有回來，我睡不著覺。」我雖然六十多歲了，但在母親心目中還是小孩子，這對我來說雖然是一個壓力，但我可以感覺得出來，這麼長時間

　　我們母子相依，共同為這個家庭付出心力拚到現在，讓幾個弟弟妹妹順利創造自己的事業，完成婚姻，我自己也建立家庭，我母親曾感慨地說：「這一生已經滿足了，不再有遺憾。」

　　拜訪結束了，但是我相信鍾理和先生的文學理念在鍾鐵民老師的發揚光大、有子承衣缽下，是不會消失的，就像種子播灑出去，永遠懷抱希望，既然是種子，無論落在任何地方，都有發芽的機會，也許在天時、地利、人和之下，種子已然是大樹。

──選自孫鈴《海與風的對話──作家訪談錄》（2）

高雄：高雄廣播電臺，2003 年 12 月

鍾鐵民作品討論會

◎彭瑞金

時間：1983 年 1 月 29 日
地點：苗栗
出席：鄭清文、李喬、彭瑞金
列席：王世勛
記錄：彭瑞金

鍾鐵民作品概述

彭瑞金（以下簡稱「彭」）：首先我代表《文學界》感謝兩位應允出席本次的對談，特別是鄭先生遠從臺北趕來，費時、費神尤多。

在討論作品以前，我先把鐵民的創作過程及作品做個概略的敘述。鍾鐵民，1941 年生。根據他自訂的寫作年表，1961 年起發表作品，照算起來，應是光復後臺灣文壇的第二代作家，與兩位的作齡相當接近。不過，可能是他的作品幾乎全心投注於農村世界，而且近年來作品的量也不多，因而沒有受到應有的重視，其實，二十多年來，持續不斷地有作品出現，而且保持了一致的作品風格，已具有其一定的地位。鐵民迄今為止，大約發表了約百萬字的作品，出版有長篇小說一，短篇小說集三本，及若干雜文。1961 年至 1970 年是他創作力最充沛，發表作品最多的一個階段，大約百分之八十的短篇作品都是這個階段完成的，長篇出版於 1972 年，1973 年以後平均每年有一至二篇短篇

小說發表，量雖不多，卻從未間斷。

就作品的風格言，鐵民的寫作範疇大約因不離農村、農民、農事，在單一專注的道路上發展，不必諱言予人野心不足、魄力不足，缺乏強烈創作使命感的印象，但這似乎也可以解釋為他是一個謙虛而誠實的作家，他只寫他所熟稔的人與事，不好高騖遠，不從事他能力、經驗不及的冒險。等一下似乎也可以請兩位就這一點來談談作家的能力和創作企圖心的問題，對於鍾鐵民作品的討論，我認為這也是值得談談的。

我的概述就到這裡暫且打住了。我們今天的討論是不是就作品的人物、題材、形式談談其特色外，也就和他同期作家的作品做個比較，替他的作品價值在我們的文壇上定個位置，甚至就其作品未來的發展做個展望？

讓鍾鐵民文學從鍾理和的影子裡走出來

鄭清文（以下簡稱「鄭」）： 從鍾鐵民的寫作年表看來，鐵民的寫作不但起步很早而且也寫了二十幾年，他的作品沒有受到應有的重視，我猜想多半是被他父親鍾理和的光芒掩蓋了，其實從鐵民的作品看來，他是一位相當有成就的作家，我希望研究鍾鐵民作品的人能夠離開他父親的影像來談他，比較公平。

雖然他的作品在某幾方面和鍾理和先生的確有共同點，我不敢講完全沒有互相影響的可能，不過，二十多年來，七十多篇短篇作品中，我想，無論人物、形式題材都有他自己的特色才對，它應該是獨立的作品，值得我們去討論、了解。

我覺得鐵民的作品有和別人比較不同的地方，譬如題材的選擇、人物的描寫、文字的運用，還有作品的風格都是相當獨特的，我本來想，我們今天的討論就從這幾方面來談談，其次再談小問題，然後討論他比較傑出的作品。尤其是他的長篇《雨後》應特別提出來談，因為他

在長篇裡表現的特質可以看出他做為作家可以發揮的潛能，這是他的短篇作品裡看不到的。

下面我們是不是從鍾鐵民作品的題材先討論？

樸實是最大的特色

鄭：還是我先講？我覺得鍾鐵民做為作家最大的特色就是很老實，他的作品取材大部分都是他看到的，或所聽到的，和他個人經驗有關的人、事、物，當然我的意思不是說他完全遷就經驗，但比較上，他應該是不喜歡靠想像來寫作的作家。一般作家常可能寫些自己見都沒有見過的題材，而且能夠寫得很精彩，鐵民的作品卻很少。此外便是家庭的問題、婚姻、生活的問題也占了他作品的一部分。最近幾年的作品則談到農民出路的問題，很多在農村待不住跑到加工出口區工作的農村子弟，還有他在學校裡當老師，接觸的學生升學、青年心理的問題也占了他作品重要的一部分。這或許和他生活的農村受到工業化的衝擊，產生的變化有關，他開始注意到這些問題。大致說起來，他的作品包括了這三個部分的題材。

李喬（以下簡稱「李」）：放眼今天的臺灣文壇能留下百萬字作品的作家還不太多呢？所以從這點看，鐵民二十多年的創作生涯確實沒有受到應有的重視。追究起來，鐵民的寫作過程和鄭兄有點近似，在這臺灣文學最熱鬧的近十年沒有出來湊熱鬧，不管文壇上怎樣變化，他們一直只寫自己的，不受影響。尤其是鐵民，更是始終將他的寫作題材局限在一個角落裡，大都在描寫這個社會最貧瘠的世界，脫離不了祖父母、父母、子女、夫妻、鄰居中因性格上的缺陷形成的悲劇，或生活條件即經濟問題所造成的缺憾，這些構成了他的作品關懷的重心。近年來的作品則略有改變，逐漸展露了他對外在世界的淡淡的期待，溫和的盼望，甚至還帶點不溫不火的批評，態度上雖然還略帶逡巡，但至少形成了他個人特有的風格。此外我還發現他的作品有一個別人沒

有的特色，那就是題材決定一切，譬如以〈竹叢下的人家〉和〈送行的人〉做個比較便可以看出來。〈竹叢下的人家〉雖然也是用的他一貫冷靜的筆調客觀地把這個家族的人物描繪下來，作者並無意表達什麼社會意識；但題材本身便是深具社會意義的作品不必加上任何渲染就十分感動人。他在取材的時侯，便挖掘了這個代表落後貧瘠地區、被遺忘在陰暗悲慘角落裡掙扎的生命，竹叢下的這家人根本上就是一極為獨特的人群代表，只要很平實地寫下來，它就是完整的深具社會意義，甚或具有歷史性意義的作品。我覺得鐵民的作品似乎題材便決定了作品的品質，選擇題材的眼光占他作品成敗極重要的分量。〈送行的人〉雖然也寫得很感動人，但我認為那是個人的，因為這裡面所描寫的「惡家官」所造成的悲劇、對象是個人，他沒有將它輻射出去。〈竹叢下的人家〉就不一樣了，即使以最冷靜、最理智的筆調寫還是有許多東西跑出來，如果這種題材讓我去寫，就無法保持這種理智、冷靜，我一定要忍不住加上一些屬於我的東西在裡面，不可能像鐵民那樣保留作品的純粹性。純粹有純粹的優點，也有其缺點。

傳統的寫實主義作品

彭：我認為鐵民的小說，可以用傳統的寫實主義文學來形容，取材上的確顯得相當保守，相當拘束於自己的經驗範疇，但誠如兩位上面的分析，他在取材上顯示的過濾眼光本身應該便是十分有力的批評，這些被選擇出現在他作品中的人物連綴起來看，應該可以令我們別有會心。這些老老少少，孳衍綿延的農村人物，這些有如紀錄片一樣被保存下來的屬於農民的種種切切，歸結起來，是不是可以看出鍾鐵民在選取題材上另有深意？臺灣新文學的發展過程一直便有兩種不同的方向，一是賴和、楊華、楊逵……所走的，有強烈的創作意圖，把自己的思想灌輸在作品裡的寫作方向。李喬兄剛才談到社會意識的問題，應和這類型作家的想法相契合。另一種方向便是張文環所走的，表面

上不談社會、民族這些問題，也看不出抗議精神，但在作品裡努力保存了我們民族文化，生活的色彩，對民情風俗的描寫不遺餘力，以之區別於異族文化、民俗，這種沒有形式的抗議方式，不也是作家表達他作品思想的一種方式嗎？鍾鐵民所走的寫作方向極接近張文環，二十多年來，他的筆下不斷出現的農民、農事、農諺、農俗……成為臺灣農村變遷，最真實，最豐碩的紀錄，當不是溢美之詞。

筆下多「邊緣人」

鄭：的確，鐵民的作品大都取材身邊的人物，〈竹叢下的人家〉是個特殊的例子，不過他是鐵民所認識的人物，亦或是鐵民就某個特定時代，特定環境中人物的習慣杜撰出來的人物，恐怕不容易認定，如果是前者恐怕就談不上什麼社會性了。我不太能肯定，或許在鄉下，認為五十歲老了，不必再工作了是普遍的想法，若是這樣〈竹叢下的人家〉便有其社會性。

題材的問題就談到這裡。至於人物，我給鐵民筆下的人物杜撰出「邊緣人」這個說法，不曉得正不正確？

我的意思是指鐵民似乎較喜歡描寫大時代、大社會邊緣的人物，譬如〈黃昏〉裡拖油瓶的子女，〈夜歌〉裡的贅夫，此外有長工，白痴、孤兒（〈石罅中的小花〉）、鄉村裡的藝術家（〈靜海波濤〉），我覺得這些人物有其相同的點，就是前面所謂的「邊緣人」。對於這些「邊緣人」，鐵民用的是李喬剛才說的，「溫和的期待」賦給他們希望和新生，而不是傳達他們悲慘絕望的一面，不管是大人、小孩，明明是生活在絕境的人，他都會想辦法在微細的地方讓他們出現一線生機，這一方面可以解釋作者的個性使然，也可能是存心這麼安排。

李：我讀鐵民的作品忍不住要拿來和自己的作品比較，我覺得我和他是不同類型的作家，其實，鄭清文寫〈鯉魚〉、鍾鐵民寫〈河鯉〉、吳錦發寫〈大鯉〉，同是寫的魚，如果誰有興趣把他們比較一番，也可從這裡

找到作家不同的創作個性。有些作家習慣先有故事，有些先有人物，有些則先有思想、觀念，鐵民應是屬於先有故事再下筆的一型，然而，我認為不管先有故事，或先有人物，到最後引導作品的還是作家的思想。最近清文兄的作品便明顯地出現這一現象，有些作品根本就是在談觀念問題，鐵民從〈河鯉〉以後的作品也有這一趨勢，例如〈余忠雄的春天〉、〈約克夏的黃昏〉這些作品，在人物出現之前，已經有某種觀念思想發生了，這是他以前的作品所沒有的，我相信這一創作觀念的改變值得鐵民為自己未來的創作旅程認真地做一番省思。

疏離的「我」

彭：我比較看重鐵民筆下人物的變異性，我不知道是不是可以這麼說，鐵民寫這些農民是完全投入，鎔鑄自己的，因此，過去所寫的農民是不知不覺的，但新近的農民和鐵民一樣忽然「知覺」的多了起來，他把這種新農民、現代農民成為描述對象時，自然知識性、思想性的東西就多些了。我在評〈約克夏的黃昏〉的短文裡，也提到鐵民的小說一直是和臺灣農村的變遷形影相隨的。談人物方面，鄭先生是不是還要補充一些意見？

鄭：對，我發現鐵民的作品人物還有一點特色，就是第一人稱的「我」常常出現，我是認為作品以第一人稱「我」出現有些不方便，因為你不能把他寫得太高貴，也不可把他寫得太低賤，但是鐵民好像對「我」的出現有偏好，剛才李喬兄說作品必然要有思想性，那麼作品裡出現的「我」就應該是有思想的才對。可是鐵民卻和別人不一樣，他作品中的「我」純粹是龍套性的人物，都不是主要的，像〈竹叢下的人家〉裡面的「我」和那家人的兩個孩子混在一起，也占了不少篇幅，但他始終只是核心之外的旁觀者，只是無可奈何地在旁邊看而已。〈靜海波濤〉也是篇典型的例子，他對那個畫家的戀愛插不上手，幫不上忙，那麼「我」就去釣魚好了。這好像可以看出他人生觀的一面了，

這麼「參與」的成分比較缺乏，聽憑命運主宰的想法，明顯地可以從他早期的作品裡找到。這種有點怪異的「我」的表現方法，說不定正是他思想的表達方式。

李：我的看法不太一樣，一般人以第一人稱「我」來表達通常只是把它當作一種寫作的方法而已，但鐵民有時侯似乎把它和真我拉得太遠了，有時又好像太近了些，他的許多作品裡出現的「我」，都可以從鐵民本身上去找到蛛絲馬跡，予人把這些個「我」連貫起來，正是鐵民本人的感覺，比例上「我」出現了太多了些。

彭：李喬兄講的和鄭先生講的好像不是同一件事，李喬兄的意思大概是說鐵民的作品裡，夫子自道太多了些，也就是說自傳性的味道濃了些，鄭兄所說的好像是指透過他小說中的「我」看到的鐵民的思想、人生觀，所以便沒有近或遠的問題。可能我們和鐵民本人都很接近，相識很深，所以會很容易在他的作品裡找到他本人的影子，這個問題其實鄭兄在一開始便談過了，鐵民的作品經驗重於虛構，大都有本有源，說重一點，就是鐵民不是一位創作欲強烈的作家，「經驗」就夠他寫了，李喬兄點出來的，固然是鐵民想要大力創作時必然要走的方向，但還不至於是作品的缺點。鄭先生講的我倒有同感，鐵民在作品裡表現出的人生修養，不怨不怒非常接近理和先生後期的作品，除了解釋成天生的稟賦，實在令人很難想得通，為什麼在 1960 年代開始寫作時不過二十出頭的年輕人也寫出全無火氣的作品。

臺灣農村生活的紀錄

鄭：談到作品的風格，我覺得鐵民似乎特別偏重細節的地方，這恐怕和剛才彭先生講的，和他偏愛「傳統的寫實主義」有關。從前我曾聽鐵民自己講過，他喜歡讀《儒林外史》，而且讀得津津有味，所以作品風格上多少受到它的影響。早期的寫實作家，像巴爾扎克那個時代的作家，就是把事實一點一滴地寫下來，鐵民的作品就是這個樣子。我相

信幾十年以後，有人要問幾十年前的臺灣農村像什麼樣子，大概不會是從李喬的作品或鍾肇政、吳錦發的作品去找，而是從鍾鐵民的作品找。雖然鐵民這些作品都是短篇的，分別記下各種片段的景象，但如果把它連起來看，它就是臺灣鄉村的風景畫，而且因為他寫得很實在，沒有任何誇張，所以它格外有價值。乍讀鐵民的作品，我感覺他寫得太瑣碎、太嚕囌，但是若從文學，或保留民俗的觀點看，我肯定它是有價值的東西。這好比有些道學家說《金瓶梅》是本淫書一樣，然而我們如果不看這一點，從文學的角度看，《金瓶梅》好像也為我們保存了那個時代民情民俗可珍貴的一面。鐵民用文字保留臺灣農村風貌的方法和同樣以臺灣農村為素材的畫家藍蔭鼎所做的畫不一樣，藍氏的畫很顯然地把許多細節都美化了，而使得標的物大失原樣，鐵民剛好相反，特別專注這些細節，而能保存其較原始的真實面貌。

首屈一指的臺灣農民文學作家

彭：鐵民持續二十餘年的創作生涯中，始終不離農民農村，寫下了大約百萬字關懷農民、農村的文字，除了盡到他個人內心「農民魂」的徵召外，我以為他的作品已間接、直接地保存了卅餘年來臺灣農民生活最真實的面貌，成為臺灣農村、土地變遷最珍貴的紀錄。雖然臺灣作家以農民為寫作對象的作家不在少數，在小說方面就有鄭煥、洪醒夫、宋澤萊、吳錦發等人，但像鐵民那樣對農民、農村長期、持續性的關懷，深諳農民性格，熟悉農事，與農民同一憂喜，身負農民靈魂的作家還不做第二人想，我以為鐵民獨樹一幟的農民文學風格，雖然難免受到創作視野太窄，參與範圍太小這樣的批評，可是以對農民、農村的認識的深度與廣度足可以在臺灣文學史上立下可資紀念的里程碑，應該是相當值得了。

李：我非常同意瑞金兄這個意見，還且主張想辦法把這個意見推銷出去。個人最近讀了《東京夢華錄》這一本書，深有感觸，作者孟元老不但

把汴京城裡大小街道的名稱記下來，而且有關的民情、習俗甚至那個小吃攤賣的東西特別好吃他都一一記下來，實在令人佩服。看鐵民的作品要從這個角度看，例如〈霧幕〉、〈菸田〉這些作品都算是啟蒙的故事，應該還有許多發展，別人至少會指出「主角」應該怎麼做，但是鐵民兄只把事情發生的時空寫出來，交待清楚就算了，可以肯定是作品的一種風格，東方白的《浪淘沙》似乎正是這種風格的作品，這幾十年來這類風格的作品好像沒有被認同、被肯定，未免可惜。

讀小說，我自覺越來越沒信心，有些作品過去讀過的現在再仔細讀，感想會完全不一樣。這些年來，我參加吳濁流文學獎的評審工作，回想起來，的確難免有看走眼「失手」的地方，所以現在我看小說不太敢像過去那樣勇往直前地堅持自己的看法，態度上要謹慎許多。絕不是我得了便宜還賣乖，回想 1967 年，我的〈那棵庇仔樹〉和鐵民的〈竹叢下的人家〉爭第三屆臺灣文學獎，雖然我僥倖贏了，但現在重新客觀地再讀一遍，我覺得那個獎應該給〈竹叢下的人家〉，這是我的真心話。

鍾鐵民與鍾理和

鄭：剛才我談過鐵民作品裡「我」的問題，那是指鐵民本人對作品介入、參與的態度問題，這裡我想再談一點，就是鍾鐵民這個人，真真實實的鍾鐵民，和他的作品的關係，我發現鐵民以真正的自我在作品裡出現時，這樣的作品便特別地感動人，也就是說自傳性愈濃厚的作品愈生動。我們不一定能確切地分辨出來他百萬字的作品中，到底那些是他自己的故事，那些真正是他的實際經驗，但可相信這類作品並不很多，從有限的一兩篇這類作品裡給了我這樣的感覺。

前面，我強調過，看鍾鐵民文學應該獨立於鍾理和之外來看才公正，但是鐵民是否受到他父親的影響，他們父子二人的作品是否有近似之處，卻值得探討一番。鍾理和先生臨終的時候好像曾遺言不准鐵民從

事文學，因為寫作帶給他的一生痛苦的經驗。理和先生是很冷靜、理智的人，他這番告誡我想多少會使鐵民受到感染。鐵民的作品一直採用寫實的方法，也可能受到他父親一些影響，在一些回憶性的雜文裡他自己也說過。

彭：我是覺得他們父子二人的性格十分接近，剛剛我們也提到，鐵民寫到極端悲劇性的人物也不忘為他們保留一綫生機、一綫希望，這種悲天憫人的胸懷，他們父子是如一的。面對悲慘愁苦的人生沒有呻吟也沒有怨嘆，迥異於哭調文學，保持天人合一的磊落、達觀，這些構成作品基本風格的處世態度，造成他們作品的雷同點是必然的。不過就鐵民個人的創作過程看，長篇《雨後》的寫作是個分水嶺，在這之前的作品除了產量輕豐之外，許多人物、事物可以說是引起作者的關心而被保留下來的，不是一般人所謂的「使命感」驅使下的產品。在這之後他寫得很小心、謹慎，作品的量少，但可以看出他內心裡做為作家，為農民說話的使命感抬頭了，譬如〈余忠雄的春天〉、〈田園之秋〉、〈約克夏的黃昏〉這些作品可以代表鐵民做為作家的一種丕變，這一點似乎和理和先生完全不同了，理和先生在年輕時代，早期的作品裡懷有強烈的淑世熱情，對人心世事抱有興革的意見，後期因病和時局因素的影響反而由絢爛歸於平和、圓熟，這是不相同的地方。我的印象裡，鐵民還沒有寫過熱情昂揚的作品，儘管他剛開始寫作時是那麼年輕。除了是天性使然，生活的環境也可能影響作者，理和先生後期的生活環境，在鐵民身上延續了相當長的時間也是事實，兩個天性近似的作家，浸淫在相同的環境裡，產生相同的感思，也是極其自然的事。

鄭：我看理和先生晚年的作品和鐵民的作品有一體的感覺，不但生活而且很多想法都是一致的，我想這是鐵民從他父親的生活、言行裡頭已經感染了很多的東西。當然這很難拿出什麼證據來證明，只能說是我的推想而已。好像理和先生的〈草坡上〉裡面的那種陰暗的感覺，背後

應該還有更大的背景因素值得探索，而鐵民的作品裡也似乎可以發現這種影像存在。環境之外，應該也可能是天性使然，有興趣的人，不妨就這一點把他們父子的心態做一比較，該會很有意思。其實，鍾鐵民承受的生活壓力比他父親還重得多，他父親的壓力不過是來自個人疾病和同姓之婚而已，鐵民承當的卻是三代人的，三代人都受到某一種無可奈何的壓力，但是我看他在〈約克夏的黃昏〉裡對這種壓力的反應方式，是無人能及的，我只能說，那是一種氣質、作家的氣質。

具備人類大愛的文學

李：你這麼說，我便又有話可講了，我發覺鐵民的文學的底層有一股溫暖的暗流在流動，這個暗流來自他對人類溫柔的愛心，因此家世的悽楚、本身的病痛並沒有在他的作品裡投下陰影，這是不得了的作家稟賦，他心裡面只有大愛，愛天地萬物，連該恨的他也只是匆匆一瞥而已，從這個基礎看，鐵民具備了大作家的本錢。這是我看完了他的作品後記下來的第一個意見。其次，做為鐵民二十多年好友的身分，我要指出鐵民文學出現的兩種危機，第一是不肯，或者不能深挖人性的深層底層的面貌，作品群裡只給我們一些感動、溫暖、希望、光明、寬恕、包容、激勵而已，很少讓我們的靈魂感到顫慄全身冷汗淋漓的東西。第二、視野和作品的涵蓋面不夠寬闊。本來作家的型態就有兩種，一種是內省型的，一種是入世的。既然鐵民在內省方面受到溫柔敦厚天性限制，不肯深挖，那麼在入世觀的社會性方面就成為非常必需的，可惜他的生長歷史，以及生活的經驗又顯單純和狹窄，所以影響到作品的廣度、寬度。以鐵民的稟性、資質，對文學的正確認識，對人性的堅持，對眾生的關懷，加之文學路程這樣平穩，這樣紮實，我們相信鐵民更成熟、更深厚博大的作品出現的時機已經不遠了，在文學大道上鐵民也到了一個必須跨越的關隘，及深思做抉擇的時候了。他有必要把他接觸到的整個社會、時代的橫斷面、風貌再現出

來。如各位剛才所提的，也可以說是我們的共同意見，他過去的作品只是憑著他所喜愛的，經驗過的平實地寫出來而已，往後，他的寫作方向，如果依然保留過去的風格，也就是我們前面給他下的評語——保存了臺灣農村風貌，固然也是一條路，但是加上一些思想性的，觀念性的東西，讓他的作品進入新的境界，也是一條路，這就是我所謂的「抉擇」了。我這麼是不是太苛刻了一點？

鄭：那你就不要再講了嘛！李喬講鐵民的作品是因為生活面窄受到限制，其實作品不一定和生活那麼密切，倒是和作者的寫作態度有關，鐵民只是太小心，太誠實而已，他不知道的東西便不敢以想像力去寫。不像李喬一隻腳站起來，人就會飛了，至少也會做出飛翔貌，所以踏實、平實的同時，他就要犧牲了很多可寫的題材了。就這一點看，是不是「想像力」就是加號！那可不一定。譬如吳錦發寫到豬價下跌時，有些農民把豬放生出去，結果自行覓食變得有野性，露出牙來反抗人，鐵民看了認為這是不可能，經過人畜養的豬放出去只有餓死一途。這固然是兩個人個性不同使然，但作品的想像力過分膨脹，到了逾越真實可能性的時侯，反而對作品本身是一種傷害。小心，不寫沒有把握的東西，可以肯定是鐵民的文學主張。記得有一次，他指責我的作品，說人坐在書桌旁，不可能聽到桌上手錶的滴嗒聲，我再求證一番，確實是聽不到。不過，後來有機會改，我也沒有改過來，因為我認為讓它保留下來代表想像的可能也不錯，可以解釋為心靈的聲音。鐵民的老實從〈河鯉〉結局的處理也可以看出來，那條阿鯉老是讓它從缸裡跳出再抓回去，還擔心它明天會不會死掉，要是依我的個性，我一定拿個蓋子蓋起來就算了，才不管它明天會不會死掉，這就是鐵民的個性與人不同的地方。

李：不能蓋起來，蓋起來就不合它的主題了。

鄭：我知道，我是說鐵民會為〈河鯉〉死活擔心這一點就足見他個性的一斑了。

逐漸抬頭的作家使命感

彭：我初識鐵民是在十幾年前，那時他謔稱自己是個假期作家，學生放寒
　　暑假了，他才能安心地寫些作品，這幾年，我與他接觸的機會更多，
　　我發現除了教書的工作，他的家務、外務也比別人多，而且都必須他
　　一手包辦，因此他的作品少，或者說缺乏長篇巨構出現，恐怕環境的
　　因素影響很大。創作受到時間、體力的限制，與其苦思苦寫三五年才
　　一部作品問世，何如不要太挑剔形式、不要太鑽牛角尖，姑且先把日
　　常所見所聞所思，唾手可得的題材表達出來，我推測鐵民是這麼想
　　的。早期鐵民的作品看不出為某種使命感而寫的痕跡，但從他的近作
　　來看，鐵民絕不是沒有使命感的作家，問題是，前面所說到的創作障
　　礙，使得鐵民的使命感不能強有力，連貫不斷地表達出來而已。

鄭：最近幾篇談到教育問題的作品，可以看出鐵民逐漸在變了，代表他想
　　從自己過去的模子裡走出來，〈約克夏的黃昏〉則變得更了不起，這裡
　　面除了幽默、詼諧、樂觀這些特點，解開自己身上的束縛，很離譜地
　　跳躍，壯大了起來。這對鐵民是不可思議的改變，尤其是藉「豬」來
　　講話，更是空前的。如果是李喬先生的話，雞會講話我也不感驚奇，
　　但對鐵民卻是非常難得的，代表他的一種轉變。感覺上，他是整個人
　　放開了來寫，這點對作家而言是很重要的，所以〈約克夏的黃昏〉對
　　鐵民會有特殊的意義。

李：若從〈余忠雄的春天〉和〈約克夏的黃昏〉兩篇談，我剛才的微詞便
　　是多餘的了。

壯大中的鍾鐵民文學

鄭：寫作的人一定要放開心胸，要熱誠，要有力量才能寫得好。我不久前
　　看到一篇文章，裡面提到芥川龍之介講的一段話，他說中國小說和日
　　本小說比較起來，日本小說裡雖不乏架構龐大的作品，但是像《紅樓

夢》、《水滸傳》、《三國演義》投入全部生命力量去寫的卻沒有，所以日本的小說比不上中國小說。鐵民的問題也在這裡，他需要從小局面的創作脫離出來，看看大局然後以整個生命力量去寫。芥川的話很有道理，想要把作品寫得鉅細靡遺，豐富充實，一定非投以生命之全力做不到。

李：〈約克夏的黃昏〉給人的感覺是鍾鐵民突然壯大了許多。

彭：《雨後》是鐵民迄今僅有的一部長篇，從這裡應該可以看出鐵民經營長篇巨構能力的端倪。

鄭：鐵民的《雨後》是個異數，他的短篇往往會有疏漏，長篇反而處處計算得相當精密、伏筆、回應都很自然恰當，譬如祁天星母子要入山去找祁雙發，前面老早就埋有伏筆，這說明作者在構思的時候便計算到了，這表示他有掌握全篇小說進行的能力。比較起來，《雨後》也有思想性的東西存在，仔細探討起來這裡面的人物轉化就很有意思，祁雙發夫婦、父子、母子之間都有矛盾，都有衝突，尤其是祁雙發，他在這個家庭的地位本來是個邊緣人，但到緊要關頭他搖身一變，卻成為關鍵性的主宰，我相信這是鐵民有意的安排，也有他特別的用意。在處理這中間相當複雜的感情關係時也能夠做到明快……能夠寫《雨後》證明他從事長篇創作應該不會有困難。

彭：今天大家的意見相當的一致，我們都肯定鐵民做為作家過去努力的成果，也肯定他是稟賦優異極具潛力的作家，總之做為中堅一代臺灣小說家的鐵民過去一直默默地寫他的鄉土之愛、鄉土之情，過著無所爭的，單純的寫作生活，沒有引起人的注意，這次《文學界》選定他做為本期的討論對象，還是國內文壇的首次，雖然沒有做到面面俱到，那是我沒有盡責做好籌畫的工作，使得兩位有倉促間被逼上陣的感覺，我要為兩位未能暢所欲言致歉，但我相信我們今天拋磚引玉的討論一定能引發大家對鐵民作品的重視。

——選自《文學界》第 6 期，1983 年 4 月

走過創作旅程的第二站
試論鍾鐵民的小說

◎呂昱[*]

一、父志子承只此心

　　大概很少人會承認文學血質具有先天的遺傳性。因此，假使我們在鍾鐵民的小說裡，竟也感受到有如鍾理和先生筆下的謙遜，冷靜與堅毅的特質時，我寧可相信那是來自於父子至情的親愛所得者。就文學言，鍾鐵民能享此父蔭實屬得天獨厚吧！

　　鍾鐵民在〈鍾理和先生年譜〉的後記裡曾寫道：

> 先父理和公去世時我才高中二年級。我為他整理遺稿，這些作品絕大多數我都背著先父偷偷讀過，並深深受著感動，可是這些稿件他絕大多數一再遭到退稿，這是我一直很不服氣的。我想著先父要我把這些文稿手卷全部焚燒的遺命，一邊流著眼淚一邊暗自發誓：有一天我能力夠了，一定要為先父那種堅持文學的立場，默默地投稿默默地掙扎的不幸際遇立下傳記，要讓他的努力成果得到應得的報償。

　　理和先生傳奇性的身世和貧病交織的創作生命，不僅是為我們註解了那個時代的屈辱和苦難；他那文學心靈的超越與昇華，主動承當文學筆耕工作的勇氣，以及鞠躬盡瘁的毅力，使他的名字深深嵌印在臺灣文學史頁

上，他的身影也隨著時日的加長而成為臺灣文學的一尊巨神。

　　就傳世的《鍾理和全集》以觀，理和先生確是為我們保存了戰後農村的真貌。但是，如果我們竟因此而僅以「農民文學」來範疇其全部遺作，或率爾冠以「農民作家」的稱呼，我以為是見樹不見林的說法。

　　理和先生的創作取材，固是飽受戰火摧殘的臺灣農村，然而面對破落的、淒涼的劫難景象，理和先生所表現的，既不是忿恨的悲鳴，也不是狂吼的嘶喊。相反的，他繞過了激烈情緒的直接反射，讓自己淌血的心靈緊貼住故鄉泥土上，向土地強固的生存根源、向異族蹂躪之後的性格傷痕、向歷經悲苦的血淚殘跡，以一份文學工作者自持的靈敏與克制，小心的挖掘，耐性地描摹，沉著地補綴。特別是完成了〈故鄉〉以後的晚期作品，理和先生實已叩開了文學的大殿門。

　　即以《笠山農場》而論吧！理和先生呈現給我們的，表面看去，似乎只是農民現實生活的原貌，在那物質匱乏的日子裡猶然無怨無尤地勤奮工作，而辛勞工作中也不忘山歌對駁的自然樂趣。但是，我們若肯攀登到笠山山巔上，鳥瞰山野鄉民和土地相生相養的一份獨特感情，並體悟出他們苦不堪言的操勞外象所揮霍不盡的艱難與瀟灑天性，庶幾能觸探理和先生所寓藏的大地生機底奧祕。

　　苦並不可怕，劫難也可以在積極承當之後化解於無形。可是做為一個人就應該活得像個人。理和先生的創作理念便是繚繞「人性尊嚴」這主題意識而加以闡釋剖陳的。忍熬過炮火與人禍的大地子民們，只要生命還存在著一絲尊嚴的價值感，縱然已窮得一無所有，也還是可以苟延殘喘地賴活下去的。

　　依循這個創作認知，理和先生所記所敘者，正是農民的生活層面，以之揭露大地子民的苦難本質，再從農民所執著的生命價值觀進而探討人性深邃的善惡與苦樂出處。也因為有題為〈故鄉〉的四篇作品為憑，使我們敢說，理和先生圓熟的創作心靈已登入偉大創作的堂奧。無奈病魔忌才，先是肆意摧折其軀體，再奪其生命於正臻創作極境之際！

我們都因天不假年而為理和先生的早逝扼腕歎息。所幸，希望並不因理和先生的歸天而殞滅，身為長子的鍾鐵民繼之挑起這沉重的擔子。秉承理和先生的創作意念，鍾鐵民仍然以筆當鋤，沿襲其父對苦難的理性態度，繼續挖取大地生機富藏的「根」源。從廿歲發表的〈蒔田〉看，我們都有理由為這炷文學香火的延燒而感到狂喜。理和先生的創作因此得以永不斷絕。

二、童年淒苦生涯的追記

鍾鐵民的創作年表顯示，他 20 歲到 30 歲的十年間，曾發表六十餘篇作品。對一位非職業性的年輕作家來說，這成績是豐碩的。此正可以肯定他對文學的誠摯和勤勉。

鍾鐵民紹承的既是父傳的創作理念，其出發的軌轍及其小說世界之投影於視野所及的鄉間風土人物，毋寧是極自然之事的。易言之，他從自身起跑，將自己成長的山村做為創作的活水源頭，細細地勾勒周遭每一張木訥、痴呆、蠟黃，卻又不失寬厚、淳樸與堅強的臉龐。在童年淒苦的生涯追憶裡，攝出生命原鄉的精神風貌。而他個人成長過程的艱困經驗，又蘊藏著人世煉獄的各色圖案，恰足以助其捕捉人生蒼茫的不幸與愁苦之答案。藉著一宗接一宗的故事敘述，展現出生命掙扎中的悲壯與落寞。

像「阿憨伯」，他「自幼就有一股傻氣，一股狂氣」。其實他的憨，他的狂，完全無損於生命的莊嚴性。他活得實實在在，一點也不含糊苟且。

> 名副其實，阿憨伯他粗野，他愚蠢，但無可否認，在生活的另一面他卻是極其嚴肅，極其認真的。大清早起來，挑著一擔畚箕到村子四周撿牛屎，必得要撿滿兩畚箕的牛屎才回去吃早飯，不管颱風或下雨。
>
> ——〈阿憨伯〉

樂天知命的生存哲學所意含的，豈非是面對苦難，承擔苦難的那份勇氣

麼？在芸芸眾生中，阿憨伯根本是無足輕重的角色，可是他的生命態度卻自有一份叫人親切的感覺。這親切何來？是否就是今天流行的「鄉土」味呢？還是因為樂其所生，逆來順受的一種灑脫感呢？

又如在〈枷鎖〉裡，那位一度幾乎成為「我」嫂嫂的阿蕙，雖然她迫於現實不得不嫁給半癡的阿丁，而多年的婚姻生活顯然並未使她感到痛苦！作者給我們的畫面特寫是：

> 她興趣盎然地說著她那呆丈夫的許多有趣好笑的言談和動作。神情真像極了母親在炫耀自己頑皮的兒子。她沒有嫌惡他，她提到他的時候帶著些微疼愛和得意的神氣。他是幸福的，非常的幸福！至於她，我應該怎麼說呢？她過得快樂、適意。那麼，她也是幸福的吧！生活的目的是什麼呢？人人都在求安適，如果生活確實僅僅地要求這些，那麼她不是已獲得了一切嗎？
>
> ——〈枷鎖〉

在作者而言，阿蕙的幸福來自於「她知足，她安命」。而那個差點兒娶了阿蕙的哥哥呢？「有兩個逗人疼惜的小寶貝，有鄰里稱賢的嬌妻」，可是這個哥哥卻生活得不快樂、不如意。作者如此說：「因為他跟我們大家一樣不滿足。他愛嫂嫂，不忍違拂她，但是他又懷戀阿蕙，希望得到他夢想中當王子的生活，感情跟願望的衝突使他痛苦，這就是人性的枷鎖吧！」

這般露骨的角色對比，無非是為了凸示作者個人的生命觀。那麼對作者來說，苦難的實質乃是人心的不足，得隴而望蜀，才會使人生而不樂吧！

再看〈竹叢下的人家〉。那阿乾叔，我們可以說簡直就是理和先生〈故鄉〉裡的阿煌叔之再塑。這阿乾叔「原是個篤實認真的工人，帶著工作班子到處包攬工作。」千不該萬不該，他偏去領悟了生活殘酷的猙獰面目。「做了整輩子的零工，做不春光。」阿乾叔是這樣抱怨的。

是了，受苦的意義是什麼？辛勞一生為的又是什麼？若只准你去受，焉容你回頭去想、去看、去問！否則你的心會不由分說地被割除了。哀莫大於心死。在苦難恣意逞能撒野於人間的年代裡，人類除了努力設法活下去之外，還能找到其他自救之道嗎？奢談人性的覺醒，或不識趣地想去追究生存的價值，都只會換來深重的悲哀，甚而反被苦難所吞噬了！薛西佛斯一旦拒絕推動巨石，他就躲不過被巨石滾落所壓碎的厄運。具備理性認知能力的人可以參透行動意志拒絕上帝的命令而選擇了荒謬，繼續推動巨石上山。可是對於顢頇直率的鄉野村夫，推動巨石的意義大不過是為了長活下去而已！否則，消極的抵制或不滿的逃避，便只好坐而待斃了！他們其實並無太多選擇的機會吧！當然，大人們可以因為生慾幻滅而乾脆躺下來等死，但是無辜的孩子怎麼辦？鍾鐵民在意的應該是這個答案了。

> 阿財古比我大一歲，又黑又傻，個子矮矮的像個山猴子。阿菊大我三歲，卻又比阿財古更矮更難看，但她精伶古怪，我不討厭她。他們永遠都在弄東西吃。田裡偷得到的，山裡找得到的，河裡捉得到的，全都弄進肚子裡去，從動的兔子到魚蝦，不動的蕃薯包黍酸藤葉和木棉花嫩棉房。跟他們在一起真有說不盡的新奇。他們有時生吃，有時用烤用煮。
>
> ──〈竹叢下的人家〉

這對姊弟，沒了父母的照料與管教，已是十足的野孩子，而阿菊和阿財古依然能自在地覓食於山野中。這景象不免使我們聯想起《笠山農場》裡的山精饒新善說過的：「笠山什麼沒有？」富足的大地可以養育無盡的蒼生殆無疑義，但是，人竟因求生而流落到「永遠都在弄東西吃」的窘境，連最起碼的喪親之痛的倫理意識都沒有了，那還談什麼人性呢？這樣的窮苦難道還不該被咒詛被譴責嗎？

窮苦是人類罪惡的根據地。〈朽木〉裡的阿猴仔，〈阿祺的半日〉裡的阿魯仔之所以會偷、會騙、會愚弄人，不正是窮苦的折磨所逼成的麼？天

地不仁以萬物為芻狗,做為受苦的人,是甘為芻狗好呢?抑或反求諸己認真孕蓄心靈的希望火苗,積極向逼取而來的苦難挑戰好呢?

〈山路〉裡,一對初中生之所以冒著生命危險,翻山越嶺,橫爬斷橋,為的就是趕去參加師範學校的入學考試。投考升學對他們乃是「一線生機,抓住它,就好同抓住生命一樣重要,值得不顧一切去冒險」。這「就是求生」,而謀求生存的意義卻「不是外人所能體會得到的。」

在那篇書信體的〈風雨夜〉,鍾鐵民亦寫道:

> 為什麼我們命歹?你曾經問我。這點我沒法回答你,我自己就時時如此的自問哩!……過去的不再去想它,破碎的也任由它去破碎。我所希望的是早為我們的家庭打出一條新路來。
>
> ——〈風雨夜〉

既然天地不仁,人們本當自求多福。無奈,人類本性的貪婪、愚昧與執拗,卻有意無意地加緊自我的箝制,同類相煎更成為苦難殘虐於人的主要幫兇。

〈鎮道〉裡的年輕婦人離婚再嫁為的是追求平靜安定的生活。「她跟著他開山種作,他疼惜她」,可是她卻被鎮上的人所鄙視排擠,婦人何辜?〈送〉裡被婆婆逐出家門的愛妹茹苦含辛地經營農場,大女兒春蘭才 14 歲就得跟著做工,甚至蹉跎了青春。是她們理該受此苦楚?抑是傳統禮教吃了人?且不管緣由為何,這些苦命人終究都堅強地活下來了。他們只能忍,只能挨;他們悲而不怒,他們哀而不怨,因為他們不知道要怨誰,也不知道要對誰去發怒!

不過身分一旦轉回到知識分子的立場,不怒不怨才是不可能的。〈風雨夜〉裡的「我」,既是一位中學教員,當然要擺出批判世情的態度。他直接譴斥了放火燒山的愚行:「想想人類有時真的愚蠢到可憐可恨的地步。」人們點燃山火是因為他們失去了自主的能力轉而信賴天譴的神話。其實山火

燒掉的不只是青蔥翠綠的山脈，更應該是人類所能依靠大地以生的全部希望吧！

　　而〈送行的人〉，鍾鐵民藉著扛屍人的語態詛咒道：「對她們這些當子女的，老新丁確是個惡魔。真的，我很難相信他還有一點人性，這個不近人情的老東西。……老鬼愛賭，村子裡許多人暗叫他救濟院長，他死握著所有的收入，高高興興拿去救濟賭博的人，對自己的子媳，偏偏就那麼刻薄。連生了病，想向他要一點錢都得先挨半天罵，從來不買菜，卻要她們像牛馬一樣做著。」

　　孩子病了，捨不得掏錢給孩子就醫治病，狠心讓做母親的阿桂眼巴巴地看著自己的骨肉橫死，則阿桂的話已全無尊嚴可言了，她對人間還依戀什麼？好，阿桂喝農藥自殺了，那麼惡人有現世報嗎？「惡人經常比好人過得更舒服」，不是嗎？何以致此？當警察前來探案時，誰說出真情了，那扛屍人儘管知道真相也實在無勇氣出面告發的。大不了也只能在將阿桂送上墳場時獨白在心底吶喊：「不要怪我，阿桂，我良心大概死絕了。我恨死了我自己，恨所有可恨的事物，更恨那真正殺妳的老東西，而我卻替他掩飾，像大家做的一樣。」反諷的筆意怒斥了人類的自私、愚蠢，可也只是無能為力啊！

　　是因為太年輕的關係吧！作者縱然已從理和先生的文學氣質裡浸潤了敦厚與悲憫的從容謙讓，然而心靈的傷口仍止不住熱血沸騰的撞擊，憤與怨的鬱積仍禁不住地透過筆尖流露出來。這一切使我們體認了鍾鐵民身世裡所布滿的荊棘烙痕。那夢魘般的血淚辛酸亦可承接理和先生的一系脈流了。

三、「雨前」和「雨後」

　　童年生涯是作家依賴創作的豐富資源。不過在大量深掘採擷之後，難保不會枯竭時盡。何況時代的腳步在不斷地推移，1960 年代的臺灣社會已正緩緩變遷著。二十年來的休養生息，農村經濟再不是 1950 年代的戰後殘

破與貧乏所可比擬。而且政策上的推波助瀾，臺灣正全面性地朝向工商發展的方向前進。即令是最具傳統勢力的農村社會，亦因工業文明的一再滲入而鬆動起來。做為一個作家，憑其多感敏銳的靈視，對於時空變動的肌理脈紋所能感受的心靈重負，必然地較常人來得深刻強烈。〈風雨夜〉在文字上直接剖解的喟歎可視為鍾鐵民這時段理念抉擇的充分表白。而〈黃昏〉裡的友福，在遭遇手足之情的侮弄挫折之後，不惜花「大錢」買回一只打火機，那〈打火機〉不正寓寫著新文明之入侵麼？〈霧幕〉裡的阿冬，〈夜歸人〉裡的入贅丈夫都成了逃離農庄田舍的畸零人，作者所要傳敘的，無不是農村人口轉移為工廠人的過渡現象。

年齡的增長自然要加寬作家個人的文學視界，知性批判的意識亦必相對地提高，生命觀則因人生體驗的累積而日趨成熟。事實上，貧苦表象的解脫，將會迫令作家揚棄生命存活的掙扎外貌，其關心的主題也就不會再專注於生命尊嚴的維護上了。畢竟，吃蕃薯簽的日子已遠去，童年的淚痕已風乾，像〈老友〉裡寧死不肯花錢醫病的阿元伯終是難逃汩沒於時代潮流的命運。鍾鐵民至此，已走完創作旅程的第一站。此前的作品雖然刻畫了山村鄉野的諸多樣相，其實也是零碎細瑣的描畫，或者說其大部分作品都只觸及生命層面的危機情境。若是要求其筆尖再深入到人生極境裡，去找到內在敏感性的緊張關係，作家的文學心靈就必須無所寬假地面對蛻變的考驗。一個深具潛力的作家，一個植根於自己鄉土大地的文學工作者，絕不該規避自我挑戰的責任。1970 年以後的鍾鐵民之所以作品量急遽銳減，也是很可理解的了。

1972 年，《雨後》一書的完成，使我們有證據相信，鍾鐵民超越過去的努力已得到肯定的成績。也就是說，他為自己證明了不單是只能寫寫故事而已！他更能將自己對當代社會的觀察和感受化為哲學理念的思辨，經由純熟的小說技巧和型式，冷靜地剖解自己所欲探討的「文化主題」。

在《雨後》，鍾鐵民選擇祁家做為「雙元性過渡社會」的農村抽樣。作者正確掌握了 1970 年代初期，農村社會變貌過程中所無法避免的價值摩

擦。而且作者也藉助於小說人物的自我約束，以及其對生存本體的思考與醒悟，在勇敢地擔當現實苦鬥的角色後，終能掙脫人類無知的鎖鍊，擊敗囚困人類於苦難囹圄的惡神。在鄉土信念的新詮釋中，在不背離親情倫理之愛的情境下，為大地子民追求幸福的未來諭示了樂觀的訊息。

　　做為小說中心的祁家，曾經是村裡的大地主，擁有全村十分之一的土地。耕者有其田的政策實施，使他們只剩餘一份自耕的一甲多地。祁雙發謹守祖業，愛山村、愛田園。可是跟他棄農從商的大哥和步入政壇的弟弟相比，他反倒是顯得潦倒不濟了。老了的祁雙發，田地有二兒子祁天星接手，家務事全由老妻何五妹做主，在現世裡，他已被擊敗。但「他從不怨自己的命運，也從來不羨慕兄弟的成功」，反倒是樂得「閒來帶著狗兒到處走，隨著獵伴們一山翻過一山，打那種沒有收獲的獵」。在人群中，祁雙發是個輸家。他雖然無奈，卻無忿怒之慨，他認了。他轉而到山林裡去尋找競爭的對手。黑公猴的出現更引發他求勝的心，他確信和黑公猴的競賽自己會贏，因為「我是人，你是猴子」。正因此，當他一再落敗，那追捕的心便愈加地強烈，甚且「已經到了咬牙切齒的地步」。在這場人猴追逐的遊戲中，祁雙發堅持公平決鬥的規則而拒絕使用獵槍，更見出作者所意賦予的道德實踐之嚴肅性。

　　祁天星，祁家的主幹，成長於戰後，服役時留心著臺灣農村的現代化，退役返鄉有心改變家裡傳統性自給自足的經營方式。作者透過祁天星的心思觀點寫道：

> 舊式那種謀生方式已經不行，田地最多只能養活人，而他現在既已身為農夫，就只有想法用土地來作資本，不但要靠土地謀生，還要生活得比別人更好。

　　祁天星不甘於充當一位平淡過日子的工人，他對田地耕作有他自己的看法。當他投身於發展自己的抱負時，才發覺到「真要改變起來，實在也

真不容易！先是母親守舊謹慎，再就是天災蟲害」。一陣颱風，他的香蕉園就幾乎被吹倒半園子。

　　小說中對於農村的生活景觀，鍾鐵民有詳盡的描繪。像鐵牛的取代耕牛承包犁田耙田的工作；養豬的副業逐步轉為主業投資型態；汗流浹背的割禾比賽中男女間開朗明亮的談笑聲；山村相親的習俗和中元打醮祈福的祭典等紀實，都顯示了作者文字質樸流利的駕馭能力。而且上下兩代經營農場的觀念出入也不斷出現在對話中。不過，農業生產方式的新舊衝突並非作者真正苦心著墨的重心。風吹倒了香蕉樹可以再補上去，蟲害可以噴灑農藥；何五妹儘管對兒子任何計畫都不相信，但是她仍願「盡力去合作，給兒子方便。不管心裡痛快不痛快。」

　　熟讀《雨後》，我以為鍾鐵民所刻意探討的問題，當在天星和雲英的一段戀情，以及因這段戀情所伴隨而生的心理危機和倫理價值之反省。是屬於精神層次上的指陳與針砭。套句時髦話，也就是軟體程式的素材之沉思。更可以說，有了《雨後》這樣完整統合的透視與批判，鍾鐵民的文學意念才能邁入新生的階段。

　　對照著理和先生的最後遺作〈雨〉來比較，雲英和天星的處境極類似雲英和火生的一段悲情；一樣的青梅竹馬，一樣的海誓山盟，一樣的由於雙方家長失和而被棒打鴛鴦。所不同的，是〈雨〉裡的雲英飲酖殉情，而《雨後》的雲英遵從父母之命乖乖嫁給陳家佑。在我而言，這絕不會是偶然的巧合。更真確的說，《雨後》是存心對〈雨〉裡的那段悲情翻案。就從篇名標示的主題來追究，〈雨〉的背景是個苦難高張的時代。除了乾旱天災之外，人性之惡所豢養的鬼魅魍魎正四出為虐。人性之善不斷被蠶食啃蝕，連生命尊嚴都難守護了，又何來反擊的力量呢？死也許是自我維護的最後防線了。當雨傾盆落下時，雲英的死也因而昇華為悲劇行為。那麼，人類一定要以死表明心跡才能贏來天庭神祇傲然的矜憫嗎？對鍾鐵民，這答案顯明是否定的。理和先生拿自己的鮮血充當乳汁哺餵蒼白的臺灣文學之嬰；以自己的骨灰沃育臺灣文學之根，以自己的膏脂燃亮臺灣文學之

火，對鍾鐵民，對後輩的我們，都是件太過於殘酷太難於接受的事實。而今，如果我們已從前輩的身教與作品中學習到謙卑的隱忍與寬恕，我們是不是應該更進一步去思索人性的覺醒呢？或者說，我們應該從知識累積而成的智慧中去重新認識現實條件，進而證實幸福的追求才是人類善良的本義，也才是人類對抗惡神兇暴的最佳態度。所以〈雨〉裡的人們面對旱災只能躺著望天，《雨後》的人們卻是對風災的積極防護。

因此，《雨後》的雲英乃有了相異的命運了。她不由己意地嫁給陳家佑，家佑待她恩愛有加，這婚姻是輕鬆幸福的，雲英沒什麼可抱怨之處。可是才兩年家佑便撞車身亡。雲英帶著兩個孩子照顧近一甲的水田，生活擔子沉重地壓在她身上，她也挑起來了。「幾年苦難的日子更磨鍊出她一種堅毅莊重的性格，柔美中給人感到一種高貴的氣質。」這是對認真生活過的人的文字禮讚，也是鍾鐵民自現實壓力下脫困的意識宣告。在祁天星重燃起她生命火花後，「她對生活又恢復了情趣。」

雲英，拖著一男一女的年輕寡婦，對現實生活能存有什麼奢望呢？她所求的不過是「祁天星偶而過來幫這幫那，讓她知道自己並不完全是孤獨的，有一個人可以讓她撒撒嬌，訴訴心中的苦悶，這樣她就滿足了。」然而，在傳統禮教根深盤據的農村，貞節牌坊還高懸在多數人的意識深層裡，雲英敢放肆為之嗎？她的娘家和兩位老姑婆，以及村人側目的閒語，都可以是顧忌的因素，但真正的桎梏其實是雲英靈魂上的自疚吧。

> 我究竟是怎麼樣的一個女人？雲英自問著：先愛一個，嫁了另一個以後又忘了第一個，現在，第二個失去了，又回頭來死死的依戀著第一個，這不是可恨的下賤嗎？那算什麼愛呢？
>
> 以後應該盡量疏遠天星，盡量把他忘記。孤獨的人就應該回到孤獨的殼裡面去。這不是怕兩個姑婆陳鳳珠和陳玉珠，也不是怕母親和娘家人的責罵，為的是這個小小的家庭，為了祁天星，也為了牆壁上的丈夫家佑。

生活確實很艱苦，只有咬緊牙關！

同等的心理困窘，世俗道德法律所加諸於祁天星的迷惘與徬徨，並不
亞於雲英的自我煎熬。

不是親人，不是妻子，父親說得真重，有什麼資格去照顧人家？這個社
會畢竟還沒有開通到像電影裡所看到的那麼自由，就是自己都不能放得
曠達，又怎麼能要求別人？口裡說著不怕任何人，要爭取應有的權利，
大家都是成年人自由人，不能受任何人影響。為什麼又顧慮這顧慮那
的，不敢去看看她們母子呢？不想去？不！恨不能天天跟她們在一起。
為她們留地步？恐怕自己害羞慚愧的成分更多一點吧！……
那麼你究竟將雲英看作怎麼樣的一個女人了？自己未來的妻子嗎？一個
對你百依百順的無告的俘虜？或是一個你隨心所欲而又不必負任何責任
的情婦？你是愛她疼她想為她犧牲？或是為了滿足自己虛擬的高尚的關
懷？抑是為了報復被拋棄的怨恨而玩弄人家的感情？

類似這樣反覆掙扎和矛盾交雜的心理刻畫，分置在小說各場景間，乃
形成了主體情節的發展紋脈。天星和雲英從小自然孕生的高貴情愛，在內
外圍困的極端情境中，非但沒有萎縮枯謝，反因密度的膨脹而迸裂命運無
情的枷鎖。就像祁雙發捕捉的鱗狸，任你布下天羅地網，牠偏就不走你埋
伏的洞口而另外穿洞逃生。祁雙發為此感慨地說：「牠挖了一條新路就能逃
生，大膽創新沒有什麼不對，改變的事物太多了。但是同樣，舊的又有什
麼可以割捨不開的呢？」

婉諷的語法，其實已寓意了祁雙發無奈的歎息。〈雨〉裡的黃進德不服
輸，結果卻輸得連女兒都賠上了，是位徹底的失敗角色。《雨後》的祁雙發
在鍾鐵民筆下改寫成已看破世情，「不再思想凡塵俗世的世外老人。」作者
甚至故意避開了天星和母親攤牌之後的主戲，將雙元性觀念尖銳衝突的高

潮，技巧地轉化為人猴之事的正面對峙。在我談來，實即作者精神超越的
深刻寓意。那黑公猴掉入陷阱被鋼鉗制住，祁雙發亦摔脫腳踝關節不免於
難，落得個兩敗俱傷。作者寫道：

> 祁雙發覺得右腳陣陣抽痛，他點燃起另外半截的香菸，將空菸盒扔向遠
> 遠的山坡下。落日的光芒已經完全消失，紅日懸在遠遠平原的盡頭，巨
> 大、通紅，美麗得令人心醉。他想著初見猴群時的情景，黑臉英武的率
> 領著全族越過山藤，黑臉憤怒的阻止小猴冒險，黑臉為同伴摘取蜂房，
> 黑臉識破他設的陷阱。而惹得他冒火三丈，發誓要捕捉到手的，不就是
> 眼前這孤獨寂寞的傢伙嗎？忽然他覺得心神黯然起來。

　夕陽餘暉對比於孤寂的黑公猴，導發了祁雙發更多的感傷與參悟。他
日日夜夜所想要的，所欲追逐的到底是什麼？是殺掉這大公猴供為食用？
抑或是賣了換錢？還是要證明自己尚未報廢？「這一輩子他從來就扮演著
失敗的角色，沒有人看重他，連老妻都是如此，他一向是一個次要，甚至
無關緊要的人物」，「現實生活中，他是一個次要的人，有什麼需要他動心
去追求的，老妻替他想到了，天星替他想到了」。但，黑公猴不同，牠是猴
群領袖，在同類中扮演著要角，結果還不是一樣地落了難？

> 你跟我命運一樣。我是一個不重要的人，但是有人來援助我！祁雙發
> 說：你很偉大，你在族中是那樣的不可少，你的那一群卻沒有一隻有能
> 力營救你，是你趕走牠們，或是牠們棄你不顧而去了？

　人間煩惱皆因強出頭，是非成敗轉頭空。紅日西沉，黑夜來臨之後，
黑公猴的具體形象遂幻化為人性幽闇的罪惡意識。而黑公猴的受困亦正象
徵了人性靈明意識的升高。最後，祁雙發堅持要天星把黑公猴放了，因為
祁雙發已在這場人猴追逐行動中有所征服，這征服的實際參與，就是對命

運的最好答辯。沒有了黑公猴也一樣會有其他的動物做為他的競爭對手。人類苦難的外象其實就根源於人類本性的放射。薛西佛斯所推動的巨石永遠會再滾落下來，人性之惡神隨時會再發動苦難對人世的侵擾。人類唯有從實際的行動參與中去認知生命過程的自然法則，並找出幸福之路。雲英和天星的奮鬥努力，以及祁雙發對家庭責任的參悟，都在這裡得到高尚的，證言性的確認。

四、休息是為了走遠路

以年齡論，鍾鐵民屬於戰後的新生代，其出現於文壇的時際正好和臺灣的現代主義成長期成平行狀。可是由於他血液中貫注的農民性格，以及承自父親文學心靈感召的創作意念，使他具備了先天的免疫力，不致因文學市場的流行風而染患現代主義的熱病。鍾鐵民守住了寂寞、守住了貧苦、守住了自己的文學陣地，他的作品表面看似卑懦陰暗，骨幹實係以艱忍剛毅所架撐著的。

當《雨後》出版之後，鍾鐵民突然變得惜墨如金！除了〈靜海波濤〉（1973 年發表於《臺灣文藝》)，他幾乎成了息筆狀態。是因為臺灣社會在1970 年代的變動太過急遽的緣故吧；農村變貌日益加速，新舊道德倫理的相互衝擊；價值與價格觀念的混淆、錯落、倒置；世代交替過程中所無可避忌的心理危機，在在都使人類突生文化失調的感傷與徬徨。對於馱負歷史包袱的作家，更可能為自己所堅持的創作理念產生猶疑與迷惑的停滯。

鍾鐵民在〈李喬印象記〉裡即說過：

我忽然想到了題材發掘的問題，我們經常尋找我們所知道的故事，甚至編造故事，然後運用匠心賦予新的意義，使陳舊的故事也有了深刻的嚴肅的主題。我覺得這種寫法比較易於著力。另外則是作者先有了某種感觸、觀念，為要表現主題，再編造必要的故事和情節。當然一個作家的故事有限，到最後所有故事寫完了，勢非走第二條路不可。但要表現主

題而編寫故事不是易事。我們固然想拋棄老寫故事的方式，去探討人生許多重要問題，表達作者個人對社會、人類行為的看法和主張，可是要生動感人絕不容易。我個人就深覺力不從心，不是忽然發現自己經營了許久的東西並沒有真正的價值，便是突然發覺自己的看法全不新奇，甚至數千年前古人的言論中就早探討到了。這使我深感沮喪。

從這段創作心態的陳述裡，我們彷彿看見了佇立高峰上的鍾鐵民正以自我期許的文學靈視，仰望另一座更高的山巔。

通常自傳性的材料，只要作者稍加深思整理便能輕鬆地組織成一篇感受型的小說。因為處理的素材大抵都是自己所熟悉的經驗與現象，訴諸文學也就較能得心應手，而且在傳述時對生活的細瑣和感情的細膩都能顯示作者描摹的精確性。一個新手以此做為自己創作的起步原是常情。可是如果永遠陷溺於討好的感受式的寫法，終不免才盡技窮，走上創作斷岸邊緣而呈虛脫之態。有責任的作家會鞭策自己求新求變，另尋一條山路，不畏艱苦地爬往另一座更青蒼、更便於瞭望人生的山巒。

1977 年發表的〈河鯉〉證實了鍾鐵民數年沉潛的轉機。這篇討論農村子弟教育問題的作品在技法結構上都遠較過去的作品更為利落嚴謹。作者借用河鯉與池鯉的強弱對比，以映襯出學生在僵化教育制度下所受到的職分。而陳老師一套齊備的釣具所隱喻的正是教師們用來牽引學生的校規與教條。「釣絲雖然很細，但是要想掙斷它，卻要有相當大的勇氣啊！」何止是勇氣，掙脫教學常軌所必須付出的代價還可能把這學生全毀了！當不甘於安守「學生」之道的丁春程亮著眼睛說：「我要學習，學習那些有用的東西，廣博的知識、生活的技藝，甚至藝術和道德都好。……」使陳老師無詞以對了。師者，傳的是「升學」之道，授的是「聯考」之業，解的是「試題」之惑，這教育能不叫人憂心嗎？作者對教育現象的指摘，透過小說人物陳老師的自歎與自省，更加深了批判力氣，似此內容與型式的精心設計，乃是鍾鐵民早期作品中所不足的藝術成分。

　　1978 年發表的〈秋意〉直指教育問題的核心，並擴大教育病癥的診斷幅面。升學主義的猖獗席捲臺灣島已年深日久，農村自亦不可免。而造成升學主義無忌的迫害者，除了學校教育方針的錯誤以外，家長偏差的心理也難逃咎責的。在作者看，農村長期的衰疲不振，經濟收入的相形見絀，早已摧毀昔日庄稼人對土地生產價值的固定信仰。因此對子女的期望轉而寄託在讀書升學之途，所為的就是要他們變更農人的身分。農人貶為沒出息的「職業」，此盲目心理便相對助長教學人員的工作壓力，惡性循環的結果使學生成了無辜的犧牲者。鍾鐵民身任教職，於此教師與學生間的緊張關係尤其有著透闢的領會。藉著教育工作者自我嘲弄的筆法，作者展示出當今教育層面上的多重弊端。那種憂嘆之息，深深透露在敘述的文字間，益增我們心靈上的驚慌！

　　〈余忠雄的春天〉（1979 年）轉由學生的單一觀點，檢省升學主義及教育工作者不斷施予年輕學子的心理壓抑與挫折感。學校是幫助青年社會化的正常機構，教育目標揭示的是四育並重的口號。然而，我們在〈余忠雄的春天〉裡，完全呼吸不到德、智、體、群的氣息。余忠雄在學校裡所體認的乃是人格的扭曲，善良的屈辱，以及迷幻不可解的未來。余忠雄成了一具讀書機器，七情六慾俱在戒律之列。跑吧！專心地往前跑，競爭的社會是不容許你停下來多想的！作者的質疑與不平全抖了出來。

　　這三篇作品構成了鍾鐵民創作的重要系列。

　　基本上，鍾鐵民的新作並未背離他文學原鄉所出發的一貫大道。做為再出發的此一系列，除了加寬文學視野之外，其創作理念中也注入了愈來愈濃的社會意識。這是不得不爾的選擇。走了十數年的創作之路，作家不可能對我們賴以生活的社會不存有一定的意見。這意見是一組或多組命題和價值所輳輯而成的文學社會觀。努力將這社會觀在自己的作品中技巧地宣洩表露，使小說不但只是人生的傳敘，更應該讓有心的讀者們找到意見的參考。

　　當然，小說中社會意識的升揚，作者必須經常以自我斂抑的性格和內

在凝聚的心象做為淑世熱情的調和與節制，讓作者所欲傳達的意見鹽溶於水，不落言詮地加以表現。否則形跡外露，小說世界失卻其可親性與可感性，藝術的效果也便大打折扣了。像〈田園之夏〉（1979 年）那樣地一路白描到底，就使人感到不耐了。

去年發表於《文學界》第二集的〈約克夏的黃昏〉使我們再看見鍾鐵民在主題與藝術之間同時盡力的例子。從約克夏種豬的引進、繁衍、以至於被新種所取代的過程中，我們也身歷了農村興替變遷的具體經驗。文字的精鍊凝縮加深了人物生動的印象。可謂是作者歷來最為晶瑩剔透的上上之作。無論如何，作者自我要求的一份用心是絕對可信的。慢工未必就能出細活，嚴肅的態度卻是中年作家不該忽視的風範。

「槍在磨亮之後才能順手，馬鞍失去光澤之後更宜坐騎。」

「如果你的才氣已經用盡，你得學習如何應變，你不再年輕，而你必須表現出比年輕的時候更出色。」

這兩句海明威說過的話，很相近於「文窮而後工」的創作原理，也許用來說明鍾鐵民此刻的成就還算合宜吧！

——1983 年 2 月 23 日

——選自鍾鐵民《鍾鐵民集》
臺北：前衛出版社，1993 年 12 月

從〈蒔田〉到《家園》

鍾鐵民小說的起點與終點

◎彭瑞金

一、鍾鐵民小說概述

　　《鍾鐵民全集》小說卷凡四卷，大致上按照他生前作品的出版順序編排，卷一收入 1965 年幼獅文化公司出版的《石罅中的小花》及 1968 年大江山版社出版的《蒔田》兩本小說集中的 30 篇短篇小說。卷二收入 1972 年，臺灣省新聞處出版的長篇小說《雨後》和 1980 年東大圖書公司出版的《余忠雄的春天》裡的 12 篇短篇小說。卷三收入 1993 年高雄縣立文化中心出版的《約克夏的黃昏》、1998 年百盛文化公司出版的《四眼和我》、1999 年百盛文化公司出版的《月光下的小鎮》，以及 2001 年桂冠圖書公司出版的《三伯公傳奇》四部作品集中的 15 篇短篇小說。卷四為未集結作品 25 篇及未完稿 4 篇和長篇小說《家園》的未完稿。

二、從〈蒔田〉出發

　　鍾鐵民的小說創作始於〈蒔田〉，在他父親鍾理和病逝的第二年，也就是 1961 年，他從旗山中學畢業，參加大學聯考落榜，便寫了〈蒔田〉，並且獲得發表。之後，即進入勤於筆耕的歲月，兩年間，陸續有：〈四眼和我〉、〈人字石〉、〈父與女〉、〈夜獵〉、〈帳內人〉、〈新生〉、〈阿憨伯〉等 16 篇作品，以數量而言，占了他一生短篇小說產量的五分之一。鐵民九歲時因背痛發現罹患脊椎結核之惡疾，從少年時代便屢屢因脊椎無力支撐身體的重量，行走時十分吃力或無法行走，小學時期就有無法上學的情形。11

歲時，已出現駝背的現象。父親鍾理和病逝時，因脊椎引起的麻痺，導致無法行走、臥病在床。但在父親過世後，他要負起和父親文友鍾肇政、林海音、廖清秀等人通信的任務，聯絡有關鍾理和遺著的出版事宜。在聯考升學失利、病痛纏身之際，文學創作極可能是他這時候想到的最理想的生命出口，有得到這些父執輩的鼓勵。

〈蒔田〉，可說是他對文學、小說最早的認知。〈蒔田〉是一幅農村風景的素描，在形式上它更像是散文，它是一幅農民的插秧風景畫。從事稻作的農民，最起碼的條件是犁、耙、蒔、割樣樣都行，以〈蒔田〉中的「我」而言，蒔田這一關都通不過，只勝任送茶水、巡埤頭，勉勉強強只能說是農家出身的子弟。鍾鐵民的小說一輩子都沒有離開農村和農民，在他的內心世界裡，也一直不缺和農民可以合體的靈魂。鍾鐵民和鍾理和父子二人的小說極為近似的地方就是，作品非常貼近自己的生命和生活，不但許多以第一人稱寫成的小說，都和他們的生活經驗非常接近，即使不以第一人稱寫成的小說，也不難處處見到作者的身影。鍾理和、鍾鐵民都沒有實際的農耕經驗，也沒有以農業耕作的收入為家庭唯一或主要收入的農家生活經驗，卻一點都不影響他們作品和農村、農民的親近和親切。這在鍾鐵民小說創作的初發，為自己奠定了十分確定的風格。也許正由於對生活環境、周遭人物、事務的一體感，讓鍾鐵民的小說在初發時期就形成一種說他人的故事和說自己的故事沒有區別的自然寫作風格，甚至他在描寫景物時，把人也融入風景而不自覺的現象，有一種把自己完全自現場放空抽離的泰然、坦然。鍾鐵民小說的「少年老成」，幾乎從第一篇作品就完全表現出來。其實，這種小說散文化的表現手法，也出現在鍾理和描寫貼切自身經驗的作品中，鍾鐵民擷拾生活寫作的風格，不見得是得自父親的遺傳，但出自雷同的生活和生命體驗，應該是不必懷疑的。

雖然 1961 年開始發表作品的鍾鐵民，在 1962 年就達到他短篇小說寫作的第一個高峰。但 1965 年，由鍾肇政主持的「臺灣省青年文學叢書」出版他的第一本小說集《石罅中的小花》時，他只選了〈新生〉、〈山谷〉這

兩篇作品進入他的第一本作品集。可見他對這些作品並不滿意也缺乏自信。的確，他第一階段的作品有著情節簡單、人物稀少、續航力不足的情形，但也有超齡超驗的演出。他還是剛滿 20 歲、高中畢業準備重考大學的重考生，卻能在清純的文學中表現敏銳、不失深入的人情世故的洞察能力。鍾鐵民初階的 16 篇作品中，嚴格說，只有〈我要回家〉和〈新生〉是寫發生在自己身上的事。前者寫「我」因治病方便暫住外婆家，外婆卻因疼惜自己的女兒；丈夫生病住院已三年，兒子又生了怪病，把怨氣發洩在外孫身上，生起氣來便口不擇言：「你這作孽鬼，害蟲！……哭、鬧！我的女兒快被你們害死了！……」天天在此咒罵下過日子的幼童，難得看到媽媽自然吵著要媽媽帶他回家，看在外婆眼裡，只有更加生氣。這篇小說展現了十歲幼童的敏銳，也呈現了 20 歲作者對人情、事理的通達。20 歲的鍾鐵民是完全理解人間的無奈和「外婆」的心情的。〈新生〉就是他的就診經驗。醫生診斷出他的脊椎結核病菌已損壞了他的脊骨，除非開刀，恐怕難逃雙腳麻痺無法走路的命運，而開刀的費用又不是他所能負擔得起，醫生安慰他，腳不能走，還有聰明的大腦和靈活的雙手。治身體的疾病無望，卻把醫生安慰他的話，當作開散「新生」的鑰匙。

　　其他的可說是各式各樣的農民圖和生活圖了，〈小叔子〉寫堂哥結婚了，嫂子卻不是「我」所熟悉的蘇女及吳女，新嫂子要「小叔子」去學校宿舍看顧他們的新房，新房牆上結婚照裡的嫂子用力瞪著滿腦胡思亂想的小叔。〈四眼和我〉是童話故事，四眼冒險渡過急流的河水、回家求救，救了小主人。〈父與女〉是相依為命的父女，父親疼惜再三天就要出嫁的女兒，打算等女兒辦完喜事再開工，女兒心想是最後一次幫爸爸種田了，要趕在結婚前種下這一季田，寫出一段感人的父女情。〈人字石〉一對青梅竹馬，父母都是臺灣人，二人卻都出生在中國，戰後分離一段時間後才重逢，女的已有屬意的對象，如今，女的偕夫婿來訪，卻要他到車站接他們。20 歲的鍾鐵民，肯定沒有這樣的經驗，受困病中的他有此調皮的想像，展現鍾鐵民內心晴朗的一面。「人」字石上面的人字，本來是「火」

字，兩撇被雷公打掉了才成人字，以此為題，極具象徵意義，「火大」、「火屎起」是客家庄常聽聞的口頭禪，這篇小說中「我」接到昔日女友信的心境，那種不得不去接人的心情，豈有比「火」字更傳神的？等心情平靜，想想人間的種種不幸、不如意，還不是要像一切做「人」的規矩面對一切？這篇作品看出鍾鐵民小說開始運用一些「意象」創作，進行某些人間事的「課題」思索了。〈酒仙〉寫愛喝酒的農村有趣人物。〈老劉哥和老李哥〉是外省老農民，試圖以養鴨走出「長工」的宿命。〈演講比賽〉寫小朋友以機智救了扛木頭被警察攔獲的可憐婦人。〈夜雨〉寫主張買耕耘機的兒子，終於在雨夜獲得老農父親的首肯。〈山谷〉寫夫妻情深。〈起誓〉寫結婚十年一時找不到 200 元劈柴工錢的夫妻，妻被誤會私自挪用借給娘家弟弟、不肯說實話，丈夫不能原諒妻子不承認、說謊，乃相偕到神前發誓。不久妻子果然腹痛得在地上又哭又滾。剛開始，丈夫還高興妻子得了報應、天神有靈，後來發現事態嚴重，可能會真的失去自己的女人，才趕緊擺出香案向上蒼求情，在找火柴點燭火時，發現 200 元整整齊齊擺在抽屜裡。

最令人驚訝的還屬〈帳內人〉，舊家族中把兄弟情擺在第一位，動輒對老婆拳打腳踢的莽漢，在車禍臥床動彈不得之後，才發現弟弟、弟妹再好終是帳外人，只有帳內人才會想到自己可能口渴、肚飢、需要擦澡，終而幡然感悟帳內人才是自己人。未婚的鍾鐵民寫出這樣的婚姻故事，令人發噱。

從這些最初階段的作品，或許看不到強有力的敘述和描寫刻畫能力，但他所預設的小說世界是相當遼闊，也有一定的深度。綜括這些作品的關懷層面，20 歲的鍾鐵民已注意到農村生產方式改革、農業多角經營、農民生活經濟困境等問題，他的筆同時也伸向農民的內心世界，多年夫妻因細故口角、賭氣到真情展現，年輕夫妻的鶼鰈情深，農民父子的代溝，外省農民的人生憧憬，夫病、子幼婦人的困窘……即使十分簡樸的小說結構，還是展現出敞開自己迎向外在世界的寫作胸懷。

三、鄉愁眼裡的故鄉

　　1963 年，鍾鐵民因文學結緣的一位女士，安排他到臺北工作，也順便準備重考，這一年的 9 月，果然考取臺灣師大國文系夜間部及政大中文系夜間部。他希望將來從事教職，因而選讀臺師大，但臺師大以他駝背不適教職不接受他的註冊，只好打算選讀一學期後返鄉再做打算。1961 年高中畢業後，他還是經常臥病，不生病的時候就以寫作排遣日子，第一階段的作品就是在這時好時病中寫出來的。也曾經一度到美濃的代書事務所上班，想走土地代書的路，終非自己的志向所在，考大學、從事教職才是他人生的首選。向教育部陳情，翌年 3 月終於獲教育部核准入學。成為師大的正式生之後，鍾鐵民於是展開他第二階段的創作峰期。他的脊椎痼疾，還是時好時壞，1965 年 9 月，疼痛日趨嚴重，臺大醫院的醫生也認為除了開刀手術別無辦法，是年 10 月，只好休學返鄉，清除脊椎結核病灶，始徹底解決拖了 15 年的病情。1966 年 9 月復學，1969 年 6 月畢業。9 月返回旗美高中任教。從北上到返鄉的六年間，是鍾鐵民小說創作的另一個峰期，只要是他健康允許的情況下，就有源源不絕的作品呈現出來。

　　鍾鐵民北上的因緣是他在《聯合報》副刊發表的〈新生〉這篇小說，他和《聯合報》的因緣則是鍾理和晚年因文學結識林海音，林海音也是鍾理和遺著出版委員會的委員，之後，林海音創辦《純文學》雜誌，鐵民也到雜誌社擔任校對的工作。鍾鐵民第二階段的作品量相對豐富，和他北上之後得地利之便，有一定的關係，不過，他寫的還是家鄉，也算是另一種鄉愁文學吧！北上以後的六年間，包括返鄉治病的一年，他一共發表了 46 篇小說，從篇數看，達到鍾鐵民一生短篇小說總產量的百分之五十六，對照他這個時期的健康狀態，就不難了解這是他一生中最為拚命文學的一段歲月。這段時期，他出版了兩本短篇小說集《石罅中的小花》和《菸田》，也得到了「臺灣文學獎」（《臺灣文藝》所設）、《幼獅文藝》徵文獎的鼓勵。他的第一本小說集，是和鄭清文、李喬、黃娟、鄭煥等人的第一本作

品集同時出版的，他的小說創作得到多方面的肯定。

第二階段的作品，明顯看得出是放開手、敞開懷去寫的，不僅是對自己的文字有自信、放得開，探索的人情世務也更寬更廣。這個時期的作品主題，雖然不外於自身經驗，包括生病的痛苦，周遭的農民和農村生活。但後者從農村的兒童寫到老農，從他們的農村種植、銷售，到他們的家庭、鄰農關係到農耕的困境，家庭關係則從家庭枝繁葉茂、兄弟分家到農村青年兒女的戀愛、婚姻、妯娌，婚姻生活中的佳偶、怨偶，乃至離婚、再婚家庭的親子關係，二十多歲的鍾鐵民，在心境上已不亞於五十歲人的經歷成熟、滄桑。〈點菜的日子〉、〈門外豔陽〉、〈送行的日子〉、〈竹叢下的人家〉和〈菸田〉是他這個階段最具代表性的作品。

北上以後的鍾鐵民境遇上有了很大的改變，不過還是有新的苦惱，在健康情形時好時壞的情形下，內心的孤寂，離鄉背井的鄉愁，必然帶給他的生活相當的壓力，這個時期不論寫自己或懷想童伴、鄉人、家人，都不像以前的盡往風趣、輕鬆的方向想，不自覺地凝重起來。〈點菜的日子〉是他的臺北生活寫照。北上時，雖得貴人相助，但前途未卜，他鄉遇故知，遇到北來實習又是昔日最談得來的同學相伴，讓遠離家鄉的遊子引為「人間最大樂事」，無奈彼此都窮，點菜時都不敢吃飽，同學已經動用了返鄉的車資，不得已只好返鄉，到車站買票時，只能盡口袋的錢，能買到哪裡算哪裡，「我」則匆匆領了錢趕到車站救了急，還是十分悵惘好友未能留下來陪他度過明日的考試。不意「車子不通」好友去而復返，自是喜出望外。這是一篇描寫友誼的作品，重點還在寫離家北上打拚時的孤寂心情。即使見聞豐富，經歷也不凡，寫自己的作品也不多。〈門外豔陽〉可是攸關生死的大事。1966 年，他被醫生宣告，除非手術，終將無法走路的情形下，在高雄醫學院接受脊椎結核病灶的清除手術，隔年就寫〈門外豔陽〉。他說：「人，生而有需爬上手術臺去決定自己的存亡生死，那是何等的不幸啊！」這項手術和鍾理和當年接受手術的情形十分相似，風險極高，手術失敗可能是死，也可能癱瘓。鍾理和上手術臺時是 35 歲，面對生或死的重

大抉擇，都曾猶豫再三。鍾鐵民這時候是 26 歲，他的牽掛不比父親當年少，接受手術的裁決，無論結果如何，「最少，對得起自己也對得起所愛的人」畢竟自己已「掙扎」過，他要自己勇敢面對，除了好友陪伴，連母親也不確定是否知道他今天手術。事實上，他不是一個人孤單走進開刀房，他是以迎接門外豔陽的心情走進去的。除此之外，〈父親‧我們〉也是他這時期少數根據「私事」寫成的作品，寫父親病逝前的父子對話，兼及對父親的懷念。明顯的書寫的續航力增加了，寫情寫事都更為細膩了。

　　這個階段對周遭人物、世務的描寫也和前兩年的功力大不相同。〈竹叢下的人家〉是代表作。雖然是透過小孩的眼睛看到的世界，卻不是 20 歲的鍾鐵民看得見的沉重。小說中的阿乾叔，很像鍾理和作品裡的〈阿煌叔〉。因為家裡的廚房漏水，「我」跑了五趟才請動他，結果他只把屋頂掀掉，新茅還沒蓋上去便停了不做，卻隨身帶了布袋借了兩斗米回去。阿乾叔年輕時可是篤實認真的工人，帶著工作班子到處包攬工作，現在卻一天到晚躺在床上　動也不動。沒田沒地，種豬菜賣也不認真種，破茅屋快要倒塌了，不修也不重蓋，孩子像山猴子，永遠都在四處找東西吃，田裡偷得到的，山裡找得到的，河裡捉得到的，全都弄進肚子裡去……娘家送的小豬胚用牛繩捆在門口的大石頭上，也不去餵食。到處向人借米卻不肯打零工。老婆全身浮腫，小孩卻一個接一個生，但沒有活的，直到有一次產後死去。

　　這樣的農村悲劇不只一樁，〈送行的人〉寫短期內村裡兩個喝農藥巴拉松自殺的女人，前一個是廟裡的小尼姑，外鄉人，在塚埔燒成灰埋進土裡，現在這一個是人家的媳婦，丈夫還在外島當兵，再半年就要回來了，但刻薄沒人性的公公讓她覺得即使丈夫回來境況也不會改善。公公劉新丁刻薄他人也刻薄家人，換工做活，蒔田、割稻、做菸葉工，約定俗成都要包一頓午餐，就是輪到他家大家都得各自回家解決，山裡竹筍出來時，三餐是竹筍，薑出來吃薑，數月不知油腥味，不時還只撒點鹽下飯。十多個男人做工，桌中央一大碗蘿蔔乾，兩大碗大麵，水煮的蕃薯葉。不時聽到

的是喝罵孫兒、媳婦。死者阿桂的孩子病得要斷氣了,罵爛了嘴唇才肯拿出五塊錢,根本當不了用。阿桂捉了兩隻雞去賣,要給孩子治病,竟用掃把轉頭抽她。僅找些草根、木頭屑治病,孩子拖了一星期就死了。老鬼愛賭省下吃的、用的,全拿去救濟別人,村人暗中叫他救濟院長。阿桂死了,夫家娘家兩家早已交惡,藉口農忙,沒有一個人來送行,丈夫也不可能趕得回來,只有一個人 30 元工錢僱來的四個抬棺工人送她到塚埔火化。

　　雖然,二十多歲的鍾鐵民已經觀察到農村沉重的一面,但顯然認為是個人因素造成的,〈竹叢下的人家〉、〈送行的人〉的悲劇都是自作孽,都是人性人行的偏頗、偏惡、偏失致之,因此,他這個時期的作品,也同時傳達了許多或更多溫暖的人間故事。〈敵與友〉裡的農民為了界址的問題,互相指責對方盜伐,結成冤家,小孩也成了敵人,但敵人的小孩游泳險遭溺水卻被對方救起,敵人化敵為友。〈籬笆〉是鄰居交惡,不外是家禽、家畜損及對方的作物,但因及時撲滅了對方小孩玩火可能引發的火災,化冤家為芳鄰。父親剛過世,兄弟急著〈分家〉,固然令人感傷,一旦悟及早分晚分終需分,不傷和氣的分家,還是具有正面的意義。不為已甚,天下沒有窮凶極惡之人,或許才是鍾鐵民最基本的人生觀,一種米養百種人,貪、嗔、癡三不等,轉個彎,迷航的人也就走上正途。〈石礫中的小花〉裡,幼年喪母的小流涕,雖然被後母虐待,不讓他升學,但也不是沒有缺失,一直恩將仇報,惡作劇作弄「那個唯一愛護他照顧他的女孩」貞。離家六年後,當年的小流涕,已經當了翻譯官,回到他從來沒有打算回來的家園,不僅父親對他客客氣氣,後母也向他道歉,弟妹們更對他敬畏有加。鄰居、兄弟、父母子女、夫妻之間的恩怨情仇宜解不宜結,也是鍾鐵民的人世間認知基調,固然使得他的小說人性的衝突不多,即有衝突也不深不大。〈枷鎖〉裡的弟弟阻擋哥哥與相愛的女友私奔,只因該女的母親痴呆,結果各自嫁娶,哥哥的女友嫁給村裡的蠢蛋,生下的兩女一男並不痴呆。破壞哥哥姻緣的弟弟是做對了還是做錯了?〈憨阿清〉因為長得沒有哥哥聰明,每天做工只賺三、四十元,捨不得吃一頓四元的點心,聰明的哥哥

師範畢業當老師卻是個賭徒，弟弟積累一個月的點心錢，被他一注就輸光。人間公道何在？〈土牆〉的玉梅嫁個爛男人，懶得生財卻愛賭嗜酒，一次又一次賭光喝光了再回家，每一次都立誓下次改過，玉梅只好下決心趕走這個爛男人，不久，男人也就死在外面。玉梅帶著一女一子另適他人，只能坐在椅子上，已坐破一張藤椅的女兒，寂寞地伸出枯瘦的指頭沿著剝落牆壁的黃泥磚、無言述說她內心的舊日留戀。不幸婚姻的無奈，也是人生無解的習題，何況還涉及下一代子女的幸福。第二階段的鍾鐵民小說充滿著人間的小貧、小騙、小惡、小怨、小恨，他似乎覺得人間少了這些就不是人間，他和父親鍾理和一樣，不到 30 歲，對人間就沒有怨、沒有恨，不僅認為有過則改十分理所當然，也深信人皆能改，〈蒔田〉是這類作品的典型。阿王是乞食婆的小兒子，很小就沒了爹，只留下一間破寮房一角菜園地，多病的母親靠乞討來的殘菜冷湯養大兩個孩子，阿王在遠房表叔家當長工，掌牛看羊，久了，頭家把他當賢侄，因為自己的兩個孩子沒用，事事都倚賴這個賢侄，阿王的工作像管家。好朋友張明亮一再來信邀他合夥做生意，女友順妹也認為只有遠走高飛她才可能和乞食婆的兒子在一起。阿王一方面顧慮傷了頭家不把自己當外人的感情，頭家一再表示要出面出錢幫他成親成家，另一方面是考慮自己的家境不容許他孤注一擲冒險。順妹發覺阿王有猶豫，掉頭嫁給別人。阿王過年回家發現自己拿回去給母親的錢被哥哥拿去賭博花光，母親又再行乞度日，一氣之下跑到賭場揪出哥哥痛打一頓，竟然打醒哥哥，答應改過，願意好好做工養活母親，好讓弟弟全心出外打拚。人間事到了鍾鐵民手裡都有好的結局，未必是他真的看見、真的相信人間都這麼美好，但手術之後他可能真的希望人間種種都往好的方向走，至少他對自己的人生是這樣期待的，這樣的期待自然反應在他的創作觀裡。

四、《雨後》天晴、快意園丁

1969 年 9 月，鍾鐵民決定放棄在臺北的工作機會，回到家鄉擔任旗美

高中的國文教師，就近照顧家人、替母親分勞分憂，是主要的考量，但將因此減少一些往文學路上發展的資源、與文學圈疏離，恐怕也是他遲遲其行、未在第一時間返鄉的原因。返鄉後的鍾鐵民作品篇數銳減，從 1970 年到 1994 年的 25 年間，他一共發表了 19 篇短篇小說，一年平均不到一篇，原因可能是教學工作讓他費去不少心力，之間他寫了一部長篇《雨後》，有人邀約他寫散文、兒童故事……都可能是原因。不過，他這個階段慢工出細活的作品可說幾乎篇篇驚豔。正如《雨後》天晴所隱喻的，他不再有絲毫往日的悲情、沉重，身體明顯處在壯盛的年代，婚姻、職業都走在坦途，他可以站在比較高的制高點來看周遭的事務，《雨後》或許是寫作的關鍵。《雨後》是應臺灣省新聞處之邀的命題作文，雖然沒有真的限定題目，但朝農村的光明面想，一定是必要的。這部小說將全部的農村生活的常識知識技能都運用上去了，雖然故事還是沒有太大的衝突——曾是戀人的祁天星、李雲英，在天星入伍不久，一聲不響就嫁人了，因為不敢違逆母親的意旨，讓天星傷痛不已，不料生了兩個孩子之後，丈夫卻車禍過世，雲英將田地蒔禾一甲多，其他的全部改種香蕉，除了二哥偶而抽空幫忙外，一個人的確忙不過來。天星的哥哥在加工區上班，也在外面買了房子，收入穩定。父親喜歡捉魚、打獵、捕獸，母親一個人忙不過來，天星退伍後決定留在家裡務農，又是水稻又是菸葉、香蕉、養豬，還抽空加入鐵牛隊到中部幫人耕田。母親何五妹是家的重心，丈夫缺乏責任心，長子長媳讓她失望，天星的婚姻又不讓她主張。五妹原本和雲英的母親是好朋友，但雲英的父親事業順利，菸葉、鳳梨樣樣賺錢，長子又頂下鎮上的碾米廠，祁雙發木材生意失敗，兩家便漸行漸遠，最後為了銀行貸款擔保的問題，大吵之後形同水火。

　　天星對農村有夢，這個夢又集中在雲英一個人身上，雖然心中想的是 17 歲的雲英，但這麼多年過去，雲英還是原來的雲英，不能自己的想幫她忙、照顧她，其他的黃花大閨女一個也看不上，不顧自己母親、不顧雲英老姑婆的反對，天星執意要的就是雲英。由於二人同心堅持，五妹及雲英

的姑婆不是退讓就是無可奈何。《雨後》衝突性較大，還不是無解的人生習題。它雖然不免有「土地重劃」之類的官樣文章裝飾，但撇開這些，主題還是在農村農業的變遷，整個農村世界都在變了，生產的觀念、方法、工具，農村的勞動力結構、經濟型態，人們的生活型態，都在變了，婚姻觀念、親人、家庭、家族、男女又怎能不隨之調適？天星的父親祁雙發是躲回固有的生活型態，自動從生活的前線撤退，他受到的衝擊最小，母親何五妹不斷的冒進，碰壁了，丈夫、兩個兒子、女兒都不聽令於她，是被迫、賭氣表示灰心要出走，當然是受了傷。《雨後》的寫作導引鍾鐵民用宏觀、全知的觀點去省視他所存在的世界。

　　1970 年以後寫的短篇作品〈夜歸人〉、〈老友〉、〈祈福〉、〈秋意〉、〈河鯉〉、〈余忠雄的春天〉、〈田園之夏〉……19 篇短篇都是他周遭的人物，也可說是廣義的農民，除了〈作家的情書〉是應邀的命題作文，幾乎沒有一篇寫自己的事，但卻都不難捕捉到他淡淡掠過的身影，寫的不是自己不在場的文學。1970 年代，正是臺灣經濟轉型的年代，農業在扛過戰後艱困階段的重擔之後，以勞力密集的加工出口區逐漸取代農業的位置，農村和農民儘管在黃昏景象中高喊轉型，也都很難在大晃動的時代裡站穩腳步，更難說是立定方向了，許多農村裡的悲劇、悲情、困境就油然而生了，回到家鄉擔任教職的鍾鐵民堪稱已經不是身在其中，繫念讓他成為旁觀者，只是習慣成自然，有時候也會忘情地跳進去插一腳而已。人生的暗影盡去，作品風格有明顯的變化。

　　〈夜歸人〉寫入贅的男子，賭氣出走後，趁夜潛入找妻子，原本偷偷摸摸，一聽岳母不在家、整個人連聲音都膨脹起來。這篇作品比較接近述說一樁人間趣事的角度寫一段特殊夫妻關係，生動、有趣掩蓋了入贅文化的陰暗面。客家文化中的入贅習俗出現許多悲慘絕倫的人間故事，這篇小說中的入贅男子的遭遇，頂多是有損尊嚴、談不上精神或物質上的折磨、凌虐，自然是趣聞一樁了。

　　〈老友〉寫愛錢不要命不肯花錢看病的老農民。〈靜海波濤〉寫年輕一

代與父母的代溝。〈祈福〉、〈秋意〉、〈河鯉〉、〈余忠雄的春天〉四篇作品都是寫徬徨在升學主義門口的高中畢業生，也是廣義的農村的下一代。〈祈福〉裡的「他」是長子，辜負父母的期待，不肯重考，辦了提前入伍，如今退伍了，母親帶著他到開庄伯公壇祈福。從小母親就捨不得讓他曬到太陽，寧可自己頂著烈日的母親，連到伯公壇祈福都推著兒子到陰涼處。寧願做工、經商從基層努力起，不相信勉強擠進大學便光明在望的他，內心的確十分痛苦、徬徨。〈秋意〉裡的尤文輝，領導能力超強，當班長、管理班級清潔、秩序、處理班上參加運動會、園遊會的相關事宜，甚至處理生病同學送醫、不幸去世的弔唁，無一含糊。領導統御能力一流，只是功課差、規矩也差，最後還是被迫離開校園。〈河鯉〉裡的于春程也是升學至上的校園文化適應不良的高中生，家長、老師只知逼他讀書、升學，對於從根本就懷疑文憑主義的高中生，師長講得再多道理，都只是加深他尋找人生道路的迷障。〈余忠雄的春天〉裡的余忠雄，是個青春早覺的年輕人，在鄉下高中的功課還算好，交了女友之後便很難學業愛情兼顧，學校、家長都認為高中生交異性朋友可能影響的不只功課，還影響前途。余忠雄的「春天」是早凋早謝的春天。

　　鍾鐵民是以「老師」的角度去寫這四篇校園小說的，而且是以異類教師的觀點看升學掛帥的校園文化。四篇作品中的「老師」並不苟同這種只有升學、考上大學人生才有光明的文憑掛帥主義。〈河鯉〉裡的陳老師就沒有上過大學，何況不肯不願上大學的學生並不就等於墮落不上進。〈河鯉〉裡的于春程就說：「我要學習，但我要真正學習，學習那些有用的東西，廣博的知識、生活的技藝、甚至藝術和道德都好。」不是「天天在背聯考試題。」愛釣魚的陳老師就知道「鯉魚和鯽魚的生命都很強韌，離水半個鐘頭還可以活起來。」「釣河鯉和池鯉是大不相同的，池子裡的魚已經早失野性，比較起來是那麼柔軟，連肉都糜碎，河鯉掙扎時力量猛得驚人，……那真是一場生死搏鬥，……全身每一條肌肉、每一根神經都繃緊了。……水底魚兒奮勇抗拒的力量毫不含糊，……那種應手的感覺太美妙了，它會

使我的精神整個亢奮起來，這也是賭徒和冒險家所追尋的樂趣吧！」陳老師的釣魚經驗是用來暗喻作者對現行教育的批判。釣河鯉、池鯉的不同，也是暗喻經師好當、人師難為，但當人師才具冒險、挑戰，才有教育工作的樂趣。農村的農業從業人員老化、青黃不接的時代，身為鄉村教師無視農村凋敝的黃昏景象，只一味地將能與不能的，都往追求知識領域發展的方向推，都往書本、升學的窄道推擠，豈無職業良知的不安、不妥？這四篇作品是鍾鐵民作為鄉村教師的反思，教育制度、觀念的僵化、腐朽都不是有先覺的教師一、二人所能為力，但總是樂見反抗的力量。〈河鯉〉裡，陳老師悟出的釣魚之樂是：「……甚至也不知道水底下釣到是鯉魚、草魚或鯰魚。我只感到我手中正控制著一個野性十足的生命，享受著牠為生存在我釣絲那頭掙扎抗拒所給我的強者的喜悅。我牽動牠……剛好夠讓牠不停的游走，我不急於把牠拖上水面。在這時候我常常也會自覺殘忍，但卻也無法抑制自己野性得到滿足的愉悅。」

在校園系列之後，鍾鐵民寫了〈田園之夏〉、〈三伯公傳奇〉、〈約克夏的黃昏〉、〈女人與甘蔗〉、〈鄉愁〉、〈丁有傳最後的一個願望〉、〈洪流〉和〈阿月〉等典型的農民小說。〈田園之夏〉是騎著機車移動的新一代的農民，退伍後留在家裡種稻、種菸、養豬、種木瓜多角經營，有賺有賠，上一代人種田是使命、是責任，抱著和養兒子不計較飯錢相同的心情種田，但比較起來新一代的農村青年有其他的選擇，在外面做工，在工廠裡一個月的薪水可買兩千斤乾穀，上一代不敢要求子弟留在農村。種稻幾乎沒利潤，養豬風險大，政府政策不定，有可能虧大錢。古進文是農村稀有動物，也難得遇見賞識的農工學校學妹，在臺北工作一段時間返鄉，留戀故鄉的生活，答應婚後幫他照顧家園，古進文可以工、農兼顧。鍾鐵民以為這是田園之夏，夏天過去就是秋天，或許暗喻半農半工只是權宜之計，誰也無法阻止農業秋天的到來。

〈三伯公傳奇〉的老銀喜滿腦子迷信、禁忌，的確是如假包換的老農民，三個孩子都在外面工作，夫妻二人一輩子打拚、省儉，擁有六分山田

和一甲多的山坡地，孩子們是不可能回來住了，雖然都有寄錢回來，也只有假日帶孫子們回來看看，阿喜嫂仍然勤奮、省儉，摘毛豆賺小錢的機會也不放過，有人出價一分一百萬買他們的山坡地，的確令人心動。老銀喜曾經說過一個故事「上夜三斤，下夜三百（伯）」，傳說中三伯靠拾荒打零工過日子，綽號三斤狗，除夕夜向肉攤賒了一小塊肉，放在滾水裡燙著，準備拜祖先，被肉攤老闆娘趕來提回去。午夜過後，在外賺錢的兒子回來，已來不及買魚買肉拜祖先，第二天就直接以銀圓銀票拜祖先。過年時，大家爭相向他拜年，都改口稱三伯公。老銀喜想與其將來自己走了，孩子們一定把這些土地賣掉，還不如自己把地賣掉。做父母的總是痴痴等待兒孫回家，兒孫又總是愛回來不回來，把老夫妻辛苦建立的家園看得不痛不癢，老銀喜想把自己變成三伯公，看看子孫是否還是無視他的輕重。這是老農對子女的「反抗」，這裡面的無奈無助，不是作者的故示幽默所能掩飾得了。

〈約克夏的黃昏〉寫的是臺灣的養豬業的暴起暴落。鍾鐵民也是以一貫的故示幽默，以種豬、俗稱豬哥的角度看養豬業，謔而不虐，卻把農民的辛酸盡收筆底。過去的農民靠天吃飯，是豐年是饑荒，看老天爺臉色，然而人工授精的科技取代「牽豬哥」的時代，身為農民的禍福還是一點不由人。〈女人與甘蔗〉是老師的女人賣甘蔗，要老師幫忙送甘蔗到市場，沿路遇到學生、遭學生調侃，也得到學生助一臂之力，雖是鍾鐵民一貫的逗趣風格，但骨子裡還是有嚴肅的農民議題，家裡的男主人既然當老師，主要的經濟收入自然不看農作，縱使擁有近一公頃的雙季水田，老師的女人還是不甘心一成不變地插秧種稻，總是想盡辦法增加土地的產值，種毛豆、種紅豆、種番茄、玉米、菊花，有的賺，有的賠，因為不是主要收入，賺賠不致影響到家庭生計。由於去年甘蔗價錢好，老師的女人把鄰居無條件提供的一公頃多土地全種甘蔗，照去年的價格，包給中盤商可賣三十萬，今年種的人多，三萬都賣不掉，只好自己找攤位削了零售。老師的女人只好認賠、多賣一包五十元就是多收入五十元。這種兼職農民對臺灣

整體農業生態的縱容，恐怕正助長了整個農業存在情況的惡化。

〈鄉愁〉是寫老農民阿昆夫妻育有二女二男，二女遠嫁北部，逢年過節才回來，或寄禮物或寄金錢，長男師範畢業當老師，二男做工，但去了一趟阿拉伯回來，也都在外面買屋置產定居，都準備住處要他們夫婦去頤養天年。老阿昆想到昔日滿院子小孩的大夥房，如今只剩下夫妻兩個老人。人人都往城裡鑽，種田種不出興頭，滿屋滿倉都是賣不出去的穀子，老伴要去給二兒子看小孩，因為二媳婦也要上班，夫妻合力賺錢還房貸，兒子不讓他一個人蹲在鄉下，就要離家，夜裡難成眠，半夜起來看星星，鄉愁滿懷。望著夫妻二人合力，脫離上一代的佃農身分，擁有的自己的土地、家園，老阿昆的失落，大概只能半夜醒來對天上的星星訴說。〈丁有傳最後的一個願望〉也是農民與土地的故事。丁有傳聽到水頭田主張樹仁生病、兒子要賣田，立刻衝動地在代書處下了十萬元訂金。那水頭田是讓他們夫妻吃盡苦頭的冤家，為了爭取足夠的灌溉用水往往整夜不眠地巡視，也遭張樹仁譏笑，水頭田主是他們夫妻一輩子的恨，丁有傳想老妻一定也贊成。不料，要四個兒子每人拿出二十萬元，並且要求兒子每人每月負擔五千元貸款利息，兒子都說做不到，他本人可是願意放下原本就要離農的計畫、再拚五年，再種原已決定放棄的菸葉，負責貸款的本金部分。沒想到在加拿大兒子家的老妻也勸他放棄。丁有傳本要去代書處表示放棄，準備被沒收十萬訂金的，代書卻告訴他，土地已賣給別人一分一百萬，一夜之間漲了一倍，丁有傳賺了十萬違約金，但人生最後的一個願望，已無由達成。

〈洪流〉裡的吳金松是新農民，是工也是農，在高雄的工廠上班，家裡養了二百多隻毛豬。洪水來時正在上班，下了班趕回家，機車已無法騎進家門，冒險涉水回到家，舊居已進水，幸好新蓋的豬舍地基加高，飼料間可供人、穀、家具避難。夫妻感嘆養了幾年的豬，欠的飼料錢幾十萬，做工的加班加到沒班可加，二十年過去，除了老婆、孩子一樣也沒多。留著豬舍，說不定時來運轉，豬價大漲，有機會發財，最不濟，夫妻二人都

去做工。新混是農又是工的家庭，肯吃苦、肯做，雖然保持著向上的力道，但不確定的隱憂也在農民的內心深處揮之不去。〈阿公的情人〉裡的阿公是快七十歲的老農民，兒女都成家在外，對作農也都興趣缺缺，孫子宋祥輝卻對做農人有興趣。阿公四年前喪偶，認識了一個四十歲喪偶的女人巴桑。巴桑笑聲開朗、開進口車，丈夫留給她的只有一座夥房和一個池塘，她卻培育一兒一女受教育成家立業，還在夥房旁蓋了一棟豪華壯觀的別墅。她收購紅豆等雜糧，也替飼料廠開發客戶，仲介土地買賣。一生只知埋頭握泥卵的阿公，也被她說服把牛尾溪口的三分田賣掉，很快又被介紹去貸款另換五分地，說是一年半之內穩賺不賠，說是轉幾手就可賺下一片大土地給孫子。讓原本喜歡阿公的情人的孫子心頭蒙上陰影。

　　〈蘿蔔嫂〉小時候人家就叫她蘿蔔妹，以擅長種蘿蔔、醃漬各種蘿蔔的手藝聞名，容貌佳、人緣好，嫁了人自然成了蘿蔔嫂。丈夫憨憨直直，人稱蕃薯哥，但兩人結了婚之後，不是招贅的，卻因為蘿蔔嫂的強勢，蕃薯哥成了蘿蔔哥。自菸葉許可證轉讓給別人之後，蘿蔔嫂就想到工廠打工，今年稻田休耕，就更顯得失魂落魄了。有個親戚夫婦一同在高雄經營小型製衣廠，員工三十幾人全是從家鄉招募的，需要一名煮飯歐巴桑。五個子女都在外成家，也有好工作，不需他們操心。蕃薯哥熱衷政治，為人家的競選活動跑腿、做志工，蘿蔔嫂果真跑到高雄替人煮飯。故事的背後，雖有農村的蒼涼，就人物言還是溫暖的。

　　〈阿月〉八年前喪夫，靠著兩分多地的祖產和一間房屋養大一男二女。丈夫阿振的兄弟都在外面，不是教書就是經商，經濟狀況都不錯，只有他留在家耕田，奉養寡母，母親過世後，兄弟分家，大家把祖產都給了他，生產有限，臨老學吹簫，才跟師父學水泥，心情不好就喝酒，沒出師就因酒醉騎車撞死。鎮公所要徵收她的土地，阿月十分惶恐，賣了地自己只剩當小工的收入，孩子再也沒有和家鄉相連的根基了，但服完兵役在外地工作的兒子騎的車子又舊毛病又多，深恐他發生和丈夫一樣的不幸，阿月決定領了八百五十多萬，幫兒子買臺進口汽車。阿月是知所變通的農

民，但多一個這樣的農民，農業便向後撤退一步。

〈大姨〉不是農民，是寫政治受難家屬，但大姨代表農民對政治受難者的看法。呂永政的父親是白色恐怖的受害者，母親則在父親被捕後自殺，他由大姨撫養長大，大姨等於他的母親。呂永政小時候體弱多病常看醫生，半夜生病，由姨丈姨媽輪流揹著走四公里路看病，負債累累三餐都難以為繼的大姨一面走一面咒罵：「你為什麼不死呢？乾脆死了讓人清心！生害人死害人，你們兩子爺都一樣，害蟲，害物。」大姨不諒解呂永政的父親是學校裡的老師不安分守己，到日本上過大學，婚姻家庭美滿，卻常常在家裡邀來朋友看書討論，惹得家破人亡。大姨生活壓力大，呂永政也增加她的壓力，又愛讀書、功課好，大姨怕他重蹈他父親的覆轍，也反對他升學，是姨丈的支持下他才能念初中，初中畢業念師範，再以逐級檢定當了高中老師，太太是小學老師，仍有遺憾的是未能讀大學。呂永政一聽到大姨去世的消息，放下工作立刻趕來。經過這麼多年，他逐漸釋懷對大姨的恨，了解大姨惡毒言語背後隱藏的憂心和深愛。大姨看到他的有出息、上進，也就安心了。

1970 年代後期，在鄉土文學掀起論爭風潮之後，鍾鐵民的小說有更篤定的農民文學性格，除了描寫更廣義的農民生活圖像外，也把整個農業社會、農村命運納入他關懷的範疇，而且也進一步釐清了他和農民、農業世界的距離和角度，完成他最具代表性、最有特色的農民小說。

五、怒吼的農村、家園的呼喚

鍾鐵民在 1970 年代初，寫完《雨後》這部長篇小說後，不僅沒有繼續在長篇的創作領域繼續發展，作品量也銳減。固然是因為教學的工作占去他不少時間、精力，他的健康恐怕也不容許他案牘勞神寫長篇，然而最根本的原因應該是他選取的題材不適合寫長篇，他選擇的都是農村的「點」型人物，並不擅長寫事件。這和鍾鐵民的生活型態有一定的關係，他教書、寫作，農村、家園發生的事，時代的遞變，他都是旁觀者，他也一直

以這樣的身分角度寫作，1990 年代末發生在美濃的反興建水庫運動把他捲入進去，還被推舉為衝鋒陷陣的領導人，他也成了事件的當事人。

　　1990 年代初，官方即一再釋放出大高雄即將出現民生用水不足、需建水庫因應的訊息。美濃人一開始對水庫是歡迎的，也陶醉於可藉水庫的聯外道路的鋪設，農業灌溉的便利，藉機發展文化、觀光產業，繁榮地方的美夢中。等到進入實際評估階段才發現，政府建水庫的目的不是因民生用水不足，而是為了滿足工業工廠用水，是為企業家謀，最嚴重的是預定興建水庫的黃蝶谷，土質不宜，一旦一座壩高 150 公尺、寬 220 公尺的水庫完成，發生意外時，只要一分半鐘左右即可能把整個美濃鎮沖毀。鎮民由歡迎急轉彎為反對興建水庫。反水庫運動由愛鄉協進會為領頭羊，愛鄉的成員很多都是因為參加鍾理和文教基金會所舉辦的笠山文學營而重新認識鍾理和、認識自己的家鄉，或返鄉服務或更深切的關心家鄉事務。鍾鐵民、鍾老師順理成章也成了他們敬重的領袖。頭綁白布、上臺北請願、街頭遊行，鍾鐵民經歷了前所未有的人生體驗。邁入 21 世紀之後，臺灣政權更替，新政府宣布停建。鍾鐵民想把這段他生命中驚濤駭浪記下來，擬定了大綱，想過《蝶谷記事》、《好男好女》幾個題目，最後定題《家園》，前七章寫得斷斷續續，曾在《文學臺灣》連載，後面就寫不下去了，終以殘篇作收，未能完成他的第二部長篇。

　　《家園》從社區發展協會理事長宋安祥老師召集農友，提出組織共同經營班或果樹班的構想切入。他發現農會原有每年收入的百分之六十三應用在農業發展推廣業務的規定，農會人員偷懶不做，農民的權益也就睡著了。宋老師提醒農民，有了組織就可要求農會提供專家技術指導，要求補助經費、增添設備、機器、肥料。農民都不見得懂得如何填表申請這些補助，農業時機這麼壞，申請了也未必獲得補助，進入 WTO 利弊得失如何，都非一般農民能理解，由於耕種面積都不大，一向都是單打獨鬥，有些理想，若非農民團結起來共同經營、共同運銷，就無法為農業打開一條生路。這群超過五十歲的農民「轉業太慢，死又還太早」，如果還能掙扎，

一定樂於一試，宋老師的提議馬上就獲得大家響應。

在宋老師的居中撮合下，謝秀華請在高中擔任電腦老師的涂嘉興協助設立瀰力鄉廣播站，俗稱地下電臺。地下電臺是民眾為爭取發言的權益，或提出各自不同的主張，批判錯誤的政治，挑戰統治者的一言堂，自然引起特務機關的壓制、取締，彼此鬥法，廣播站設立之後，要和情治單位玩起捉迷藏。後來，在各方的協助、支援之下，廣播站、器材都順利解決，節目製作卻讓他們無力為繼。

接下來就是倡議多年的瀰力水庫興建計畫，在瀰力普遍不知情，官方亦從未公布興建詳情的情況下，就要拍板定案了。鄉民是在公聽會上，聽了外地學者、外國學者的發言才知道水庫潛在的危險，才發現興建計畫、目的、環評都充滿欺瞞性，鄉民都被蒙在鼓裡。瀰力廣播站也適時播放這件訊息，讓更多的鄉民知道這件事。除了水庫可能危及全鄉人性命之外，土地徵收也可能將過去的農業經營規畫毀於一旦。產銷共同計畫、瀰力鄉廣播站的「戰友們」成為反水庫興建的主力，展開反水庫運動。

2004 年以後，《家園》的續稿一直難產，在創作上遇到了瓶頸，可能和鍾鐵民的小說風格有關，過於平和的結構和誠實的文學觀，造成續航力不足。此一停頓，他的脊椎痼疾也慢慢加重對心臟的壓迫，卒至寸步難行、進了手術房。手術後，顯然也無力為繼，終成殘卷，未能完成他的第二部長篇。《家園》如果順利完成，很可能是他的農民小說的總集和總成。

鍾鐵民的農民小說，從〈蒔田〉裡、農家在田埂上奔跑的小孩到《家園》裡的在農鄉服務一輩子的教師，經歷數十年，農村因社會工業化成為夕陽產業，農民如何憑藉高度的韌力，度過艱難，又如何在困境中尋思、機械化、多角化經營、掙扎，經歷技術改革、農牧合體、農工混生、共同產銷，絞盡腦汁的圖存奮鬥之後，農業、農村都難逃殘照景象。然而，留守家園的老人、老農，還是大有人在，下一代為了謀生離鄉背井的，還是以這裡為家，為精神上的終老之鄉，他們都不忍、不容家園繼續再為都會人、都會生活扮演犧牲的角色，水庫興建讓家園陷入被毀滅的危險中，舊

日的產業經營也可能全盤化為烏有，最主要的是他們認為政府欺騙、說
謊，剝奪他們知的權利。這些一輩子安分守己、善良平和的農村居民，如
果再不發出怒吼，站起來捍衛自己的家園，他們將失去安身立命之根。鍾
鐵民當了一輩子的鄉村教師，許多鄉民都是學生或學生的家長，反水庫運
動將他推為領導人，固然是鄉親對他的信賴與尊敬，在文學上則是可貴的
實踐。從農村小孩到鄉村教師，乃至農民作家，鍾鐵民即使非刻意也必然
只是農業、農村變遷的旁觀者，即使他始終保有一顆和農民極為貼近的靈
魂，他也不能成為真正的農民，但當他為家園頭綁白布條走上街頭，身先
鄉民為家園的明天抗爭、戰鬥時，他和鄉人已毫無疑問是血濃於水的真正
一家人。《家園》是鍾鐵民已透過文學實踐行動早已完成，也是他一生為家
園寫作的總成，差的只是文字化而已，從小說創作言，鍾鐵民小說是求仁
得仁，有圓滿的結局。

——選自鍾怡彥主編《鍾鐵民全集‧小說卷 1》

高雄：高雄市文化局；臺南：臺灣文學館；

高雄：高雄市客家事務委員會，2013 年 1 月

鍾鐵民作品的時代意義與價值

◎李梁淑[*]

一、前言

　　提到美濃的作家，一般人自然都會想到鍾理和、鍾鐵民父子，特別是前者已經被「經典化」[1]，後者在其父的光環下反而較少研究者注意，綜觀鍾鐵民長達四十餘年的創作生涯，早已累積了數量可觀的作品。鍾鐵民在父親去世的翌年（1961 年）開始走上創作之途，之後作品筆端所及大抵不離他所生於斯長於斯的美濃客家農村，前期（青年時代）以農村、農民的生活為著墨重點，中期（中年以後）正處臺灣社會由農業邁向資本主義工商社會的變遷時期，主要探討變遷社會對農村的衝擊與農村人的困境，後期（1990 年代以後）小說的創作明顯減少，但散文作品相對增多了。在全球化浪潮衝擊之下，各地方尋求文化主體性的呼聲益高，鄉鎮、社區意識抬頭，各地方文史工作蓬勃發展，鍾鐵民的寫作也隨著時代變遷而有了不同的重心和議題，不變的只是關愛家鄉的鄉土情懷。鍾鐵民子繼父業，共創了「笠山文學」的傳統，美濃地區人文傳統——為大地作文，為蒼生書寫的「笠山精神」由是建立[2]，尤其近年來客家研究興起，鍾鐵民身為六堆客家的一分子，作品自應放在客家文化角度下重新檢視其時代意義和價值。

[*]發表文章時為屏東科技大學通識教育中心助理教授，現為屏東科技大學通識教育中心副教授。
[1]應鳳凰，〈鍾理和文學發展史〉，《鍾理和論述》（高雄：春暉出版社，2004 年），頁 26～27。
[2]彭瑞金，〈樂見笠山薪傳人——序鍾鐵鈞《笠山依舊在》〉，《文學臺灣》第 54 期，2005 年 4 月，頁 6～7。

二、傳統客家農村生活、文化的素描

　　鍾鐵民是臺灣作家中真正有農民體驗的小說家，早在 1960 年代開始在文壇嶄露頭角之際，便以自己熟悉的家鄉生活、人事為題材，他對美濃鄉土與人物的關注，使得他在現代主義潮流盛行的 1960 年代，便已樹立了「在地化」書寫的創作新版圖[3]，與當時李喬、鍾肇政、黃娟等人，同為重要的在地化的寫手。也由於他採取較為素樸的寫實主義寫作風格，只取自己熟悉的生活經驗，反而生動、完整保存了農村的生活樣貌，諸如生活方式、產業活動、民情風俗、價值觀念、文化精神等。[4]

（一）生活方式與民情風俗

　　早期美濃客家地區主要是農耕生活，當時鍾鐵民未必在客家意識的自覺領導下創作，只揀取他個人所經驗到的客家農村生活來創作，此種樸實的寫作風格有助於呈現農村生活圖象，透過他細密深刻的觀察，小說筆下的農村人事活動或為背景，或為骨幹，無不形象生動鮮明呈現出來。早期美濃地區大抵是從事耕種，除了一般的水稻種植，最重要的經濟作物就是「菸葉」，每到農忙時期，生活可說是忙碌不堪：

> 早禾開始收割，田野間稀稀疏疏有打穀機響起，從這時開始整個地區進入大忙時期，學洋裁的女孩子們放下剪刀回到田裡；挑柴的、上山整理園園的工作也停止下來，所有的人力都要用到田地上……只要能勞動的人，沒有一個能閒著，連學生們放學回來，都不能不急忙丟開書包接過家事，女孩子餵雞鴨豬，還要做飯，男孩子大都下田幫忙，或牧牛割草。雖然大家辛苦，倉庫卻裝滿了。稻子割完，立刻就是菸秧下土的時

---

[3] 除了現代主義潮流創作之外，以吳濁流《臺灣文藝》為中心，也集結了大批本土作家，相對於鍾肇政的桃園、李喬的苗栗，鍾鐵民的美濃是一種「在地化」的書寫。參見陳芳明，〈鄉土文學運動的覺醒與再出發〉，《聯合文學》第 221 期（2003 年 3 月）。

[4] 鍾鐵民作品的寫作方向接近日治時期的張文環，表面上不談社會民族這些問題，也看不出抗議精神，取材的保守拘束，卻努力保存了文化生活民情風俗，成為最真實、豐碩的紀錄。彭瑞金等，〈鍾鐵民作品討論會〉，《文學界》第 6 期（1983 年 4 月），頁 13～16。

候，這才是全年最重要的耕作，大部分人家全年開支就看在這一期菸葉的耕作，地方上的繁榮全仗它。……兒子結婚的聘金，女兒的嫁妝，孩子們的學費，從菸秧入土後，每家人都把希望寄託在幾個月後的收成上，誰也不敢輕心。

——《雨後》

此種通力合作的情形正是客家族群自食其力的可貴傳統，人人皆應參與生產勞動，沒有人能享有特權。《雨後》對農村活動頗多描繪，文中寫及農忙時節田莊中鄰舍自組工作班子，大家輪流「換工」的情形，「換工」又稱「幫工」，體現的是客家人不分階級，平等互助的精神[5]，由於每家都有田地要趕工，最好的方式就是互相幫忙，像〈姑寮〉所描寫的，有福的妻子和女兒天天出門，為的就是「現在不趕緊換些人工來，到自家割稻子時，連工人都沒地方請哩」，這是客家族群特有的勞力交換制度，大家都要自食其力才有得吃。此外，描寫割禾比賽一段亦相當精彩，男女工作時活潑開朗的談笑聲，今日已不復聞見，當時工作班子的成員以女性居多，女子能力尚且不輸男子，可知當時婦女在生產勞動中的地位：

天星走過不少地方，他發現客家女孩子特別能吃苦，在家裡理家養豬，在田裡除開犁田耙田揹重以外，樣樣在行，而且活潑大方，天星喜歡有女孩子一同工作，其實所有男人都差不多，有女孩子說說笑笑，工作顯得特別有勁。

——《雨後》

誠如客家研究指出的，客家婦女在家庭經濟生產占主要地位，農事家務一

---

[5]客家人在農忙時，家裡人手不夠的時候，不去雇請工人，而去找左鄰右舍來幫工，你幫我，我幫你，又叫換工，他們認為，不是用錢買來，而是發揮友愛精神來給我幫忙。參見劉佐泉，《客家歷史與傳統文化》（鄭州：河南大學出版社，2003年12月），頁202～203。

把抓[6]，她們是刻苦耐勞、勤奮的女性形象。《雨後》所反映的是 1970 年代初期的農村，此時的農村還維持以糧食生產為主的模式，是農業的興盛時期，既無上一輩開山闢地、承租田地耕種的艱辛與悲苦，也尚未走到現代化工商時代來臨導致的農村凋蔽土地荒蕪的境地，特別是婦女在生產勞動的表現，全文呈現生機洋溢的農村生活景象。

那時節，除了種植菸草是「賣命賺飯吃」，有「冤業」的戲稱之外，種水稻、洋菇也是辛苦非常，〈約克夏的黃昏〉一文透過種豬的自白寫道：「我還可以依稀看到路邊夜幕中戴著笠子的人影在田野裡趕工」，呈現客家人拚死工作勤奮的情形，〈菇寮〉一文寫早期臺灣農村種洋菇的生活，不管肥料錢收不收得回來，從蓋菇寮全落子到三更半夜起來摘菇兒，那一項不是拚了命在做？除了主業，幾乎每戶人家都會養一些豬或雞鴨，其中養豬是最不花本錢的行業，用蕃薯藤加米飯湯汁餵養，只要你不是太懶，幾乎沒有不賺的，像友得伯母就靠養母豬生小豬仔賣錢，供子女完成大學教育，那時節生活雖然辛苦忙碌，卻是簡單而自足的，大多數人家就是靠著種田和養豬自給自足，不但養活了全家、供應子女受教育，剩下還可買幾分薄田，這大概就是農村人最感驕傲自豪的事了。

鍾鐵民作品中尚寫到客家傳統民情風俗，涵蓋飲食、建築、習俗、山歌各方面，大抵做為小說場景或細節出現，如客家人居住特色的大夥房在〈三伯公傳奇〉、〈清明〉、《雨後》等篇小說中皆做為人物活動的場景，〈清明〉中寫到家族聚會中令人垂涎的「客家封肉」；〈蘿蔔嫂〉寫到早年三餐吃蕃薯簽飯配醃漬蘿蔔的艱辛生活；〈菇寮〉中的阿祿哥心情鬱悶時就唱起「山上種竹山下陰」來；〈黃昏〉中女人「啵啵啵」剁豬菜的單調聲音在文中不斷響起……，凡此均流露了濃厚的客家文化色彩。

（二）文化精神與價值觀念

許多研究者指出，客家人自古勤儉持家的本色[7]，鍾鐵民的作品也反映

---

[6]羅香林，《客家研究導論》（臺北：南天書局，1992 年），頁241～242。
[7]羅香林指出：客家是最喜勤勞的民系，無論男女，皆以勤勞為做人唯一本義，遊手好閒不事生產

了這樣的文化精神，例如流傳在農村的客家諺語「懶人無懶土」，意謂世上只有懶惰不肯工作的人，卻沒有懶惰不肯生產的土地，這句話無非是勸勉人們不要荒廢土地，勤力耕作就可以過活，土地是不會騙人的。又如「貧窮莫斷豬，富貴莫斷書」，目的在鼓勵窮苦的農民，不要懶惰，養豬可以致富。在一個視生產勞動為天經地義的農耕社會之中，勤勞必有飯吃的信念於焉形成：

> 沒有一個人吃飯不做事的，像這麼好的條件說是永遠不能發展，我可死也不會相信。
>
> ——〈菇寮〉
>
> 我比別人更努力更賣氣力，又有自己的一點田地，不相信就沒有春光的日子。
>
> ——〈阿公的情人〉
>
> 全家都很打拚，沒有一個吃閒飯的人。「阿喜嫂，像你們這樣的人家，不需多久，一定有春光的日子。」
>
> ——〈三伯公傳奇〉

雖然傳統客家人認為「捏泥卵」是沒出息的[8]，然一旦留守家鄉耕種時，則以此信念鼓舞人們勇敢奮鬥求生存，雖然信念不必然是幸福的許諾，德性與幸福也從來就不是人們想的那樣自然[9]，但大多數村民還是願意相信，身為客家農民，他們認命、樂觀、知足，像〈三伯公傳奇〉中老銀喜一家人，並非不知道靠種田春光只是夢想，但他們自覺拉拔子女長大心願便已了，其餘便不去想，做一世憨傻的農民，有時還以「做，不會做死人，

的人，在客家社會是沒人看得起的。見氏著《客家研究導論》，頁 243。

[8] 客家地區有一種普遍的社會心態，認為「在家捏泥卵是無出息的」，「出門再苦終有出頭天」。劉佐泉，《客家歷史與傳統文化》，頁 144。

[9] 佛里德里希・包爾生（Friedrich Paulsen）著；何懷宏、廖申白譯，《倫理學體系》（北京：中國社會科學出版社，1988 年），頁 341～343。

病，才會病死人」自勉勉人。反之，像阿月的丈夫阿振，發現自己無論如何努力，若不換行業，「捏泥卵」是永遠無法翻身的，從此放任自己喝酒騎車，遂釀成車禍不幸慘死。而「阿乾叔」則是不幸地領悟到了生之殘酷的一面，向人抱怨道：「做了整輩子的零工，做不春光」（〈竹叢下的人家〉），索性放棄了奮鬥，竟然從一個「吃雞頭的人」變成了「懶骨人」，不再篤信做班頭帶給他的榮耀。而當一個人失去了為之奮鬥的生存信念後結果會是如何？那便是帶給全家無窮的厄運，像陳菊和阿財古永遠都在弄東西吃，連媽媽死了的喪親之痛的倫理意識都沒了[10]，如此，兩相對照，銀喜一家人的遭遇，不正顯出此種素樸信念之必要？鍾鐵民受其父影響，推崇認真生活，為生活打拚，跟貧窮奮鬥的人，他通過敘事者對「阿乾叔」此一角色的鄙夷，再一次肯定此一素樸信念之必要。

客家農村既以生產勞動為做人第一本義，伴隨而來的是簡樸、務實的生活態度，如〈約克夏的黃昏〉所述，早期以養豬為副業的人家，為了讓家中飼養的豬可以更快長大，「他們三餐煮飯時，把煮成半爛的米粒糟粕撈起來放進蒸籠燜乾了吃，把精華的飯湯留給豬隻享用」，像友得伯母那樣「豬欄蓋得堅固通風，本身卻住得簡陋的情形，還是處處可見」，呈現了客家農民注重實際的一面。

此外，客家族群在面對生活中的困難，往往體現一股堅強不屈的毅力。〈菇寮〉中的有福在種洋菇失敗後，仍不放棄希望，心中還想著「不種洋菇改種香蕉是否也行得通」；《雨後》的雲英在丈夫死後獨自挑起生活重擔，照顧近一甲的田地；〈洪流〉中的男主人在洪水來臨時及時趕回，與女人同心協力守著家園，並計畫著開創事業，即使養豬賣錢只夠抵飼料價，還能笑說：「這已經好了呀！我們原來就什麼都沒有，最多浪費幾年勞力，幾十年來反正也一樣在浪費，又有什麼差別的？」寫出客家人不畏艱難，不向環境低頭的硬頸精神。

---

[10] 呂昱，〈走過創作旅程的第二站——試論鍾鐵民的小說〉，《鍾鐵民集》（臺北：前衛出版社，1993年12月），頁239～240。

三、社會變遷中農村前途的探討

　　鍾鐵民中年以後的小說創作，仍然持續對農村的關注，此時適逢臺灣社會由農業社會邁向工業社會的變遷時期，由於工業起飛，吸引大批農村人口向城市移動，造成農村人口結構改變，生活型態也隨之改變，傳統農民與土地相依存的價值觀念也開始動搖了[11]，鍾鐵民在意的是：工商發展後，農村人心靈歷經了什麼樣的痛苦和掙扎？農村人該如何面對工商社會所帶來的衝擊？新舊兩代之間的價值衝突應如何調適、轉化？農村子民應如何追求幸福合理生活？這些探討形成了他作品中極具倫理關懷的視野。

（一）土地失去之後的農民

　　早期客家農民視耕種生產為神聖的責任，所謂「養兒子怎麼可以算飯餐錢呢？」而土地則是農村人生存的保證，有土地就能生產，有生產就能生存，「有土斯有財」，土地是不會騙人的，莫不視土地為最大的財富。然而邁向工商業社會後，農村人口外流，年輕一代的青年紛紛出外謀生，許多農地被迫休耕或任其荒蕪，對老一輩的人來說，放著水田不耕是不可思議的事。[12]再者，工商業發展後，土地增值，變成可以炒作變賣的奇貨，遠超過土地本身的生產價值，如此一來，還有誰會再從事農村的耕作？突然之間一夜致富的願望竟然可以實現，辛苦一世的農民很難抗拒這樣的誘惑，問題是傳統農業社會中，那些視土地為生命的人們，當土地失去之後內心如何調適？〈三伯公傳奇〉說的是老銀喜準備賣田地發財，自己來做「三伯公」的故事。他的妻子阿喜嫂為此陷入了矛盾之中：

　　這些田地和山坡耕作了半輩子，就好像是他們生命的一部分。好好的突

---

[11]1950 年代農民將務農視為一種生活方式而非維生手段，對土地有強烈獻身感，隨著農業危機出現，土地已不再是「神聖」的家產，變成「世俗的」可轉移的商品。參看黃俊傑，《戰後臺灣的轉型及其展望》（臺北：正中書局，1995 年），頁 70～75。

[12]老一輩的人常引客家諺語「養兒子不能算飯餐錢」來反駁廢耕、休耕，認為耕作是一種責任，不能以經濟效益來衡量。鍾鐵民，〈汗滴禾下土〉，《山城棲地》（高雄：串門企業公司，2001 年 8月），頁 133～134。

然要賣掉，就像要切除掉她生命中的一部分，怎麼能不叫她震驚呢？雖然沒有能讓他們發財，但這片土地也提供了全家衣食幾十年哪！……想起那些走慣的蜿蜒小路和溪流，那些山石椰子，更是心亂如麻，她在那兒消磨了半生歲月，莫名其妙的為了錢把這片她熟悉的土地賣給人，她真是不甘願！

──〈三伯公傳奇〉

鍾鐵民很敏銳地捕捉到農民內心的痛苦與掙扎，阿喜嫂捨不下那些田地、山林，是因為對土地有一份感情；她希望全家能熱鬧和諧地住在大夥房裡，在現實的衝擊下她終究了解到不過是個夢想，退而求其次，至少還有田地山林相伴，閒時與大夥兒撐洋傘摘毛豆，這樣的生活才是充足有樂趣的。如今老銀喜要賣地，彷彿就要連根拔起，如何能不陷入憂慮之中？就像寡婦阿月所說的：

有土地就有根。有塊田種種，雖然不見得什麼利潤，但伙食總是有的。更重要的是你會覺得你自己是主人，我自己做得主。沒有了土地，我這個鄉下人只能算是僱工。

──〈阿月〉

即使鎮公所允諾給阿月為數不少的補償金，阿月還是想努力保住田地，不願被公所徵收土地興建文化中心，因為田地可以給她踏實的感覺，沒了土地有被連根拔起的感覺。然而對年輕一輩來說，土地只是財產、必要時的資本，沒有什麼感情，畢竟他們大多沒有父祖輩們親身耕種的經驗，當然不了解靠土地生活的意義，也不明白農民與土地相依存的關係[13]，可是宋祥

---

[13] 老一輩的農民大抵是經歷過 1950 年代土地改革的一群農民，他們從佃農轉為自耕農的過程中，養成了一種獻身土地情懷，也因擁有土地而充滿信心與樂觀。黃俊傑，《戰後臺灣的轉型及其展望》，頁82。

輝的阿公曾是如此與土地奮鬥一輩子，視土地為生命的人，何以也和巴桑
炒作起土地來？他疼愛孫子，明白耕種「體力上很辛苦，心靈上卻是十分
自由，他可以自己做主人，掌握自己的生命」（〈阿公的情人〉），問題恐怕
就出在工商業社會的衝擊，徹底改變了人們的土地觀念、生活型態，從前
只從土地上討取生活所需、簡單自足的耕田生活已一去不返了，取而代之
的是開始追求物質上無窮享受的工商社會，因此土地的生產力沒變，變的
是人們對待土地的方式，土地的命運自然大大不同了。

（二）在家捏泥卵？出外謀發展？

　　在資本主義工商社會的衝擊下，農村首當其衝的是大企業挑戰，其次是
新舊時代劇變下心理調適、價值觀念的轉化。當工商業漸次發展，農人收益
相形見絀時，大扎農村青年不得不出外謀發展，只剩下老弱在農地上繼續苦
苦掙扎，農村的沒落，農村人口的老化與凋零似乎已不可避免[14]，即使有熱
愛農耕生活的年輕人願意留在農村，也得面臨農村日益加深的農業危機。在
產銷管道不合理，農作物生產幾乎不敷成本的情況下，每一種種植都是冒著
風險，農人依恃的是運氣，剛好種到別人沒種的，才能賺一筆，就像宋祥輝
的阿公所說的：「種什麼都不討好。穀賤傷農哪。」（〈阿公的情人〉）或者是
辛苦一世的成果遠不能與工人的收入相比，許多人寧可去工廠賺錢：

> 走回田塍他繼續噴撒除草劑，心裡卻在考慮著要不要放下除草的工作，
> 先去準備殺蟲農藥，禾蟲的繁生很快，為害的能力又大，只要幾天工夫
> 就可以使整株稻苗枯槁。想到這些，古進文便深感煩苦，大家都說水稻
> 是不能再蒔了，算算成本、農藥、肥料、人工和水利費，即使像古家這樣
> 上好的良田，便是有十成的收穫也所得有限，連一個女工的收益都不如。
>
> ──〈田園之夏〉

---

[14] 長期以來，臺灣農業部門一直扮演為工業部門提供勞動力的角色，因此工業茁壯同時也造成農村
人口大量外流，據當地父老指出，美濃地區子弟出外人數約三倍於留在家鄉人數，參見美濃愛鄉
協進會編，《重返美濃：臺灣第一部反水庫運動紀實》（臺中：晨星出版社，1994 年），頁 264。

　　鍾鐵民對農村前景似乎仍充滿期待，部分作品流露了積極樂觀的看法，他筆下的年輕男性角色，如祁天星、古進文、宋祥輝都是熱愛農耕生活的農村子弟，他藉宋祥輝此一角色描寫道：「看著菸葉或是稻苗在豔陽下蓬勃的生長，他都會有著無比的感動」（〈阿公的情人〉），寫出了農村生活中令人欣悅自足的一面，也可見農村並不乏有理想、熱愛耕種的年輕人，只是傳統自給自足的農村生活已經過去了，要生存就得求新求變。像《雨後》的祁天星，在服役期間就留意各地農村的現代化，他認為農村若要繁榮，「舊式那種謀生方式已經不行，田地最多只能養活人」，只有想法「用土地來作資本」，才有可能「活得比別人更好」。再者，新時代的女性鮮少有人願意留在家鄉，嫁給「捏泥卵」的，昔日家有兩棟菸樓，代表財富與地位的盛況，今日已是令女孩聞之色變、視為畏途的人家。如果要實現農夫的理想，就得找一個同樣喜歡農耕生活的妻子，留在家幫忙養豬、巡田、照管家裡，就像古進文母親說的：「你認真去打拚，找一個能幫你下田的妻子，不愁沒飯吃。」松英就是這樣的人選，她讓古進文可以在農閒時找一份工作，不致成為沒薪水的人，可以實現兼職農夫的理想，倒不失為折衷的辦法。

　　即使像養豬這樣穩賺不賠的副業也面臨新挑戰，原本在農村被視為天經地義的事情，不管有錢人家或是窮人家，沒有不餵幾條豬的，「從前的豬吃蕃薯藤加米糠、飯湯，而人工又是利用早晚和午休時間，不礙正事」（〈約克夏的黃昏〉），但在大規模投資改以飼料餵養興起後，一旦豬價慘跌，小農戶不若大企業有足夠的資本可以度過低價的危機，沒有人不慘遭虧本的，「貧窮莫斷豬，富貴莫斷書」的信念再也不能說服小農戶們，養豬戶真的走到了困境，農民們恐怕得尋求新的謀生之道，因為從前養幾頭母豬，耕幾分薄田，便可供養子女讀書到大學，田頭田尾多種一條蕃薯便可養活一個女兒的時代已經過去了。

　　正因為傳統農村產業、經濟結構已然改變，間接影響到生活方式的變遷，雖然老一輩的在情感上仍希望兒子之中有人留守家園接續耕田事業，

但基於愛子心切的理由，大多數父母最後還是選擇讓子女向外發展，甚至隨子女遷移至城市生活。至於那些不能適應城市生活，固執回到土地生活的人，除了要面對一個人守著大夥房的日子，該思考的就是如何讓自己過得更好，像老農丁有傳一生最大的願望就是買到張樹仁雙甲水的上好水田來耕種，這願望在晚年竟然有希望可以實現，但自己體力並不允許，兒女也沒人有意願，最後老妻「你真的想到的都要得到嗎？」點醒了他，丁有傳選擇了放棄時便覺無比的輕鬆。本來人生真正的幸福，並非來自所有的欲望都能充分實現[15]，而是適時的轉化、看透。

四、書寫地方，凝聚鄉土文化認同

　　鍾鐵民自短篇小說《約克夏黃昏》出版後，小說創作明顯減少，僅有《三伯公傳奇》一書，倒是寫了不少散文，分別收錄在《鄉居手記》、《山居散記》、《山城棲地》等書中，另有兒童文學《四眼和我》、《月光下的小鎮——美濃》，1998 年開始動筆寫作長篇小說《家園》在《文學臺灣》連載，目前尚未完成。這些作品仍不離家鄉美濃地區的生活，但書寫策略與內涵卻與之前不盡相同，究其原因當和鍾鐵民的社會參與不無關係。自1980 年開始鍾理和紀念館破土興建伊始，鍾鐵民便積極參與紀念館籌設事宜，美濃水庫興建弊案爆發後更全程參與保鄉衛土為號召的反水庫社會運動[16]，在推展鄉土人文教育方面，除了主編高雄縣鄉土教材《我的家鄉》、中小學母語教材《客家話》，舉辦「笠山文學營」，也配合縣府臺灣文學步道計畫的規畫及推動事宜，編輯《六堆鄉土誌·藝文篇》，後又承辦高雄縣社區大學，被推舉為主任，推動農村文化建設[17]，如此繁忙的工作本不利於小說創作，散文則不然。這階段的作品以散文為主，內涵大多與一連串愛鄉護土的行動相關，或是記錄下鄉人捍衛家園的理念，為生存環境奮鬥的

---

[15]佛里德里希·包爾生著；何懷宏、廖申白譯，《倫理學體系》，頁 351。

[16]鍾鐵民反水庫的意見，參看美濃愛鄉協進會編，《重返美濃：臺灣第一部反水庫運動紀實》，頁175、198～200、207～213。

[17]參看〈鍾鐵民年表〉，《三伯公傳奇》（臺北：桂冠圖書公司，2001 年 6 月），頁 165～175。

心路歷程，或是對客家文化的重新闡釋與批評，或者是敘寫美濃的山居生活、今昔變遷，這樣的寫作實與 1990 年代以來緊貼在地經驗、關懷本土自然與文化的書寫趨勢相呼應[18]，是一種關懷鄉土、書寫地方的新趨勢，召喚著人們對鄉土與文化的認同。

（一）以文學投入社會參與

鍾鐵民的社會參與是從「鍾理和文學」開始的，身為鍾理和的長子，從小就閱讀父親的作品，對於父親作品長期不受重視感到不服，因此很早便立志將父親的作品傳揚出去，讓社會肯定他、接受他。[19]1983 年秋，鍾鐵民與文化界友人共同籌建的鍾理和紀念館落成啟用，館內除了陳列鍾理和的文稿、日記、書信與照片之外，還收集展示戰後臺灣地區大多數作家的文學資料，他本人則擔任鍾理和文教基金會董事，負責紀念館整理、管理事宜，也對鍾理和作品展開詮釋，他的解讀提供人們了解鍾理和作品的第一手資料。爾後臺灣文學步道園區以及《鍾理和紀念館暨文學步道解說手冊》的完成，使鍾理和文學的推展又向前邁進了一步，美濃地區的自然景觀與人文特色有了按圖索驥的便利，這些努力共同推展了鄉土文學教育，讓文學進入民眾的生活之中，從而提升了美濃地區的文化境界。因為在 1960 年鍾理和去世後很長一段時間裡，鄉人幾乎無人知曉美濃曾經存在過一個文學家叫鍾理和[20]，即使在生前鄉人也不知道文學是什麼，只是敬佩其知識、學養等。然而在鍾鐵民及其家人的努力推動下，鍾理和文學已取得應有的地位，鍾理和紀念館已成大高屏地區學校課外教學的參觀景點之一[21]，美濃地區的有識之士終於體會到鍾理和對家鄉的意義。

---

[18]臺灣在近十餘年成立的地方文學獎，各大報紙也以本土人文自然為書寫對象，《中國時報》增設「鄉鎮書寫獎」，頗能說明此一趨勢。參見顏崑陽，〈現代散文長河中一段風景〉，《文訊》第 221 期（2004 年 3 月），頁 17。

[19]鍾鐵民，〈雕剪剪綵致詞〉，《鍾理和紀念館暨文學步道解說手冊》（高雄：鍾理和文教基金會，2000 年），頁 66。

[20]鍾鐵民，〈鍾理和紀念館與美濃〉，《鄉居手記》（臺北：未來書城公司，2002 年 5 月），頁 110～111。

[21]陳文芬，〈文學原鄉──鍾鐵民在美濃〉，《印刻文學生活誌》第 4 期（2003 年 12 月），頁 163。

　　1994 年「美濃愛鄉協進會」成立，鍾鐵民擔任理事，從事社區文化重建、生態環保工作，除了實際參與反對建造美濃水庫的社會運動之外，更將愛鄉護土理念形諸文字，〈美濃的黃蝶祭〉、〈懷璧其罪〉便是從生態環保角度出發為民請命的文章；〈生命之河〉、〈別等老天賞水喝〉則對政府的河川保育、森林水土保持工作不以為然，這些都攸關人們的生存環境的維護。「反水庫」不只是一場捍衛家園的生存戰爭，也是重新思考家園何去何從的運動。鍾鐵民意識到資本主義工商社會中，農村的沒落已是不可避免的趨勢，但發展美濃不一定非靠興建水庫，美濃有足夠的條件可以發展無煙囪觀光事業，像是原有的人文景觀、富有客家文化特色的生活等，與其發展沒有觀光價值的水庫，不如讓客家農村美濃變成大都市居民度假休閒、體驗農村文化的場所：

> 美濃是完整的客家區，像美濃這樣山水秀麗的農村，既有得天獨厚的自然田園美景，又保有傳統文化財寶，能顯現具有特色的人文景觀，這是發展文化觀光事業最吸引人的條件。

——〈我寫我的家鄉——美濃〉

　　當然伴隨著觀光事業的興起，鄉人也應凝聚共識，對自己的文化資產有正確的認識，不可視為敝屣，例如〈冤業〉就批評了鄉人對家鄉種菸歷史感到羞愧的情形；〈阿麟的理想〉則對青年回歸故鄉實現理想做了最好的禮讚；〈美麗的花園〉談論美濃在經濟作物走入歷史之後轉向花卉種植的可行性，這些議題皆圍繞觀光旅遊的議題立論。當然在轉型過程中免不了陣痛，人們應秉著反省、學習的精神，如〈山頂上的歌聲〉認為鄉人在逐利目的下，經營卡拉 OK 店破壞了寧謐清純的家園，雖然人們不可能再回到從前聽唱山歌的時代，卻也不應失卻尊重他人的敦厚人情，這是鍾鐵民對家鄉文化的堅持：「美濃有自己的美，我一直希望這種美不會因為民眾追求通俗流行的所謂進步而消失。」（〈我寫我的家鄉——美濃〉）。也唯有保持

住美濃的自然美景、文化特色，美濃才能變成令人流連喜愛的觀光勝地，而不是遊子心中「無法返回的家鄉」。[22]身為六堆客家的一分子，鍾鐵民並未在客家文化運動中缺席，他關心客家文化與事務，任高雄縣客家事務委員會主任委員，發表客家文化演講或論文，在報紙專欄暢談客家精神與文化，如〈早起三朝當一工〉、〈洗面洗耳角〉以生活化語言詮釋客家諺語的哲理智慧；〈石灰敹路打白行〉、〈沒嘎吃貓飯〉以客家諺語批評議論時事。在客家文化的傳承和創新方面，鍾鐵民認為傳統客家文化是過去農業時代的產物，在變遷快速的工商時代，傳統的習俗和生活型態勢必隨時推移不可了。[23]例如〈遊唱詩人「山狗大」〉寫新竹關西客家人陳永淘用搖滾樂演唱客家歌曲，使人印象深刻，因此反思臺灣的客家音樂應走出悲情的氛圍，自信的唱出自己的生活，建立族群自信心；〈掛紙〉寫童年掃墓時孩童到處「打粄仔」有吃又有玩的趣事，進而指出現代孩子對漫燒紙錢、在火熱太陽下曝曬的掛紙已沒興趣，應該設計一套合乎現代精神的儀式讓現代孩子認同，適應現代社會生活而改變。〈六堆〉一文對「六堆精神」做了一番考釋的工作，批評了過去政府枉顧六堆文化完整性，將美濃與其他五堆分隔在高雄屏東兩個不同的縣分，造成年輕一代不知道美濃原是六堆的一部分，情感上越益疏離，而六堆精神在反美濃水庫案發揮了作用，「六堆精神」也就轉變成維護族群文化，保護生態環境而努力的新精神，這也是客家人對自己族群文化認同的力量。凡此均可見鍾鐵民對振興客家文化、凝聚客家意識上的反省批判與關懷用心。

（二）地方書寫與家園意識

　　晚近在全球化的衝擊下，鄉鎮再造及社區意識高漲，各縣市地方政府紛紛推動文化觀光立縣之政策，舉辦地方文學獎，以各地風土人情、人文

---

[22]吳錦發感嘆昔日優美、寂靜的美濃已不存在了，人與土地的疏離，村落急遽的變化，不知不覺中已成了無法返鄉的漂泊者。〈十七歲以前的美濃——無法返回的家鄉〉，《臺灣客家人新論》（臺北：臺原出版社，1993 年），頁 194～198。

[23]鍾鐵民，〈發展客家新文化〉，《新个客家人》（臺北：臺原出版社，1991 年），頁 50。

特色為書寫對象，帶動了「地方書寫」的風潮。[24]早在 1983 年，鍾鐵民即應教育廳之邀寫作兒童文學《月光下的小鎮》，全文透過孩童天真的眼睛，展現美濃的歷史與人文內涵，包括美濃的地理環境、開莊的歷史、英雄人物、地方掌故、歷史建築、文物特產、風俗與人情、文學與文化、社會經濟結構等內涵，已可視為一種「地誌書寫」[25]，恰可滿足那些想要熱切認識這樣一個地方的讀者。[26]為了讓更多人認識美濃的今昔風貌，這些年鍾鐵民寫的大多是山居生活點滴。尤以《山城棲地》為代表，該書副標題「美濃鄉野記事」標誌著一種對生活環境的關懷，如輯一「山城雜感」呈現的是美濃做為文化鄉鎮的新風貌，如〈文學步道〉、〈探訪作家〉、〈森林音樂會〉寫美濃充滿文化、藝術氣息的一面；〈六堆〉、〈生存的戰爭〉、〈感動〉記錄的是反水庫運動的心情感思，顯現了今日的美濃家園意識已然成形；輯二「棲地憶故」與輯三「生活隨筆」，則透過美濃鄉野的草木蟲魚動植物，呈現山村此一有歷史人文內涵且生機活潑的世界，〈清晨的起床號〉、〈鳥杜子粥〉、〈蕨菜，好吃！〉使人嚮往聽天籟、吃野味的鄉居生活；〈蛇的故事〉、〈土狗與伯勞〉寫客家人依山開墾，與蟲蛇為伍的山居歲月，為了生存經常必須除掉生命中的威脅，與自然搏鬥的故事；〈鹹魚和蕃薯飯〉、〈大蕃薯〉寫早期農村的食物和生活的艱辛；〈下馬喝水〉鄉下人施水施茶很普遍的情形，呈現客家生活充滿人情味的一面。有些則描寫了美濃至今仍保有傳統客家農村生活，〈淚滴禾下土〉寫阿炳哥巡田水唱山歌抒懷，〈嚇鳥〉寫田鄉阿喜夫婦敲打油桶驅逐麻雀的景象，這些令人感到親切的記憶、景象使美濃小鎮有了歷史文化的縱深。

　　在一個功利的社會中，人們往往因為逐利的緣故，對鄉土的依戀和珍

---

[24]吳憶偉，〈地方文學聲聲響——對地方文學獎的幾點觀察〉，《文訊》第 218 期（2003 年 12 月）。

[25]此處引用吳潛誠「地誌」的概念，即具體描寫地方景觀，助我們認識、愛護、標榜建構一個地方特殊風土景觀及其歷史，產生地域情感和認同謂之「地誌書寫」，參見氏著〈閱讀花蓮：地誌書寫——楊牧與陳黎〉，《在想像與現實間走索：陳黎作品評論集》（臺北：書林出版社，1999 年），頁 195～197。

[26]作家生活的家園忽然變成觀光景點後，大家都希望他們能交出一些文字來呈現。參見《臺灣客家人新論》，頁 163。

視變少，然而對一個大半輩子都在美濃度過的鍾鐵民來說，正是：「一個沒有心靈的家鄉可以懷念，沒有深愛的鄉土和人民可以認同，那是多麼孤單寂寞的感覺啊！」(〈蘿蔔嫂〉)因此他執意寫自己的家鄉，始終對家鄉懷著希望，希望讓美濃成為鄉人心靈中永遠的故鄉，促使他不斷地寫下去，長篇小說《家園》便是以美濃人反水庫捍衛家園的故事為題材，在這些以地方為中心的書寫中，我們看到一個新家園意識在心中逐漸形成。究竟是什麼樣的家園意識？早在〈蘿蔔嫂〉一文已清晰呈現：

> 他希望家鄉要永遠保持今天一樣安寧、自然，也留一點土地田園讓他們種種青菜，享受一點安樂自在的生活。賺錢就要出外，享受回來家鄉。……他也反對外地的財團進來搜購土地，引進浮華粗俗的所謂繁榮，把這個世外桃源一般的農村弄得像一個小臺北或小高雄。
>
> ——〈蘿蔔嫂〉

這樣的心願其實也是鍾鐵民及美濃父老的心願，小說透過蕃薯哥此一角色來傳達反現代化、都市庸俗文化破壞美濃清純環境的理念，這可說是一種新家園理念，畢竟社會變遷的速度太快，人們既不可能抗拒遷移都市求發展的趨勢，又無法完全認同水泥叢林的生活，究竟有沒有一個折衷的辦法或者是生活方式？那便是讓故鄉成為人們心中永遠的「心靈的故鄉」，他的面貌就像是大多數人心目中的「外婆的家」，往往是一個迥異於臺北繁華的質樸鄉村小鎮：

> 比起臺北，這兒顯得太冷清了。狹窄的街道上，停著幾部搭客的計程車，午後炎熱的太陽下，路上沒有幾個行人，兩邊店面房屋也都低矮簡陋。
>
> ——《月光下的小鎮》

然而正是這樣一個小鎮對於李偉中來說，是無比的溫暖與親切，從小就喜

歡的地方。這樣的理念到了《家園》有更清晰的呈現,從目前已完成的篇章來看,內容主要環繞涂嘉興一家人回到故鄉「瀰力莊」發生的一連串事情來展開,除了詳細描述美濃依山傍水的地理環境之外,也極力呈現人物對鄉土的感情和認同——涂嘉興一家人對「瀰力莊」感念與懷想、鄉人在反水庫運動中表現出來的捍衛家園精神等。透過涂嘉興心中的觀感可知,那樣的家園是在都市工作讀書的遊子嚮往懷念的地方,也是每到假日便迫不及待返回的地方,它代表的是自由安寧、「像外婆家一樣的地方」,雖然平靜又少變化,卻是可以讓苦悶都市人得到安寧,解除鄉愁的地方,誠如涂嘉興與孩子的對話所說:

> 兩邊都是家,孩子是怎麼定位的呢?「高雄的家是睡覺讀書的家,阿公的家是想回家的家!」解釋得糊里糊塗,但他明白孩子的心意:瀰力是他們「心靈的家鄉」。

——《家園》第七章

當然它同時還是在現代化工商發展中,尚未被現代都市庸俗文化同化而仍保有客家傳統文化特色的「臺灣最後的香格里拉」[27],涂嘉興感念祖先選擇了這美好的地方落腳,他要求孩子們在回家鄉的途中開始「講客家話」,代表著新一代對家園文化的認同已開始復甦,也唯有如此的情懷與抉擇,美濃才能成為真正的「心靈的家鄉」!

五、結論

　　鍾鐵民以大半生在美濃生活的經驗,敘寫這塊土地上發生的人事,雖然美濃的山水田園、農村生活在鍾理和作品已有生動的描繪,然而臺灣戰後的社會快速發展,使得城鄉之間的差異幾乎泯滅,鍾鐵民四十餘年持續

---

[27]徐正光博士之語,轉引自鍾鐵民,〈我是臺灣客家人〉,《鄉居手記》,頁156。

關懷鄉土的創作，忠實地呈現了美濃的變遷、記錄了各階段農村生活風貌
（傳統的、變遷中的、生活家園現代化、觀光化後的美濃），正可與鍾理和
之創作相銜接，從而建立了美濃地區深厚的人文傳統——關懷鄉土，書寫
大地的人文精神。鍾鐵民作品自然呈現了客家的生活與文化，這樣的創作
取向更是全球化時代發揚客家精神和文化最好的憑藉。誠如學者彭瑞金指
出：「沒有客家生活，哪來客家文學？沒有客家文化，哪來客家文學？」[28]
正因為鍾鐵民長期定居美濃，作品取材充分來自於他生活的客家農村，當
然最能傳達客家生活與精神文化，尤其客家族群面臨的認同危機尚未解
除，新一代對客家文化不了解，沒有客家意識，對客家族群的生活與文化
也日益疏離，鍾鐵民曾說：「藉由客家作品的流傳，客家人的精神和文化，
自然獲得廣大讀者的認同與肯定，客家人不再對自己的文化失去信心是隱
形人」[29]，鍾鐵民以自身創作實踐了這樣的主張。

　　鍾鐵民長期以這塊土地生活週遭人事為主的「地方書寫」，將是未來推
行鄉土教育的最佳教材、凝聚鄉土文化認同的力量，也是一項珍貴的地方
文化資產。鍾鐵民對「鍾理和文學」的詮釋增進了人們對美濃的認識，而
他自身對所處生活環境今昔變遷不斷的觀察與思考、描繪與形塑，不但讓
更多人認識美濃這地方風土人情、歷史人文內涵，更重要的是召喚了鄉土
的記憶，原本生活其中的人們對這塊土地習以為常的一切，經由作家的體
察與詮釋有了新的意義，因此重新感受到家鄉的美好，尤其年輕一代對鄉
土認同持續疏離的今日，以「心靈新故鄉」期待、定位現代化、觀光化的
美濃無疑是召喚鄉土認同的最好方式。他提醒了人們，當美濃從一單純的
南方小鎮躍升為全國知名客家文化代表區的同時[30]，美濃不是只有吸引大批
觀光人潮的黃蝶翠谷、母樹林、紙傘、菸樓、粄條而已，還有現代化下依
然保有的農村生活情調、安寧清純的生活環境，以及由來以久的人文傳

[28]彭瑞金，〈客家文學的黃昏〉，《臺灣客家人新論》，頁 191～193。
[29]鍾鐵民，〈客家文學與客家生活〉，《客家文化研討會論文集》（屏東：美和技術學院，1994 年），
　頁 89。
[30]劉還月，《臺灣客家風土誌》（臺北：常氏文化，1999 年），頁 65～81。

統、對客家傳統文化的堅持、其他鄉鎮罕有的「家園意識」，這才是美濃地區風華無限，成為著名觀光景點更重要的文化財富。

——選自《人文資源研究學報》第 1 卷第 1 期，2007 年 6 月

美濃農村的庶民記憶
談鍾鐵民的故鄉書寫

◎余昭玟[*]

　　以故鄉當做小說的場景，最為人所知的是黃春明書寫宜蘭，王禎和書寫花蓮，其實從日治時期新文學開始，小說家們就偏好以家鄉為場景，賴和、張文環等人莫不如此，戰後的葉石濤寫府城，鍾肇政寫桃園，陳冠學寫屏東，作家成長的空間都成為其作品的標誌。鍾鐵民承繼其父鍾理和，作品大多書寫故鄉美濃，土生土長的經驗使他們對環境先有了識覺，並產生對待環境的意念。鍾鐵民書寫美濃時，是一位在地作者，做為「內在者」（insider）的介入式書寫模式，與外鄉人做為「外在者」（outsider）對空間景觀的感受不同，前者的主觀經驗與感官知覺所形成的記憶，比起後者更具立體視界。「外在者」如觀光客，對空間景觀易產生幻想性，「內在者」如當地居民，則對景觀具有實在的經驗。所以景觀美學的論者較強調內在者對地方的感受，內在者雖然對地方沒有深思熟慮的自覺，但卻有豐富的生活體驗，在地作家也因為熟悉自己居住的城鎮，主觀經驗自然加強了作品中的人與環境的互動。

　　在故鄉的成長經驗不論喜怒哀樂，都會嵌入記憶，一個人可能居住過許多地方，但故鄉卻只有一處而已，「歸屬感」是一種重要的機制，藉著對環境的認識，產生出鄉土情，生活經驗所累積的記憶，催發了鍾鐵民創作的題材與靈感，他將熟悉的故鄉當作故事背景，這是重現生命史的一種方式。

[*]屏東教育大學中國語文學系副教授。

　　鍾鐵民的農村書寫讓我們重新看清這個臺灣南方版圖中的重要場域，作品中庶民生活所展現的空間語境與歷史記憶，形成互文網絡，令場景更細膩而精確。作家將踐履過的土地，建構出故事場景，故土對創作的啟示不言而喻。多篇小說的場景同在美濃，織出故鄉的記憶之網，在互文的關照下，讓讀者可以互相比對，彼此聯想，為美濃找到更完整的樣貌。

　　空間是一種符號建構，經由歷史書寫、作者詮釋取得自己的面貌，它被賦予特殊的地理意義，一個看似狹小的地理空間，源自於無限的象徵空間。作品裡的空間或許並不遼廣，但作家就將自己的故鄉當作人生的縮影。

　　鍾鐵民的文學和土地密密契合，他是不能離開故鄉的人，離散的痛苦在他一離家時就已鋪天蓋地瀰漫開來，他的文學中如果沒有對這片土地的牽掛，就像空中的鞦韆一樣無所依歸了。年輕的鍾鐵民在父親去世後，放棄微薄的代書工作，打算到臺北謀職，他離開的場景和當年父親鍾理和離家到臺北松山療治肺病一樣，他們曾經都是非常寂寞的旅人：

> 母親送我走下庭前山坡，弟弟妹妹跟在母親身後。我提了一個小塑膠提箱，眼淚在眼眶裡晃著就要掉下來了。我狠下心一口氣走完好長的田埂踏上田間的牛車路，回頭看去，母親和弟妹們仍然站在山坡前向我搖手。小坡頂上我們家灰黑的屋瓦掩映在綠樹叢間，四周全是田野，山坡上的家顯得十分孤單……。

　　此情此景，在鍾理和的作品裡也似曾相識，離散的經驗使鍾鐵民從不同的角度凝視親人與故土，人物與自然田園形成的空間場域，是旅人難以忘懷的，在臺北短暫工作及求學後，鍾鐵民回歸故土，他以豐沛的創作能量，用彩筆記錄美濃種種人物、故事、形勢、神韻之美。

　　鍾鐵民的小說誠實地記錄農村、農人、農事，幾十年的寫作生涯都是如此。學院中專門針對鍾鐵民小說的研究有：2001 年成功大學歷史所林女

程〈臺灣農村的見證者——鍾鐵民及其小說研究〉，2005 年高雄師範大學國文所柳寶俌〈鍾鐵民及其小說研究〉，2014 年屏東教育大學文創所李惠玉〈鍾鐵民農民小說作品研究〉。葉石濤曾說鍾鐵民繼承了鍾理和強烈的地方性格，描畫出農民生活的日常性，不愧是農民文學的開拓者。

　　如果不是一輩子在農村裡，怎能深刻知道農人的辛苦！鍾鐵民在〈菸田〉一篇敘述種菸草的歷程，將農事描寫得最詳盡生動：

　　　白紗帳子白天掛起晚上收下，或半夜三更下幾滴雨，慌慌張張又要鑽進苗床撐起來，怕蚯蚓把苗根鑽鬆，又怕土狗仔將菸葉咬破，日夜不住要巡視，到葉子有巴掌大了才可以種植。菸畦一行行用尺量，用線牽，澆水，把腰彎到站不直。然後呢，中耕培土，施肥，捉蟲噴藥，沒有一天不往菸行裡鑽。菸兒長到齊胸高了，開始三五天一次地斷芯拗芽，這才是最惱人的工作。就算菸葉燻乾了，也還得壓製、檢選、分等、包裝，全家老少都沒閒著。人手少的家庭，真夠瞧的了。過度的工作，菸葉的辛辣，癆病鬼多了，沾上葉子上露水的倒了，因噴農藥自身中毒的也不少……。

如此勞累的工作，有哪個行業能相比擬呢？而自 1987 年政府開放洋菸進口，不惜辛苦想種菸葉賺點錢的機會也沒了。

　　〈夜歸人〉寫贅婿的悲哀，他被視為傳宗接代的工具，時時受到岳母的羞辱，離家出走後，只能趁著三更半夜岳母不在時偷偷回家一趟。對土地淪為商品，鍾鐵民是十分反感的，他用不少篇幅，很有層次地交待農民的轉變，〈丁有傳的最後一個願望〉中的丁有傳胼手胝足買下土地，所以一有機會就毫不猶豫付下訂金，想買水圳上游的土地，無奈兒子們都反對，土地在年輕人的眼中，是金錢價值的計算，不再如父親視土地如生命了。〈三伯公傳奇〉中的農民自己顛覆了土地的價值觀，老銀喜不論如何努力，一輩子只能溫飽，當土地驟然飆漲時，他希望能藉此牟利，發筆橫

財。〈阿公的情人〉中的阿公，年輕時辛苦地硬將旱田圈地開墾為雙冬水田，臨老卻在土地仲介歐巴桑的慫恿下，將這塊田地輕易變賣，神聖的土地變成獲利的商品。〈阿月〉中的寡婦月霞對土地有深厚的感情，但田地所生產的稻穀只能供應伙食，沒有餘錢剩下來，她決定變賣土地，當作兒子外出發展的資本，她耕田作息的日子是一去不復返了。

〈石罅中的小花〉、〈朽木〉中都有一位強勢而冷酷的後母，當被虐待的孩子長大成人衣錦還鄉後，不僅諒解了後母，也將抵押的田地贖回，分贈後母。〈山谷〉道出農婦的勤奮、耐苦，由臨盆生產時可見一斑，農夫魯生（路生），是因為當年母親要去割豬菜時，在雨中的竹叢下生下他而取名為魯生的，母親用牙齒咬斷臍帶，母子蒙著雨衣在溼淋淋的地上坐著，一直到被人找到為止。沒想到現在他的妻子珠妹在預產期將來時，仍堅持去田裡種樹薯，半路上也開始陣痛了。〈女人與甘蔗〉探討政府產銷制度不健全所造成的農民虧損，大家一窩蜂種植甘蔗，甘蔗價錢卻比當肥料的雞糞還便宜。多年來改種經濟作物，像毛豆、番茄、甜玉米、菊花等，盈盈虧虧，有時還揹一身債。

〈憨阿清〉和〈阿憨伯〉道出鄉下人篤厚、老實的特質。阿清為哥哥做牛做馬，阿憨伯一輩子撿牛糞，將這當做極其嚴肅的事，大清早起來，挑著一擔畚箕到村子四周撿牛糞，直到要撿滿兩畚箕才回家吃早飯，不管颱風下雨都如此。這些憨傻老實的人物在以前的農村裡並不少見，但如果沒有作家的生花妙筆，形諸文字，他們的言笑樣貌，很快就絕跡了。

時空中的人情世故，與庶民潛意識中的記憶恆常相伴，這些作品所訴說的故事，都轉化為鄉土情境的重建與詮釋。由於在地生活的情感，書寫變成一種符號建構，它被賦予特殊的文化意義，一個看似狹小的空間，包含了無限的象徵語境，成為文學上可以被探勘的領域，塑造了一處與臺灣其他市鎮不同的文學景觀。

文學所反映的無非是現實生活，而現實中最活潑具體的是市井生活，它超脫官方的史料紀錄，比正式資料還來得真實。最庶民的描寫非飲食莫

屬，鍾鐵民小說中具體寫出鹹菜、蘿蔔乾、番薯簽飯、鹹鰱魚，山上找
的，土裡挖的，河裡抓的……，種種食物都有滋有味地伴隨著農村人物。
這和 2000 年之後臺灣的美食活動和飲食書寫大異其趣，天然原味道出當時
簡單而潔淨的飲食內涵。以此為書寫的主體，遊走於農村的飲食的文化場
域，建構了歷史情境。記憶鄉人身影，食事／身世並現，寫食物時不用機
械式單調的筆法，而是細訴日常的一切，所謂「味在舌尖，意在言外」，這
些伴隨菜餚而生，對人事的咀嚼別有餘味。在書寫飲食的同時，也是對故
鄉空間的重構。鍾鐵民在《約克夏的黃昏》自序中透露：

> 文學反映的是真實化生活。當我硬逼著自己執筆時，我的腦海中所能想
> 到的，無非是農村及身邊的人和事。……臺灣的農村轉變大而劇烈，原本
> 純樸簡單的農耕生活不見了，農業由個人自給自足型轉成半企業化。……
> 這種轉變中，有太多值得關懷的問題，公理和人間正義受到嚴重的扭
> 曲，傳統的道德價值觀處處受到考驗，於是人間的悲喜劇也就深深的刺
> 激著我的心。

　　故鄉的經驗，則更讓作者貼近生活實景，籍貫與身分將引發更深刻的
原鄉書寫的情感。作家對於原鄉的刻畫，等於回顧自己成長的歷史，經由
記憶與再造的過程，自己與土地的聯結更緊密。自己當做空間的主體，透
過想像、再現等手法，去發現家鄉，用另一個向度去解讀地方，於是故鄉
充滿了無限可能，家鄉成為作家寫作過程裡一個待詮釋的符碼。這些作品
不只是個人化的心靈活動，更是庶民文化的整體展現，藉由個人、家族經
驗的書寫，表達專屬於本土的語境，永恆不變的田園景致構築出美濃人無
可被取代的特質。
　　美濃是鍾鐵民寫作的素材，也是他寫作的動力。1991 年美濃水庫興建
案被核准後，整個美濃的鄉土意識抬頭，這次事件促使鍾鐵民走出書房，
成為實踐者，推廣農村轉型為高產值的文創產業。村人們離農離土，這是

時勢所趨，農村型態不可能永遠不變，但美濃此一著名的農村怎樣保有村
落美景與人情美意，則是更重要的議題。在臺灣文學史上，鍾理和父子的
農民文學香火，一方面繼承日治以來的寫實主義傳統，另方面亦開展宋澤
萊等作家的農村書寫。一個在地文學作家對家鄉的書寫，作家其人其作品
已與在地結合，成為家鄉永恆的在地文化資產。

——選自《臺灣文學館通訊》第 45 期，2014 年 12 月

鍾鐵民小說中的家庭農場的轉變
以 1960 年代為例

◎鍾秀梅[*]

前言

　　由全世界小農與家庭農場組織倡議，並經聯合國認可的 2014「國際家庭農業年」，具有深遠的意義，特別是經過工業化農業與綠色革命的浩劫，小農與家庭農場所扮演鄉村地區糧食、政治、生態、宗教、文化、社會福祉等角色，逐漸被鄙棄，因為由新自由主義所主導的市場與資本的下鄉，衍生歷史倒退的「再封建化」（refeudalism）；土地壟斷於大農企業，以及龐大農業工人的出現，造成新的封建社會的形成。[1]

　　本文的構思，啟發於今年一月《青芽兒》雜誌專題與旗美社區大學 7月底 8 月初所舉行的「家庭農業與臺灣農業的未來」工作坊。[2]

　　透過家庭農場的變化，如何理解鍾鐵民在 1960 年代所生產的小說意義？如果 1960 年代是臺灣家庭農場斷裂與重組的開始，那麼，鍾鐵民小說中家庭農場所面臨的生存狀態與社會關係為何？作家眼中又如何構築巨變中的農村社會？歷經五十年變遷，「國際家庭農業年」重新倡議小農與家庭農場的價值，鍾鐵民的小說的貢獻為何？

[*]成功大學臺灣文學系主任、鍾理和文教基金會董事。
[1]佩里・安德森（Perry Anderson）在《新左雜誌》（*New Left Review*, No.83, Sep-Oct 2013）一篇〈帝權〉（*Imperium*）闡述了此觀點。
[2]詳見《青芽兒》第 61 期（2014 年 1 月）、旗美社區大學「家庭農業與臺灣農業的未來」小冊子。

1960 年代鍾鐵民小說生產的意義

借用重要的英國文學理論家雷蒙・威廉斯（Raymond Williams）在 1970 年代所著的《現代小說中的鄉村與城市》（The Country and the City in the Modern Novel）[3] 一書的概念，他透過英國田園詩、哈代、笛福、珍・奧斯汀、華茲華斯等人的文學作品，駁斥當代文學與文化研究學者所存在的誤區。

雷蒙・威廉斯質疑鄉村與城市之間被成見所設定的對立關係，其中包括刻板印象、價值觀與膚淺的判斷。如同他說：「對於鄉村，人們形成了這樣的觀念，認為那是一種自然的生活方式：寧靜、純潔、純真的美德。對於城市，人們認為那是代表成就的中心：智力、交流、知識。強烈的負面聯想也產生了；說起城市，則認為那是吵鬧、俗氣而又充滿野心家的地方；說起鄉村，就認為那是落後、愚昧且處處受到限制的地方。」[4] 英國是世界上最早面對鄉村向城市工業化轉變的地區，雷蒙・威廉斯觀察到在城鄉異動的過程中，文學所呈現複雜的城鄉情感結構，提供了文學研究更大的視野與複雜性。

雷蒙・威廉斯強調鄉村生活的豐富化不比城市遜色。例如多樣的生活方式（獵人、牧人、農夫、佃農、農場主）到社會階層（部落、領地、封建莊園、鄉村公社、種植園、農企業等）。[5] 這些具有情感、行為、範圍與時間的意義的鄉村共同體，具有著內外在的生活張力，因此，雷蒙・威廉斯提醒文學與文化研究者如何理解鄉村生活充滿了苦難，自然浪漫的田園牧歌終將面對殘酷的土地關係，當「所有權發生了的分離：對一片土地和土地上的風景的控制[6]」鄉村社會的等級便顯露出來。

---

[3] Raymond Williams, *The Country and the City in the Modern Novel*(Malaysia: Big Apple Agency, Inc., 1973)；雷蒙・威廉斯，《鄉村與城市》（臺北：臺灣商務印書館，2013 年）。

[4] 雷蒙・威廉斯，《鄉村與城市》，頁 1。

[5] 雷蒙・威廉斯，《鄉村與城市》。

[6] 雷蒙・威廉斯，《鄉村與城市》，頁 177。

　　若以雷蒙・威廉斯的思考出發，鍾鐵民小説在 1960 年代所呈現的意義，則適切地呼應雷蒙・威廉斯的觀點。1960 年代臺灣社會納入世界資本主義體系生產，縱然 1950 年代因為土地改革，小農獲得土地生產資料，但是，1960 年代以外銷導向的經濟生產，讓臺灣農村社會經歷了「大巨變」（the great transformation），這段時期鍾鐵民創作的短篇小説，記錄了美濃地區城鄉轉化、流動的狀態，並且讓我們重新理解 1960 年代的家庭農場的內在變革與適應方式。

　　1960 年代是鍾鐵民短篇小説創作的高峰。這些作品主要整理在其次女鍾怡彥所主編的《鍾鐵民全集》[7]小説卷一、卷二中，本文選了〈菇寮〉、〈夜〉、〈風雨夜〉、〈帳內人〉、〈菸田〉等五篇文本，試圖解答本文的提問。

家庭農場的生存狀態與社會關係

　　〈菇寮〉講述原以腳踏車店為主要收入的李有福，一家五口、土地六、七分，每年主要種一季菸作，二季稻作。但是，李有福的車店生意差，農民賒帳的多，種稻又容易被商人炒作，不一定賺錢，所以李有福始終陷入債務循環，所以聽了友人建議多搭建了 50 坪的洋菇寮，準備賣給罐頭工廠外銷發洋財。李有福全家日夜投入生產，最後，菌種、氣溫、培養條件等不成熟，失敗告終。[8]

　　〈菇寮〉鮮活地呈現當時耕作技術人力、獸力與機械混和應用。比如翻土是牛拉著犁在田裡翻攪、割稻已經是機械化了：「左右都是打穀機，一連幾部在遠近合唱著，人聲在轟隆機器聲縫中不時突起，大人的談話聲夾著小孩子的尖叫，這正是稻穀收割工作最緊要的時候啊！」[9]

　　除了家庭勞動力外，李有福的「社區道德經濟體」是〈菇寮〉一文最

---

[7] 鍾鐵民著；鍾怡彥主編，《鍾鐵民全集》（高雄：高雄市文化局；臺南：臺灣文學館；高雄：高雄市客家事務委員會，2013 年 1 月）。

[8] 鍾鐵民著；鍾怡彥主編，《鍾鐵民全集・小説卷 1》，頁 103～123。

[9] 鍾鐵民著；鍾怡彥主編，《鍾鐵民全集・小説卷 1》，頁 103～123。

感人的鄉村生活。李有福的哥哥做生意失敗，祖堂和夥房土地遭抵押拍賣，在李有福全家走投無路之際，日據時代隨日本兵到菲律賓呂宋島打仗的同年（同伴）阿祿哥，提供自家房間收留他們。當時，農村資金周轉的互助系統「穀會」，讓李有福免於沉重的銀行利息的拖累。阿祿哥提供免費的稻草與搬運工給李有福種洋菇。[10]因此，互助交換為〈菇寮〉中最高尚的情操。

〈夜〉的故事動人又辛酸：透過相親而後相愛的男女主人公，在蜜月期間就被迫分離，當夜，女不講話，把男的弄得心疼。男的心想「後天他就得北上銷假，同時整理一個環境好接她去，而她在家也正好幫著忙過秋收，最多一個半月的別離，這對他倆，對家庭都是必須的。她很了解。……」[11]然而，1960 年代到 1970 年代，維持家庭農場最重要的是老人與女性勞動力，年輕男性必須隻身離開鄉村到城市謀生，〈夜〉精彩的片段，見證了這段歷史。

〈風雨夜〉猶如是鍾理和出色的長篇小說〈笠山農場〉的續篇，〈笠山農場〉記錄了鍾家的「黃金時代」；鍾理和父親為農企業家，在美濃尖山附近經營上百甲企業型農場，但是經歷 1940 年代的戰爭、1950 年代因為白色恐怖撲殺喪子與經營的壓力等，1960 年代的鍾家農場已是「荒涼的山崗」、「雜木叢生」了。[12]

〈風雨夜〉一文描述了經歷兒時同祖父巡視「整個農場和小溪上游的水壩，察看一株株新栽的幼苗或跟除草的工人們談談天。常常我們早飯後出去，繞一個圈圈回到家時媽媽已經在生火燒午餐了。」[13]的繁華熱鬧榮景。但是通篇的氛圍是家道中落之後的憂苦惆悵，有些欲振乏力，但是，常常用精神勝利法鼓勵奮起：「實在我很想有一番作為，過去的不再去想它，破碎的也任由他去破碎。我所希望的是早為我們的家庭打出一條新路

[10]鍾鐵民著；鍾怡彥主編，《鍾鐵民全集‧小說卷 1》，頁 103～123。
[11]鍾鐵民著；鍾怡彥主編，《鍾鐵民全集‧小說卷 1》，頁 191～203。
[12]鍾鐵民著；鍾怡彥主編，《鍾鐵民全集‧小說卷 1》，頁 270。
[13]鍾鐵民著；鍾怡彥主編，《鍾鐵民全集‧小說卷 1》，頁 270。

來。改變我們的生活方式，重整一個新的安定的家。……」、「過去我還在學校時，媽媽就曾表示要將家業交給我們弟兄，要我們一定設法整理荒廢的家園，讓祖父時代的光輝歷史再重現出來。……」[14]

〈帳內人〉所描述的家庭農場內部女人之間的鬥爭，常常也出現於鍾鐵民其他的小說裡，這些女人們，有時候是妯娌關係、有時候是婆媳關係、有時又是姑嫂關係，讓兒子們常常處於不安的狀態。鍾鐵民寫作的村莊，是美濃水利系統不發達地區，稻作與雜作為耕種常態。當地有句諺語：「竹頭背好是好，三盤蘿蔔、二盤薑」，道盡了生活的清苦。〈帳內人〉的小農家庭依靠蕃薯、花生維生，幾乎是靠維生經濟支撐。小說主人公的妻子與公婆弟媳不合，因為熱戀她的狐臭而自由結婚卻受到丈母娘的鄙夷的先生，自尊心受到打擊，因此和她分房兩年。[15]

傳統智慧解決了這對夫妻的困境。鍾鐵民引用當地流傳的典故，來化解鄉村無形的集體肉體與精神暴力，對於外來女性的凌遲。傳說莊尾阿六嫂失去丈夫要改嫁，村民紛紛阻擾，但她說：「唉！兒孫再孝順終究是蚊帳外面的，只有丈夫才跟我同蚊帳啊！」公公暴怒又繼續反對，她說：「莊頭的是田，莊尾的也是田，沒丈夫的終不值錢」[16]。阿六嫂的故事讓男主人公覺悟出了「帳內人」微妙的溫存，兩人和好當初。

〈菸田〉為鍾鐵民短篇小說系列最為成熟的一篇。年輕的農民工阿土出生於一無所有的村莊底層人家，父親早逝，母親挨家挨戶乞討、哥哥鎮裡遊蕩。

> 我命苦，注定是討食婆的兒子。閻王放我出來這個世間，同年卻也召去了我爹。留給我們的只有一間破茅寮挨著一角菜園地。我媽多病，躺下床便是半月十日。我不知道媽媽怎樣把我跟哥哥養活的。我還依稀記

---

[14] 鍾鐵民著；鍾怡彥主編，《鍾鐵民全集・小說卷1》，頁269～270。
[15] 鍾鐵民著；鍾怡彥主編，《鍾鐵民全集・小說卷1》，頁296～306。
[16] 鍾鐵民著；鍾怡彥主編，《鍾鐵民全集・小說卷1》，頁304。

得，母親拖著病體，揹著我，牽著哥哥一家家去討些殘菜冷湯。[17]

　　阿王長期在遠房表叔家打工，表叔家為美濃傳統菸／稻混和耕種家庭農場型態，根據 1968 年資料統計，美濃總耕地面積 4,840 公頃，農業人口45,279 人，占總人口的 81%，其中農業戶數自耕農占 5,324 戶、半自耕農有 424 戶，佃農是 491 戶，非農業人口有 694 戶（士、工、商、公務員）。[18]高達八成以上的小農，依靠「交工」互換勞力的勞動型態維持家庭與社區經濟，不足的勞動力則換算工資從半自耕農與佃農群體取得，阿王屬於後者的社會階級屬性。

　　相對於〈笠山農場〉的農企業規模與經營，菸農的生計條件其實是勉強應付家庭的各種開銷。但是在一無所有的阿王眼裡，他的頭家的富足是望塵莫及的。

> 鐵皮車輪，在高低不平的石土路上叩著，發出隆隆的呻吟，彎過山嘴，
> 眼底是個寬闊的山谷平原。放眼望去，盡是一片綠油油的菸田，彎彎曲
> 曲的綠秀溪縱貫全谷。河床上裸露的巨大圓石，和兩岸的蘆葦、矮樹，
> 點綴了菸田的單調，這片美好的田園，就是我們的──頭家的田地啊！[19]

　　然而，美好的田園不屬於阿王的。他愛戀著同頭家出身相仿的女兒順妹，順妹那一代菸農的女兒婚嫁之前，屬於家庭農場無償勞動力，婚姻沒有自主性，雖然頭家承諾會贈與幾份旱地當結婚之禮，希望阿王繼續留在農場，可是還是不如順妹之意，順妹希望阿王擺脫「長工」的身分，阿王也決心北上闖一闖。剎那間，順妹順服了父母命運的安排同他人結婚了，阿王已經沒有了回頭路，終於離開這一片傷心地。

---

[17] 鍾鐵民著；鍾怡彥主編，《鍾鐵民全集・小說卷 1》，頁 398。
[18] 鍾秀梅，《臺灣客家婦女研究：以美濃地區鍾、宋兩屋家族婦女生命史為例》（南投：國史館臺灣文獻館，2013 年）。
[19] 鍾鐵民著；鍾怡彥主編，《鍾鐵民全集・小說卷 1》，頁 390。

鍾鐵民的小說的貢獻與結語

上述五篇農村小說系列反映了不同層次農民的苦難，也形構了 1960 年代臺灣城鄉之間生存的情境。對於當時的農業青年而言，遠走他鄉到臺北是未來人生的一線光明，可是，村莊的田野逸趣與精神寄託是無限的。

如今 50 年過去，許多對城市未來絕望的第二代青年又回鄉了，鍾鐵民小說世界的村莊又重新賦予新的活力，並給予 2014「國際家庭農業年」帶來新的意義。

——選自《臺灣文學館通訊》第 45 期，2014 年 12 月

鍾鐵民文學的農村圖像

◎鍾怡彥*

　　鍾鐵民的作品，涵蓋了從 1961 年至 2010 年，近四十年的農村發展，是臺灣農村的見證者，他的文學亦可說是美濃 1960 年代後的發展史。以下分為四點討論其表現在文學上的農村圖像。

一、經濟活動

　　首先是經濟作物菸葉的書寫，鍾鐵民〈菸田〉延續著〈菸樓〉的種菸歷史，鍾理和重點放在新菸農，而鍾鐵民的〈菸田〉則將焦點放在摘菸與烤菸的辛苦，摘菸常因葉了分泌的有毒物質而生病，烤菸得日夜看顧爐火，隨時注意溫度，一刻都不得休息，外人看來收入豐富的菸葉，其中的辛酸只有菸農自己知道。

　　除了水稻與菸葉外，美濃也跟流行經營其他經濟作物，如〈菇寮〉種植洋菇，當時有廠商與農民簽約種洋菇，收成後製成罐頭外銷，於是農民一窩蜂搶種，結果常因經驗不足，血本無歸。從 1950 年代末期一直到 1970 年代，臺灣曾興起一股養鳥風潮，〈我的夥伴〉即寫到這段歷史，主角與友人合資做事業，他們養雞、種瓜、養鴨，還養十姊妹，一開始有賺錢，於是他們越養越多，隨著價格越炒越高，友人開始惜售，希望能賺更多錢，沒想到不久鳥價崩盤，養鳥者血本無歸，甚至傾家蕩產。〈谷地〉則是農民搶種香蕉，稻米賺不了錢，於是農民改種經濟價值更高的香蕉，沒想到外銷中斷，內銷供過於求，導致香蕉崩盤，無人願意收購香蕉，蕉農

鍾鐵民次女、《鍾鐵民全集》主編、中央大學中國文學系博士、兼任講師。

欲哭無淚。〈田園之夏〉則是種植木瓜,本篇的主角是眾多作品中,唯一有賺錢的,賺錢是要靠運氣,剛好他的木瓜園沒有遭到傳染病影響,在其他果園沒有收成的情況下,奇貨可居,他的木瓜價格水漲船高,讓他小賺一筆。此篇還點出了產銷問題,即農產品常會被中盤商剝削,而農民又不知道其他銷售管道,只能任由水果販子喊價。

養豬原是農村傳統副業,居民常在自家餵養一、二頭豬,如同儲蓄一般,養大後賣出,可獲得一筆額外收入,故只要是勤奮的人家,莫不養豬以備不時之需。然而這種小規模的飼養方式,開始逐漸擴展,1960 年至1980 年 20 年間養豬規模、技術變化擴大,由副業、小規模而至專業、大規模化。規模大獲益就大,然而風險也較大,豬價容易隨市場波動,常使豬農虧本,如〈田園之夏〉、〈約克夏的黃昏〉即描寫豬價崩盤的農村慘況。豬價狂跌,豬農一片哀嚎,許多人賠本賣出,來不及賣的,只能咬牙苦撐。散文則有鍾鐵民〈養豬戶何去何從〉、〈農業的輓歌〉,批評政府的農業政策,豬肉、農產品價格低迷不振,卻沒有方法可以幫助農民,放任農民自生自滅,讓農村遭受重大打擊。豬價時好時壞,豬農只能賭一把。

二、從人力到機械化

1960 年,政府開始推行農業機械化,但成效並不好,主要原因是價格太貴,當時臺灣勞動力還算充沛,農忙時仍找得到人幫忙。且老一輩的人觀念保守,年輕一輩又無法主導,導致父子之間衝突不斷。美濃作家中,最早關心農業機械化的是鍾鐵民,他的〈夜雨〉寫於 1962 年,是第一篇關於機械化的作品,亦即政府開始推廣新政策不久,作者觀察到農村對機械化的排斥:

> ……想不到這孩子變本加利〔厲〕,犁田的牛也不要了,竟想用起鐵牛來,怎能教人不生氣呢?你想,田裡聽不見趕牛聲,只有那碰碰的機器響著,那簡直教人想起來就不舒服。要是家家戶戶都不用牛,那麼田裡

除了碰碰聲再也聽不見什麼了，這還成什麼世界嘛！種種的改變令他感到害怕，他覺得自己將被他所熟悉的世界排出，而另一種生活的方式對他太陌生了。他不喜歡改變，也不允許改變。為什麼一定要變呢？[1]

老一輩的農民仍習慣以牛來耕作，在他們觀念裡，田就要用牛耕，沒有趕牛聲，僅剩「碰碰的機器響著」，讓人感到不舒服，破壞了原有的生活記憶，擾亂生活方式，這種巨大的改變，讓他覺得害怕，那將是一個陌生的世界，故他不想改，也禁止改。「為什麼一定要變呢？」是他對現況的質疑，於是父子倆開始嘔氣，故事發展至後來，父親發現兒子堅持買鐵牛，是疼惜妻子。於是父親態度軟化，終於答應兒子買鐵牛。這個轉變極富戲劇化，作者知道農業機械化是農村的出路，他想藉由作品反映相關問題，讓更多人能接受機械化的新技術。

從 1960 年推行的農業機械化，成效雖不彰，但仍慢慢影響農村，鍾鐵民 1967 年作品〈過程〉，寫到農村的變化之一，即為「耕牛換成耕耘機[2]」，直到 1968 年以後由於臺灣工商業快速發展，農村勞動力大量外流，農業工資急遽上升，因此政府不得不在此時期大力推動農業機械化以解決農村勞力不足的問題。[3]當農村人力不足時，機械化的推動才開始有成效，因此鍾鐵民 1972 年《雨後》機械化更普遍：

我還想買一部鐵牛，有一部鐵牛，耕田、抽水、鋸木，最重要是拖車，太有用處了，農會在獎勵農友購買，免稅免照，還有長期低息貸款。只要我有這樣一臺，可以做很多想做的事情。[4]

---

[1] 鍾鐵民著；鍾怡彥主編，《鍾鐵民全集・小說卷 4》（高雄：高雄市文化局；臺南：臺灣文學館；高雄：高雄市客家事務委員會，2013 年 1 月），頁 67。
[2] 鍾鐵民著；鍾怡彥主編，《鍾鐵民全集・小說卷 1》，頁 229。
[3] 美濃鎮誌編纂委員會，《美濃鎮誌》（高雄：美濃鎮公所，1997 年 4 月），頁 626。
[4] 鍾鐵民著；鍾怡彥主編，《鍾鐵民全集・小說卷 2》，頁 211。

　　1972 年 9 月政府宣布「加速農村建設重要措施」，其中即將推廣農業機械化、辦理低利農機貸款，作為重要施政目標。在「免稅免照，還有長期低息貸款」的優惠下，購買小型耕耘機的農戶快速增加。許多有生意頭腦的農友則預見到代耕市場的利基，開始投資大型農業機械，農村因此慢慢出現插秧與收割這類代耕服務。[5]《雨後》即已寫到這種幫人耕田的工作，不過是以小鐵牛到中部替人犁田。有一臺鐵牛，可省下許多勞力，對於缺少人力的家庭，充滿吸引力。因此，許多傳統養牛以耕犁農田之農家漸被淘汰，取而代之的是鐵牛——小型耕耘機，隨後大型曳引機引入了整地等作業，插秧機及收穫機等之引進，大大提高了水稻經營之效率。[6]

　　從《雨後》之後的作品，如〈田園之夏〉、〈女人與甘蔗〉、〈丁有傳最後的一個願望〉、〈阿公的情人〉、〈月光下的小鎮〉、《家園》等，皆以鐵牛取代耕牛，成為田裡的耕作主力，由此可知，美濃農業的機械化，從 1972 年後開始普及，這種改變，作家馬上反映在作品中。

三、生活現代化

　　1960 年代的美濃開始有了改變，道路鋪上柏油，讓 1964 年創作的〈夜路〉，主角對此改變十分驚訝，原來家鄉也跟上進步的腳步。到了 1967 年的〈過程〉發展更快，許多新興行業開始出現，如畫像師、推銷員等：

　　　　又是一輛摩托車迎面而來，車上的又是一位舊日的同學。我們打過招呼就錯過了。這是劉順金，一個畫像師，半年前帶了個照像機來訪，原來他來招攬生意，想替母親畫張像。畫師，一家家兜生意，想來劉順金當年也不會想到從事這行業吧！又是新興起來的，農村已不再是十幾年前

---

[5]〈農業臉譜戰後臺灣的農業機械化〉，《豐年社》，http://www.coa.gov.tw/view.php?catid=23376& previewdata=1&print=1。最後瀏覽日期：2011 年 5 月 12 日。
[6]美濃鎮誌編纂委員會，《美濃鎮誌》，頁 627。

那種樸實簡陋的面目了。菸葉香蕉的種作使整個地方繁榮起來，柏油的路面伸向小小的村道。農業漸漸趨向工業化合理化了。耕牛換成耕耘機，種作各類作物講究施肥噴藥，養豬飼雞力求速大，以前的種種保守頑固的思想抵擋不住物質的狂潮，鄉民們全講求生活舒服愉快了。這就是進步！[7]

讓主角不禁感嘆「農村已不再是十幾年前那種樸實簡陋的面目了。」道路也比〈夜路〉時還要平整，連鄉間小路都鋪上柏油，即使閉塞的美濃，也抵擋不住文明的潮流。另一個行業，土地仲介則使作者反感，〈烏蜂〉裡的土地仲介是個不肖子，將自家的土地拿去抵押貸款花用，逼死母親，後來竟當起仲介，遊走在代書店裡，作者將他比成「烏蜂」，是蜜蜂群中白吃白喝的無用者，令人厭惡。這種職業在鍾理和〈雨〉中即已出現，同樣是不討喜的人物，因為土地與農民關係密切，但在他們眼中，土地只是商品，用來賺錢的，故在小說裡，總把他們描寫成負面人物。1960 年代開始，美濃進行農地重劃，以利政府推動農業生產的機械化。[8]到了 1970 年代，農業機械化初期以整地機械化開始，鐵牛取代了水牛[9]，鍾鐵民《雨後》即以此為故事背景，此篇寫於 1972 年，是在地書寫中，第一篇寫到鐵牛的作品。因土地改革、農業機械化的政策下，農業發展迅速，農民收入逐漸好轉，然而，政府卻將重心移往工業，導致人口外移，農村經濟開始走下坡。

四、農村凋蔽

農業從 1970 年代後，即開始逐漸式微，導致人口大量外移，在農產品價格持續低迷的情況下，農民逐漸捨棄傳統稻作，改種其他作物，並積極

---

[7]鍾鐵民著；鍾怡彥主編，《鍾鐵民全集・小說卷 2》，頁 229。
[8]美濃鎮誌編纂委員會，《美濃鎮誌》，頁 626～627。
[9]美濃鎮誌編纂委員會，《美濃鎮誌》，頁 634。

發展養豬副業,然而這些事業充滿投機風險,常常血本無歸。到了 1980 年代,這種情形更為嚴重,此時的美濃,處在開庄以來的低潮期。因此農村的困境成為作家關懷的主題,如〈鄉愁〉、〈洪流〉、〈女人與甘蔗〉等小說,皆以此為寫作背景。

〈鄉愁〉描述主角要暫時離開家鄉,到都市與兒子同住,內心感到失落與不安;〈洪流〉描寫洪水肆虐農村的景象,農村淹水的問題始終找不到解決辦法,年年整治,年年淹水;〈女人與甘蔗〉則是凸顯供需失衡的老問題。〈鄉愁〉與〈洪流〉還點出了人口外移的情形,年輕人到都市工作,即使到加工區做工,賺的錢都比務農還高,於是留下父母守著家園,年輕的、有能力的全到都市去了。

1990 年代的美濃,年輕人不願從事農業,且國人飲食西式化,對白米的需求減少,以致許多田地休耕,在無人耕種的情況下,土地成了炒作的商品,農民務農一輩子,都無法賺到那麼多錢,賣一塊田可以一夕致富,不少農民極為動心,甚至付諸行動,如〈阿公的情人〉,阿公將視為生命的田賣掉買其他農地,再轉手賺差價,認為人要懂得變通,死守著土地是賺不了錢的,土地像商品要靈活運用,老了才能過過舒服的日子。〈三伯公傳奇〉同樣遇到土地是否要賣的問題,孩子們全在都市工作,無人能繼承家業務農。〈阿月〉則是探討土地徵收問題,因為失去了這筆土地,她如同失去了根。〈丁有傳最後的一個願望〉與其他篇章不同,是主角想要買土地,那是他夢寐以求的水源頭土地。〈蘿蔔嫂〉則是描寫蘿蔔嫂被孩子們強迫不種稻、不種菸後,平時忙慣的蘿蔔嫂一時之間不知道要做什麼,吵著要去加工區幫親戚煮飯,賺取一、兩萬的工資。

〈阿公的情人〉、〈三伯公傳奇〉、〈丁有傳最後的一個願望〉、〈蘿蔔嫂〉四篇凸顯了農村的一個問題,即人口老化,四篇作品中,留在鄉下的都是上了年紀的老農,農村缺乏年輕人投入農業生產;1960、1970 年代的作品,如〈谷地〉、〈田園之夏〉、《雨後》等,皆有年輕人回鄉繼承父親的事業,他們想辦法擴大經營,希望能重振家庭經濟。然而,他們充滿熱情

衝勁的內心，卻一次次遭受重大打擊，對農業感到相當失望，農業的收入已經無法滿足現代化的需求，致使父母強逼孩子到都市工作，年輕人亦不願回鄉，農田漸漸荒廢。

近年來，因交通改善，國道十號開通後，美濃到高雄的行車時間縮短，讓美濃發展極為快速，作家對於美濃的發展有著複雜心情，〈荒村〉描述隨著文明逐漸入侵，連偏僻的聚落都交通便利，電線、電視等文明產物改變了聚落生態，年輕人不願留在家鄉，居民一家家搬往都市，於是原本熱鬧的村落，開始荒廢，最後連主角都要離開，此地就成了荒村。此外，居民對於生活品質的要求逐漸提高，開始重視水源地環境保護的議題，〈阿耀的作業〉與水源地保護有關，為了鼓勵豬農離牧，政府祭出獎勵措施，只要豬農願意將豬舍拆除，就可獲得補助，對於此項措施，豬農認為是遲來的政策，政府該為幾十年來犧牲農業的政策負責，這些補助是他們應得的。不管美濃怎麼改變，人始終無法與土地切割，最後還是土地可靠，可以提供生活所需。

五、結論

鍾鐵民文學的農村圖像是隨著時代改變的，從 1960 年代至今，美濃農村經過不少變化，農業從頂峰往下衰微，農村人口逐漸外移，這些皆為作者所關心的問題。雖然農業式微，但農村的生活品質卻不斷提升，居民開始追求更為舒適的生活。因此，作者認為農村並非非得保持過去的生活模式，而是在追求更好的生活品質時，亦要顧及農村的特色。農村不能沒有農業，改善過去農耕拚命灑農藥與肥料的惡習，才能提升農產品質與價格，振興農業，農村才不至於都市化。

——選自《臺灣文學館通訊》第 45 期，2014 年 12 月

文類想像與地誌的塑造

鍾鐵民與兒童文學

◎蔡明原*

前言

以小說立足於臺灣文壇的鍾鐵民，創作生涯中曾出版過以兒童為閱讀對象的作品集。有趣的是，兩部作品集的寫作出發點是不一樣的。《四眼和我》收錄的小說都是鍾鐵民從其過往的文稿中挑選出來集結成冊的，而百盛版的《月光下的小鎮》則是修改增補自應臺灣省政府教育廳之邀所撰寫的《月光下的小鎮——美濃》一書。也就是說《四眼和我》中的小說一開始並不是為了適宜孩童閱讀而寫的，作家所設定的讀者群從發表的園地來觀察的話是一般大眾與文學愛好者，例如《聯合報》、《徵信新聞報》、《臺灣日報》、《臺灣文藝》等報刊雜誌。

《四眼和我》的〈出版序〉是這樣說的：「書店，所擺的書籍，洋洋大觀，琳瑯滿目，可是，仔細翻閱，適合青少年的讀物實在不多，雖然，諸如《魯賓遜漂流記》之類的翻譯書不少，但，屬於土產的讀物卻少之又少，這是很令人遺憾的事。翻譯的少年讀物，雖受世界文壇的肯定，問題是我們的生活環境不同於歐美，時代背景也不同，為此，國內作家實有豐富少年讀物的責任。」[1]從這段話可以清楚知道百盛之所以想要出版少年讀物的理由，一是那個年代的青少年如果想在課餘找合宜的讀物來看，他們的選擇其實是很少的。二是在這些已經為數不多的選擇當中，「土產」的作

---

*發表文章時為成功大學臺灣文學系博士生，現為成功大學臺灣文學系博士候選人。

[1] 〈出版序〉，《四眼和我》（高雄：百盛文化出版公司，1998 年 12 月）。

品更是稀少。「土產」這個詞彙就這篇序文脈絡解讀的意思是：具有「本
土」、「在地」身分的作家以這塊土地為對象所生產、書寫（相異於歐美）
的作品。所以《四眼和我》裡的小說便是在滿足這雙重條件的狀況下被挑
選出來。這些作品背後代表的是：作家認為在什麼樣的作品可以介紹給孩
童這件事情思考。換句話說，在鍾鐵民的想像中的兒童文學是什麼模樣？

　　鍾鐵民的文學成就大抵體現在小說這個文類上，論者多認為其作品所
展現出來的對於土地、農民的關懷在某種程度上是傳襲自父親鍾理和及其
文學遺產。彭瑞金認為：「雖然文學的氣質、文學的風格，即在父兄也難以
遺傳給子弟，但鍾理和、鍾鐵民父子之間，卻有太多相同相似的文學氣
質，包括天生對文學的熱愛。」[2]從第一篇發表在《聯合報》的小說〈四眼
和我〉開始，鍾鐵民筆下篇章著墨了許多鄉村鄰里間的庶民人物。例如
〈阿憨伯〉寫村里間一位人聞皆知的老人，大人們把他當成茶餘飯後閒聊
的話題，小孩們則視他為「一個孤僻神祕又可怕的人物」。雖然在這篇小說
中阿憨伯的容貌、日常的活動都為人所熟知，但透過大人的口吻與小孩又
愛又怕的心理，他仍然保持著一種神祕、難以捉摸的形象。這種形象的塑
造是文中相當成功並且關鍵的地方，以至於當「我」在一次偷摘水果的行
動因為來不及逃離而被阿憨伯一把捉住之後，他的身世、內心的傷痛等透
過兩人的互動逐漸被揭露、對他所有的種種恐怖想像在此刻開始一一翻
轉。鍾鐵民十分擅於描繪生活當中會被投以異樣（歧視）眼光的「畸零
人」或是家庭失能的情況下有著艱困境遇的孩童，而這種題材的作品就有
四篇被選入《四眼和我》（全部七篇小說）這部集子中，分別是〈阿乾叔〉
（原為〈竹叢下的人家〉）、〈順金哥〉（原為〈雄牛與土蜂〉）、〈阿菊姊姊〉
（原為〈故事〉）、〈阿祺歷險記〉（原為〈阿祺的半日〉）。

　　此外，農村作為一種經濟型態在現代化社會中面臨的存續困境一直都
是鍾鐵民關注的焦點。他在《約克夏的黃昏》一書的〈自序〉裡自陳從小

---

[2]彭瑞金，〈笠山的薪火傳人──鍾鐵民〉，《瞄準臺灣作家》（高雄：派色文化出版社，1992 年 7
月），頁 209～210。

到大生活環境大致上都圍繞在美濃鄉村，所以這塊土地上所有變異（人民的勞動模式、產業、地景樣貌）可能的成因便轉化為作家亟欲深究的議題：

> 臺灣的農村轉變大而劇烈，原本純樸簡單的農耕生活不見了，農業由個人自給自足型轉成半企業化，企業化的經營可不是單純老實的農人所能勝任……我不是一個勤勉的作者，也沒有很高的感性，但是幾十年來在辛苦謀生活的中間，至少很忠實的將我所看到的人間事作了片段紀錄。[3]

除了上述兩個面向外，對於教育體制（制度、方針）的反思也是作家小說創作的重點之一。他在意的是在這樣的體系中接受其教學內容被形塑的學子到底能否和社會順利銜接、抑或者是會產生各種的衝突？讀者可以從〈秋意〉、〈河鯉〉兩篇作品看到作家的思考與立場，他首先反省、自問的是教育最本質的價值到底是什麼？在傳統觀念中教育似乎是功成名就、獲得美好前途與令人稱羨的工作的唯一條件，因此每個人都要接受完整的義務教育包括其中附加的意識形態？而這個問題最終要人們思考、甚至是回頭評估的是教育的意義到底何在？教育不應該是一種框架而人們得要除去自我、獨特性去符合這種種的限制。

庶民、小人物的紀錄則是替已然沒落的農村社會留下不同角度的剪影，教育題材小說的出現可以說是作家在擁有教學實作經驗後展現其思辨性格的最佳例證。鍾鐵民小說創作在題材的涉獵、議題的設定當然不僅止此，但上述所提及的幾個面向是其一貫著力較深的部分這一點相信是沒有疑義的。而這幾個議題剛好和鍾鐵民的「少年小說」關注的主題有所重疊，不同的是，少年小說處理農村問題的方式是幽微隱喻的，必須結構性的去分析才能讓作者的深層意圖浮顯。

---

[3] 鍾鐵民，〈自序〉，《約克夏的黃昏》（高雄：高雄縣立文化中心，1993 年 6 月）。

一、兒童閱讀與敘述視角的考察

在討論鍾鐵民對於「兒童文學」的看法到底為何之前，爬梳現行兒童文學界相關的論述是相對重要的工作。原因在於有兩件事情必須先了解，一是文學創作的本質在這裡有沒有差異性存在（成人／兒童）。二是因為閱讀對象的不同所以必須決定哪些作品可以被接受、哪些作品不能接受，做出這些考慮的因素為何？劉鳳芯在討論「兒童文學的本質」、「什麼是兒童文學」的問題時，認為在這個領域、範疇當中所有的生產（創作、出版）、消費（購買能力）並不是由最終的讀者來決定，過程是由成人來進行操作。那麼所謂的「兒童文學」、「童年」、「兒童讀者」的定義，「其實乃是由大人所建構出來的，是含納社會、文化、經濟等眾多考量的抽象概念，因此不同的歷史時期、地域、族裔所定義與期待的兒童、兒童讀者以及童年自然也就不同，這是造成兒童文學難以界定的主因」。[4]

依據這篇文章的分析可以知道成人／兒童文學在主題設定，題材選取、寫作技巧等構成一部獨立文學作品各個要素間確實存在著差異，但本質卻是不變的，因為終究都是在「文學」的範疇之內。在討論劉鳳芯說法的同時，另一個問題也跟著出現。因著時代、社會背景的不同，「兒童文學」的概念、面貌也都不會相同。是否可以這樣說，鍾鐵民的「兒童文學」觀和那個年代主流的兒童文學論述是必然吻合的嗎？或者是說鍾鐵民有受到那個年代兒童文學觀的影響？觀察鍾鐵民的創作歷程和文友交往的情形，他和兒童文學界的關係似乎並不深刻，但有兒童文學讀物的閱讀習慣是可以確定的事情。

當創作的考量因素來自於讀者（年齡）的時候，作家（作品）是怎樣調整其創作姿態（形貌）以便能適於閱讀？換句話說，要釐清的問題是「兒童」的閱讀能力、資本和讀物之間的關係。兒童在學校接受教育為的

---

[4]劉鳳芯，〈編者的話〉，《擺盪在感性與理性之間──兒童文學論述選集 1988～1998》（臺北：幼獅文化公司，2000 年），頁 17。

是要能習得日後在踏入社會、謀求工作、建立人際網絡、組織家庭等的各
種能力，比如說識字（語文，口語表達）、基本知識（算法）、道德規範
等，這個學習過程中兒童身旁會有主導、輔助學習的人物（老師、親長）
存在，如果離開了這個場域兒童的閱讀行為需要有人從旁協助嗎？[5]我想說
明的是閱讀作為一種獨立、自主的活動，它的可貴之處應該來自於個人在
思想上的感悟、精神的滿足與趣味的獲得，將這一點放在兒童身上應該也
能成立。不過前提是這些作品是在符合「兒童文學」的創作共識下所得到
的，誠如林良所說的：

> 童話，是作家透過「兒童意識世界和語言世界」去描繪「經由『透過』
> 兒童的『意識世界』審視『現實世界』得來的『童話世界』」的文學創
> 作。
> 換句話說：作家先透過兒童的「意識世界」審視「現實世界」，得來一個
> 值得描繪的「童話世界」；然後，他從裡面走出來，透過兒童的「意識世
> 界」和「語言世界」，向兒童描繪，或敘述給兒童聽。這樣的文學創作，
> 就是童話。[6]

　　林良相當精確的掌握到了文學的本質與兒童文學的特質，仔細的清理
了兩者的差異並提出雙方應該如何合作、協調的模式。了解、認識兒童的
意識世界一直是一個重要、至今仍持續努力中的課題，而兒童文學就是在
這樣的先決條件下被提出。
　　鍾鐵民在總共收錄七篇小說的《四眼和我》的自序裡提到了幼年時期
對於那些以孩童之眼觀察成人世界的種種而寫成的作品相當喜愛，像是冰
心（《寂寞》）、夏目漱石（《少爺》）等人的作品。他說：

---

[5] 這個問題的假設是閱讀者已經有基本的識字能力，所以尚未進入正規教育環境的低幼年齡層的孩
　童不在論述範疇中，所針對的作品類別是排除了橋梁書、繪本、圖文書等等。
[6] 林良，〈童話的特質〉，《小東西的趣味》（臺北：國語日報社，2012 年），頁 192～193。

> 這些作品透過兒童的眼睛來感受成人的感情和社會行為，最能表達出兒
> 童純真無邪的心靈，於是與成人的世故和虛偽形成強力的對比，當我企
> 圖從事文學創作時，不免也嘗試將童年生活中難忘的感受寫下來。本書
> 中所選的作品全是我喜愛的，也是我童年生活的片段。鄉村兒童的日子
> 比較單純，缺少豐富的變化性和趣味性，但田野中空曠的大地也充滿自
> 然的野趣，希望你會同感。[7]

　　從上列文字的敘述可以知道鍾鐵民的創作歷程中受到童年的閱讀經驗
很大的影響，這之間的連結是：因為年幼的時候喜愛這類作品，日後開始
創作時也師法這幾位作家向童年提取書寫資源的作法並且在有機會編選
（思索）適合孩童的作品集時作家在幼年時期曾經擁有的美好閱讀體驗在
此刻一一地被召喚出來。換句話說，這本小說集應該至少滿足了兩個條
件：一是發生在童年（作者）的難忘事物，二為故事本身是要能吸引兒童
的。

　　此外，作家認為作品必須要透過「兒童的眼睛」並且讓他們來述說所
觀察到的一切才能貼切、直接地展現出兒童的心靈世界。這是理解鍾鐵民
如何想像兒童文學的一個很重要的關鍵：在這他尚未構思編輯《四眼和
我》之前便認為兒童的敘述角度有其特殊的效用，這種效用產生的原因來
自於它與生俱來的局限性。[8] 於是成人的思考、判斷與價值觀被涇渭分明的
隔離開來了，意味著圓融、世俗、功利、算計和仇恨這樣子的人際互動模
式、性格特質得被堅定地排除，「一個失去浪漫的靈魂和童心的人絕對創作

---

[7] 鍾鐵民，〈兒童文學的知性與感性——自序〉，《四眼和我》。
[8] 泰瑞‧伊格頓（Terry Eagleton）在《如何閱讀文學》一書中談到了不同身分敘事者的視野問題，
他認為：「敘事者是小孩有其吸引力，如《麥田捕手》中受人喜愛的少年敘事者，但也有其缺點。
從孩子的觀點看世界，可以表現出世界相當令人陌生的一面。不僅角度新鮮，而且直接，這點華
茲華斯已然提到。然而，孩子的觀看方式自然是有限的。」（臺北：城邦文化公司，2014 年，頁
145）這段文字中說的「缺點」、「有限」其實就是鍾鐵民讚許的「純真無邪」，認知上的歧異在於
兩人是站在不一樣的立場做出的分析，但相同的是他們皆同意這樣的視野有著足以和世界抗衡的
能量。

不出好的兒童文學。」從這一點來看，分析小說裡的兒童們是怎樣去解讀、看待這個世界將會是解決本文所擬設的問題一個關鍵的切入點。

二、生活中的「畸零」人物

　　首先從曾經入選《臺灣文藝》舉辦的第三屆「臺灣文學獎」的決審、原名「竹叢下的人家」的〈阿乾叔〉這篇小說談起。針對此文眾多的討論文字當然皆是以成人文學為設想進行批評，林鍾隆認為它點出了一個實存的社會問題，「但是，這樣的話，作者對之不應有所批評，而作者卻處處流露著批評與鄙夷，這是很不當的。從作者對那夫婦的鄙夷看來，似乎還有文以載『道』的迂腐思想在。」[9]鄭清文則是說這篇文章帶有一絲絲「譴責的意味」，和以往的作品略有不同，並以為「我」的這個角色分際拿捏的十分妥當，「完全沒有逾越他的年齡和智力的範圍。這也是難能可貴的。」[10]呂昱以為鍾鐵民在此文裡最在乎的是那兩位得自給自足的孩子的未來，而彭瑞金的看法是：「以寫實的筆法刻畫衣食不全的窮苦農民生活的一面，冷靜而逼真的描寫，不但深入貧苦農民生活最深層的悲哀，也生動地傳達了農民世界莊嚴的求生哲學」。[11]在上述文字中鄭清文嘗試從兒童的角度去理解這篇小說，林鍾隆、呂昱、彭瑞金的論述策略大抵都聚焦在社會中位處於經濟最弱勢位置的農村，窮困彷彿已經是它無法擺脫的天命。

　　阿乾叔的形象、行為是透過他的兩名子女與主角「我」的互動一一呈現出來的，在成人眼中他的懶惰、不事勞務遭來的是冷言冷語與嫌棄。不過對孩童「我」而言，卻認為有這種不管小孩的父親是最棒的事情了。這種想法上的落差展現的是孩童是如何想像他所身處的世界，例如「我」不會覺得阿乾叔的子女值得可憐，因為「我覺得他們比我自在得多了」[12]，

---

[9]林鍾隆，〈一知半解〉，《臺灣文藝》第 18 期（1968 年 1 月），頁 56。
[10]鄭清文，〈評〈竹叢下的人家〉〉，《臺灣文學的基點》（高雄：派色文化出版社，1992 年 7 月），頁 117～118。
[11]彭瑞金，《臺灣新文學運動 40 年》（高雄：春暉出版社，1998 年），頁 137。
[12]鍾鐵民，《四眼和我》，頁 144。

「不管早晚,他們都能夠安閒自在的戲耍著。兔肉脹滿肚子,這時我真的不能不羨慕他們的生活了。」[13]如果能滿足玩樂與吃食的欲望,即使是餐風露宿也無所謂,這就是孩童所期待的生活。但畢竟「我」所表現出的羨慕之情是建立在衣食無缺、家庭功能健全的基礎上,這反而讓兩戶懸殊的家境被刻畫得更為鮮明。所以呂昱提到的阿乾叔子女的親長觀念十分薄弱的這個問題或許可以從這個角度去解讀;文中對於阿乾叔妻子的描述基本上都指向她有著智能缺陷、障礙的問題,例如「阿乾嬸就坐在門邊的木頭凳上,也是一動不動的注視著地面」、「她不愛講話,但她會朝人笑,浮腫的臉孔使她的眼睛都成了一條縫」。在原本該是家庭支柱的父親和母親卻各自有著失能和失智問題的情況下,兩個小孩必須得自謀生路而大自然的資源(漁獵、遊戲)就成為了他們成長的唯一機會。

〈阿祺歷險記〉一文中的阿魯也是一位來自「問題家庭」的小孩,行為大膽、無拘無束的他讓出生於「正常」家庭的阿祺覺得好奇且進一步被吸引。阿魯會裝神弄鬼戲弄、隨意笑罵他不滿意的村里間的大人,一直跟在身旁的阿祺覺得奇怪,如果是其他小孩做盡這些壞事早就會受到嚴屬的懲罰,言談之間才知道原來阿魯仔的父母都不在身邊了。透過阿祺崇拜阿魯的態度的描繪可以知道挑戰、反叛權威(師長、長輩)是十分迷人的一件事情。只是當阿魯聽到、看到即將入學的阿祺有嶄新的衣鞋可穿、有零用錢可花用也不禁心生羨慕。

對照阿魯與阿祺兩人的家庭,可以發現牠們各自代表的是農村/都市兩組截然二分的成長背景。阿魯的母親是被父親用扁擔打死、而父親是酒醉後自己摔死的,這種令人膽戰心驚的成長背景似乎預示著他的性格和未來。循著照顧阿魯的盲眼舅舅與他的職業(吹笛班)這條線索推測的話,經濟(窮困)似乎是阿魯的命運無能扭轉的最主要因素。孩童行為被認為「沒教養」、「粗野」的原因在於他們玩樂的型態並不被認同,如玩水、裝

---

[13]鍾鐵民,《四眼和我》,頁 149。

鬼嚇人、偷抱小孩等，但基本上是沒有逾越「律法」的界線。小說中兩人本來要抱來嬰兒作開刀實驗，但因種種因素而作罷，社會秩序所能容忍的底限被把持住了。

　　阿祺著迷於在鄉下生活中的種種事物，那是在都市永遠不可能擁有的體驗，但以為阿魯是個好人的他和鄉村的距離只會漸行漸遠。在父母和解後阿祺最終仍得離開，但他仍念念不忘和自己的成長、生命經驗截然不同的阿魯。尤其是當長年居住在此的外婆說出：「這鄉下沒教養的孩子多，很快就會學粗野了，要是有個三長兩短，他爸爸才不饒你呢？」這段話意味著孩童在這裡是很有可能被帶壞的，唯有回到都市才能讓行為回歸「正軌」。象徵著進步、發展的都市和停滯、衰敗的鄉村不僅被鮮明的對立起來，而且似乎看不到改善的可能。在孩童玩樂鬧事無傷大雅的情節裡提點出了鄉村面臨的無解的困頓處境，且針對孩童（阿魯）種種行為的指摘背後代表的價值觀更是令人深感沉重的弦外之音。

　　〈順金哥〉一文說的是鄉人里民為了精神失常的順金而四處求神問卜、請來乩童要斬除惡鬼。這一切看在「我」的眼裡沒有特別的感受，孩童們清楚的知道順金哥這個人是異常的，成人們做的事情是為了解決這個問題。至於方法適不適當（迷信），還不是主角和友朋在這個年紀所能評價的。不過主角非常在意順金哥的病何時能治癒，所以對種種處置方法都充滿好奇。這樣的人在鄉里間其實是被妖魔化的，必須得用各種非理性、非科學的來診治。所以村民民智未開的一面就在一次又一次作法驅魔的活動中展現出來了，乃至於做出讓他娶妻沖喜的決定也就不足為奇了。

　　至於順金哥為何發瘋在文中有兩種解釋，首先是來自鄉里街坊的陳述：「他那面鏡子不給人是嗎？正是那東西在作怪，好好的人怎麼能半夜三更從牆壁裡挖出些東西呢？」[14]小說中沒有說明牆壁中鏡子和紅梳子（應指髮髻）存在的原因，但在這之後眾人以神鬼之說、驅邪之法來處理順金的

---

[14]鍾鐵民，《四眼和我》，頁118～119。

「瘋」就現代眼光看來是種不理性的作為。相較於主角「我」的父親說的
這段話：「我看不是什麼，這孩子腦筋不靈，考了好幾年才考上中學，功課
把他逼壞的……讓他靜靜休息就行了，請什麼媽祖也沒用。」[15]是文本中最
為理性的發言，不過即刻被鄉民否決。這兩段敘述其實頗為諷刺，順金的
瘋如果是為了獲得接受高等教育的機會，這不正意味著家人贊同這種追求
上進，增長智識的作法（屢試不中），卻又在他失去理性後斷然以民俗療法
（非科學）來診治。找醫師診治這樣最合乎常理的作為完全不在村人的思
考當中，換句話說，面對生活中各種超出常理的行為或者是成人的期盼
（孩子乖巧聽話）皆會被概括為訴求神蹟就能解決的問題，以科學的角度
去解釋這些「現象」（精神失常、過動）並不在村人們的想法當中。但對於
「我」來說這一切毋寧是讓人好奇的，畢竟身為孩童的他尚且只能以人云
亦云、看好戲的心態去面對。

　　〈阿菊姊姊〉這篇小說是從〈故事〉改寫而來的，比較起來在人物關
係、情節上做了一些變動，篇幅也少了許多。這篇作品敘述一位因為家貧
而被送去別人家幫傭照顧新生兒的女孩，在新的家庭中對自己的人生感到
困惑的故事。她說：「所以人都要受苦難，人一定要受許多苦才能得到快樂
嗎？」[16]無能掌握自己人生方向的阿菊對未來其實仍有期待，例如讀書識
字、回到原生家庭等。對「我」來說阿菊是一個可以無話不談的玩伴，對
於她時時刻刻流露出想要逃離的心意不免感到奇怪，畢竟年幼又生長於健
全家庭的他仍無法體會這種心情。在第一版情節裡中有著歹毒形象的大
嬸、主角的校園生活、阿菊在小嬰兒猝死後心境轉折與內心世界的表現都
被刪減。比較來看的話〈阿菊姊姊〉的內容相對緊湊，尤其是關於大嬸的
敘述被刪掉所代表的意義值得細究。在〈故事〉一文中透過主角的觀察這
位大嬸是一位「笑瞇瞇的人皮面具下，藏著青臉孔紅眼睛要吃人心肝的鬼
怪」而且「偏偏生不出孩子」的女性。阿明打從心底厭惡這位被形容成

---

[15] 鍾鐵民，《四眼和我》，頁121。
[16] 鍾鐵民，《四眼和我》，頁178。

「可怕的妖精」的長輩，但小學三年級年紀的主角對於長輩的某些行為是否有能力做出如此「老成」且「武斷」的解讀？

　　從另外一個角度來看，大嬸在家裡收養養子後種種失序行為的產生何嘗不是一種對於傳統觀念（重男輕女、傳宗接代）的批判或反撲？迎來一個非親生的男嬰竟讓整個親族友朋都歡欣鼓舞起來，這對無法生育的大嬸來說彷彿感覺自己就像失效的工具般、生而為人的價值都被取消了。對判斷、理解能力尚未成熟的孩童來說這樣的價值觀實有商榷之處，因此鍾鐵民在新版作品中把情節做了大幅度更動的原因，應該就是重新考慮了閱讀對象的不同以及孩童視角（敘述）所存在的局限。

三、形象的建立與地誌塑造

　　〈四眼和我〉、〈捉山豬記〉、〈敵與友〉這三篇小說內容都是以主角（孩童）在課餘間和同學鄉友間互動、玩樂等尋常事件為主，並且藉由某項突發狀況來讓情節開展。例如〈四眼和我〉中小孩們因為貪玩在大雨來襲之際來不及跑離，生命因此遭受莫大威脅，如此危急的情況讓眾人完完全全被一種前所未有的恐懼包圍。〈捉山豬記〉說的是大人們不相信一群終日只知玩樂的小孩有能力獵捕山豬，他們只能費盡口舌試圖說服。〈敵與友〉則是敘述互相敵視的兩個小學生如何盡棄前嫌、重拾友誼的故事。

　　這幾篇小說有個共同的特色，主角們都試圖找尋、建立一種可被信任的形象（對象）、目的是為了藉此滿足慾望與在他人面前證明自己的能力。例如〈四眼和我〉中主角想要玩樂的衝動一直被壓抑，因為在他們面前有一條無法跨越的界限，它的兩邊分別是真實世界與未教化的個體們。即便如此，成人所立下的種種規勸懲戒還是會有失效的時刻；它的價值的彰顯與被承認得要依靠某個信仰的崩毀才能完成。當阿明這群跟班看到帶頭的德龍哥也手足無措之時，對於生命的態度也即將轉變：「可是我們看到他的臉色，知道他沒有自信，於是我們也不作聲……德龍哥大聲喝我們，可是

他自己也哭起來，這樣我更覺得哭得有道理」。[17]雖然這群小孩最後化險為夷各自回到溫暖的家中，但在擁有這次如驚濤駭浪般的經驗後已經讓他們正式踏入馴化的進程裡。

〈捉山豬記〉、〈敵與友〉兩篇小說中的主角（皆稱阿明）都努力嘗試著要在眾人（同儕）面前獲得認同、建立一種有別以往的形象，證明自己不再只會玩樂而是有能力為家庭、家族貢獻一己之力甚至意圖和大人比肩而事。〈捉山豬記〉中阿明面對父親的訕笑心底除了著急之外，更有著不受尊重的感覺；這種感覺的出現意味著主角察覺到了雙方對話並不是在同一個水平上的事實，這也是他被輕視的主要原因。〈敵與友〉這一篇裡大人間的紛爭（訴訟）在阿明心裡激起了不小的波瀾，使得他和事主兒子之間的對立情勢越見緊繃。透過作品的敘述可以發現阿明其實不了解「官司」、「法院」的真實意涵（訴諸公平裁決），他激動的情緒是被大人們的口氣、動作所牽引。主角以自己的能力去回應這些紛爭（打架、語言爭鋒）的方式雖然在解決問題這件事情上面不會有任何實質上的幫助，但這些作為反應的是孩童意圖加入「真實世界」運作的渴望以及開始有了「家族」（權益被侵犯）的概念。

身為一位美濃籍的作家鍾鐵民寫家鄉、農村基本上都是聚焦在它正在、即將面對的問題，如產業的萎縮與轉型、人口的老化與流失等，在作品中比較少出現實際的地理名稱、區位和歷史沿革、事件等可以具體鮮明標誌出地方型貌的描繪。相較之下《月光下的小鎮》[18]這本小說集就相當特殊了，鍾鐵民認為因為經濟型態改變過於快速，農村的生活景象已不復存在，並且「這些生活型態不只是都市中孩子無法體驗，連現代農村兒童都感到陌生的。」[19]由此可知，他意圖要將相對於現代農村的早期農村社會的

---

[17]鍾鐵民，《四眼和我》，頁 10～12。

[18]因為在本文中百盛版的《月光下的小鎮》還有兩篇小說會被拿出來討論，故以百盛版本為主。但臺灣省政府教育廳版本和百盛版之間有些許差異，就是原本省府教育廳版本中的「山地人」稱謂在百盛版中全部改為「原住民」。

[19]鍾鐵民，〈童趣〉，《月光下的小鎮》（高雄：百盛文化出版公司，1999 年 7 月）。

景象記錄、保留下來，那也是童年時期生活的一切。尤其「勞動」是早期
農村的孩童們必備的日課，像是幫忙家務、燒水煮飯、照顧嬰兒、餵養家
中的畜禽、協助農務等。雖然忙碌，「卻感到生活充實，有許多值得回憶的
趣事。」[20]從勞動這件事情來觀察，反映的是現代兒童生活經驗的匱乏與單
調。早期的農村兒童是家庭經濟生產的動能之一，而工作中的樂趣則是來
自於大自然的贈與，這一點在鍾鐵民的少年小說中處處可見。正因為是遊
樂勞務相伴的生活模式，所以即便是長大成人、生活條件變好，那樣的回
憶仍是深刻動人的。因此，作家以自身的經驗提出了人不能自大自然中脫
離的說法，他認為：

> 在大自然中學會如何去適應多變的環境，從這裡求取智慧，培養健康的
> 身心，絕不能光靠幾十本教科書，以為死背教科書就能培育完整的人
> 格、學識，將來就有能力面對生活的難題，這是錯誤的想法。[21]

　　這段文字強調的是自然相較於制式教育其實更能培養孩童解決困難、
承擔壓力的能力。但現代社會的孩童畢竟缺乏親近自然的機會，所以他進
一步將閱讀的重要性和大自然的可貴連結起來，成為一體兩面的事情：「唯
有藉著閱讀有趣的文字書刊，神遊充滿大自然風貌的農村，感受農村兒童
的生活情趣，體會不同的生活型態，或許略可彌補現實生活的缺憾！」[22]鍾
鐵民強調的「生活情趣」是其實正如雷蒙・威廉斯說的「感覺結構」一詞
所闡述的在某一個時代、社會人們共同擁有的感覺、感知，它代表著一種
普同的價值與情感記憶。
　　臺灣省政府教育廳兒童讀物編輯小組出版的《月光下的小鎮——美
濃》這本書中搭配文字敘述穿插有臺灣地圖、手繪示意圖，百盛文化出版

---

[20]鍾鐵民，〈童趣〉，《月光下的小鎮》。
[21]鍾鐵民，〈童趣〉，《月光下的小鎮》。
[22]鍾鐵民，〈童趣〉，《月光下的小鎮》。

的《月光下的小鎮》的〈月光下的小鎮〉則是改成放置實景照片為主（插秧、菸樓、三合院、鍾理和紀念館）。可以理解這是為了讓讀者加深文字閱讀的印象所做的設計，因此作家在此作以第三人稱（全知觀點）的用意與企圖其實也就有跡可循了。

〈月光下的小鎮〉說的是在都市生活的李偉中在放假期間回到朝思暮想的故鄉的故事。小說一開始便描繪出都市和鄉村的差異，「比起臺北，這兒顯得太冷清了。狹窄的街道上，停著幾部搭客的計程車……路上沒有幾個行人，兩邊店面房屋也都低矮簡陋。」[23]這段話點出了鄉村的經濟弱勢造成地方景貌出現差異的事實，但這不減損主角對這個地方的熱愛，反而讓他「連做夢也要夢見外公外婆和這兒的許多事物」，和自己在都市像「鴿子籠」的公寓比較起來，這裡的陽光、空氣以及開闊的田野風情，每一樣事物都使人覺得「溫暖和親切」。而美濃複雜悠遠的人文歷史（械鬥、墾伐、傳統服飾）、建築景物（東門樓、人字石）、地方沿革（誌）等地方性的知識的展現，主要是透過兩種方式呈現：充滿求知慾的主角和全知觀點的運用。

在作品中外公（日治時期的地方仕紳）扮演的是「說書人」的角色，在孫子腦海中關於美濃的一切都是來自於他。但試著推想如果是以第一人稱來進行的話，它的面貌將會是如何？假設內容並不作任何刪減，那麼原本由全知觀點負責的任務（向讀者述說地方的種種事物）將得交給外公承擔，這可能會使小說面臨到必須以一問一答的方式來讓情節推進才有辦法消化這些篇幅。換句話說，李偉中好問的性格（能力的局限）基本上是拉扯出美濃如織的歷史的關鍵，所以唯有在全知觀點的敘事策略中，這篇作品才能兼顧藝術性的要求且避免為史料、數字、名詞堆積而成的文章。

文中也提到了在臺灣發展歷史上不能忽視的一個問題：族群融合。因為求生存的人性使然，早期臺灣地方的開墾如果有兩個族群並立的情況，

---

[23]鍾鐵民，《月光下的小鎮》，頁2。

以武力相見是決定誰能留到最後的唯一方式。外公在談及先民們用性命相搏只為了找尋能讓族人有個安身立命之所的艱苦歷程，和原住民和福佬人就發生過數不清的爭鬥：「武洛的居民飽受威脅，隨時都有滅族的可能」。[24]而父親是福佬人的李偉中因此受到表兄弟的質疑，凸顯出的是多族群融合的臺灣所經歷過的血淚史。不過對他們來說只能以二分法（先動手的）作為評斷事情的基準，並且在一種同仇憤慨的情緒下把責任歸咎於眼前的家族成員：「都是你爸爸的祖先們，真可惡！」對此，外公在接下來的篇章陸陸續續講述了清朝、日治時代客家人在臺灣、美濃拓墾的許多事蹟，讓李偉中與表兄能夠真正理解先民們為了「生存」的身不由己，也化解了彼此間的不諒解。

　　〈蛇的故事〉以今昔對比說明了蛇在現代社會中處境的改變；早期的農村因為生活、生產模式的關係，蛇幾乎是處處可見，與牠相關的逸聞如如何診治毒蛇咬傷、與蔬菜一起被採收的小龜殼花、打蛇的工具與方法等也就在大人小孩的口耳中不斷流傳。這些逸聞與蛇的無所不在相當生動反映了當時生活的各種面貌，如簡陋的屋舍、醫療常識尚未齊備的質樸村民、大人與小孩看到蛇的不同反應等。當兩者的互動是彼此畏懼的時候，蛇能得到的是較友善的生存環境，但如果蛇成為了一種需要（食補、藥補）且人們為此編擬出種種藉口（毒蛇危險）時，到底誰才是危害就值得好好商榷了。文中清楚傳達出對「只為滿足人類某種惡劣的慾望，把殺蛇吃蛇當作一種嬉戲享受」的厭惡與批判：

> 毒蛇的存在有牠的道理，自然科的課本裡就有食物鏈、生物鏈的說法。其實殺盡了蛇類，野鼠沒有了天敵，將來還是我們災殃的。[25]

毒蛇的「毒」是人類為了獵抓、進補的私慾強加於上的藉口，小說中的

---

[24] 鍾鐵民，《月光下的小鎮》，頁22。
[25] 鍾鐵民，《月光下的小鎮》，頁162～163。

「我」認為萬事萬物都有其存在的理由，只是今日人類心態以及需求（口腹之慾）的轉變將會使得蛇族遭遇更嚴峻的考驗。〈山坡上的五色鳥〉裡則是透過熱愛欣賞鳥類並且會以各種方式學習、吸收相關知識的「我」闡述一種萬物和諧共存的生態觀。對「我」來說在觀察鳥類習性的同時也在思考萬物皆平等的意義，認為人類其實沒有資格因為一己之私剝奪走牠們原本的棲息空間即便是打著開發、發展這些看似再「正當」不過的名義。

結語

　　成人與兒童的閱讀是不是必然涇渭分明？從鍾鐵民的創作實踐中應該可以知道兩者之間的分野其實沒有那麼難以跨越。《四眼和我》裡的作品之所以能夠在兩個不同年齡層級讀者前呈現的原因除了兒童視野的設定外，仍有著許多值得深入討論的問題。這些如伏流般的問題都是結構性的被置放在小說之中，它們指涉的是產業轉型、經濟條件的不穩定、民智尚未開化等農村社會不能迴避的現實議題，例如阿魯和阿祺家庭環境的差異造成兩人南轅北轍的人生境遇（鄉村／都市，失學／在學，經濟的絕對弱勢等），身為女性的阿菊在傳統社會無法違逆的命運（家貧，養女）等。這正是它們一方面可以在成人文學作品競賽中獲得名次也能被推廣到不同年齡階層的讀者群的眼前的理由。

　　此外，如果把這些放在兒童文學範疇裡的作品和其他小說作比較，可以發現一樣的議題會出現不同的思考。以〈河鯉〉、〈秋意〉為例子，兩篇小說傳達出教育不應該是局限於體制內、也不會是估算人的價值的唯一準則的思考。這和〈阿菊姊姊〉、〈阿祺歷險記〉裡所透露出教育的必要性的想法是存在著差距的。我認為鍾鐵民的本意在於對未經世事的兒童來說教育（學校）畢竟是認識世界的窗口之一，它的功能在這一點上仍是難以抹滅的。

　　童年對作家而言就像是文學的原鄉，其中有許多純粹、美好的事物，當然也有醜惡、缺陷的一面。鍾鐵民在這之間的思考（選擇）透露出關於

兒童文學的想像，說明了文類（成人／兒童）界線跨越的可能，當然兩者在某些細節的安排、價值觀的折衝仍有差異。只是這種差異並不是一種非黑即白、向外排除的條件限制，而是在文學的本質理念中進行調整、重構的工作。兒童作為作品的閱讀群眾一開始並不在鍾鐵民寫作的思考之中，但自幼從閱讀中獲得許多樂趣的鍾鐵民，心底其實一直住著一位熱愛自然、觀察力敏銳的小孩。透過鍾鐵民的兒童文學作品中那幾位孩童們所看見的、所說出口的、所感受的都是在為已然社會化的我們召喚回曾經純真無瑕的心靈。

──選自《竹蜻蜓‧兒少文學與文化》第 1 期，2014 年

日落農家

〈約克夏的黃昏〉簡介

◎彭瑞金

　　讀過《鍾理和全集》的人都知道，鍾鐵民以 17 歲的少年，面對父親因自己一生投入文學帶給家人的苦難留下的兩句懺悔式的遺言，便對文學做了重大而嚴肅的抉擇。理和先生臨終囑咐家人務必將他的遺稿付之一炬，叮嚀後人不得再從事文學工作。然而鍾鐵民不相信父親一生的心血要白流，妥善封存了遺稿，並且下定決心繼續理和先生未竟的志業，走上了文學創作的路子。二十幾年後的今天，許多人都忍不住鬆口氣承認，這是關係臺灣文學承傳的重大抉擇，沒有鍾理和，臺灣文學便要少去一層光澤，沒有鍾鐵民，同樣也要少去一份臺灣農民文學的醇醪。

　　鍾鐵民生於農家，長於農村，也可以說是日與農民為伍，所以打從 20 歲動筆寫小說開始，貧苦農民生活的景象，便很自然地出現在他的作品裡。作品的產量不多，但二十多年來斷斷續續的寫作始終都沒有背離他血流裡的農民魂，尤其難能的是濃烈的鄉土愛，並沒有把他羈留在懷時戀舊的感傷裡，隨著農村社會及農業地位在現代社會結構中的遞變，鍾鐵民的農民小說也逐漸從個別農民的身上，轉而關注整個農村命運的去向。近年來的作品，對諸如農民的下一代──年輕子弟的教育問題、農產品運銷問題、集體經營、多角經營、養豬問題、農村機械化問題……，都在他深切關懷的範疇裡。

　　〈約克夏的黃昏〉透過被榨乾精血、即將被淘汰的「約克夏」老公豬的眼，來看臺灣農村養豬業的黃昏景象，影射臺灣農民無可奈何的衰敗命運。臺灣的養豬業，原本是農民的家庭副業，諺云：「貧窮莫斷豬，富貴莫

斷書」，養豬「蕃薯藤加米糠、飯湯，如果不算工錢可以說是全賺的」，但是這樣養豬的時代過去了，餵料改為合成飼料，成本增高，「扣掉豬仔本錢和飼料、醫藥，每隻賺五百元便很好了。」要想多賺幾文，便得多養多餵，「作大投資，添蓋紅磚豬欄」，在農民的心中只是單純地認為「勞力可以換取金錢」，努力一點總沒錯。哪裡想到，養豬可以當做事業來做，有錢的人、有大資本的人也參加養豬的行列，「直接進口飼料原料」、「直接出口外銷」、「甚至聯合起來可以控制整個市場」。這把養豬當副業的農家，資本有限，一碰到豬價慘跌，便要活活被滿欄的肥豬吃垮，「咬死」了。所以，農村短暫的養豬風氣，吸了農村殘存的一點本錢，好景一結束，一切的心血便被牢牢吸盡了。這是老諺語流行的時代作夢都想不通的事，勤勉的卻受到了破產的懲罰？農村的衰敗，並不是農民的疏懶、咎由自取；而是商業資本的巨手把它攫走的，這裡有對農民命運沉痛的抗議。

　　從養豬看農村，一葉知秋，農村現代化、現代資本、科學技術……介入農村的結果是什麼？養豬便是答案。「約克夏」嘲笑臺灣老一代的農夫「為了讓家中飼養的豬可以更快長大」、「把精華的飯湯」留給豬隻享用。新的養豬人家用紅磚把「豬欄蓋得堅固通風」，自己住的卻是刺竹搭建的「涼快又通風」的「穿鑿屋」。從「盤克夏」、「約克夏」、「藍瑞斯」、「漢布夏」、「杜洛克」……，可知農民對優良豬種的引進不遺餘力，然而這麼殫精竭慮「拚死工作操勞」的結果，總敵不過「巨手」的掠奪，農民最終的命運總免不了和「盤克夏」、「約克夏」一樣，在短暫的繁榮、歡樂過後，立刻被擠落時代的舞臺。以豬擬人，固然不雅，但以養豬風潮看整個農業的命運，卻也見微知著。「勤勉勞苦又節儉」的農民，在今日社會的經濟環結中始終被當做可有可無的副業來看，農民對自己的命運茫無自覺，實際也是無從去主宰，和「約克夏」的一生極為相似。「約克夏」說：「這兒的氣候溫暖，物產又豐富，差不多年年都風調雨順，像這些人這樣勤奮工作，要是不能富足，那真是沒有天理的事啊！」作者透過約克夏的眼，藉約克夏的口要說的就是這句話吧！

　　這是一篇為農業、農民請命,具有嚴肅主題的作品,描繪的堪稱是一頁充滿血淚的農村辛酸史。鍾鐵民清爽俐落的文字風格卻能寫得心平氣和,不但一掃愁苦的哭調文學陰霾,進而不失諧趣。字裡行間見不到一點「火氣」,讀的人往往被引得義憤填膺、滿腔怒火。這種滌盡人間情愁,卻世事洞明的智慧,我以為已為鍾鐵民文學、也為臺灣的農民文學,推向一嶄新的境界。

——選自葉石濤編《1982 年臺灣小說選》
臺北:前衛出版社,1983 年 2 月

〈約克夏的黃昏〉導讀

◎施俊州[*]

　　鍾鐵民，美濃客籍作家、鍾理和長子，1941 年生於滿洲國奉天（瀋陽）；佝僂的形體與其長短篇書寫，從另類「文學史」來看，可以說是前輩小說家鍾理和貧病苦文學生命的延伸或者昇華。1961 年發表第一篇短文〈蒔出〉於《中國晚報》「中國文藝」欄，處女短篇〈四眼和我〉隨後刊在林海音主編之《聯合報》副刊，從此筆耕不輟，計出版《石罅中的小花》、《雨後》、《余忠雄的春天》、《約克夏的黃昏》等長短篇，更早於戰後第二代作者群開發教育、農民題材，成為 1960 年代鄉土文學作家代表之一。

　　從賴和〈一桿「稱仔」〉到呂赫若〈牛車〉，看到的是資本主義變遷背後隱顯不同的政治壓力，以及浮出檯面的被殖民反撥：鍾鐵民的〈約克夏的黃昏〉則更典型再現「純」資本邏輯、價格意理決定的一幅生活繪採樣。

　　隨著「幽默」敘述聲音的鋪陳，攸關臺灣某個斷代的社會背景、聲光「色」彩躍然紙上：那是一個經濟轉型過渡、起飛，娛樂電視風格剛剛形成、為庶民生活裝扮添色的時代，敘述者是一頭「純種約克夏種豬」，第一人稱觀點當然有所限制（以下簡稱「約克夏」），「人家不把我當人看，當著我的面，什麼話都說得出來」，於是街談巷議、約克夏個「人」聞見經驗成了作者反映沒落行業「牽豬哥」於講求所得效益社會的焦點。約克夏描述第一次「出任務」以來種種「情色」見聞、老東家「（中國）第一強（肥豬

---

[*]成功大學臺灣文學系博士。發表文章時為成功大學臺灣文學系博士生，現為《臺灣文藝》主編、《臺江臺語文學》總編輯。

圖案）」招牌底下盛極而衰的風光史，自然攸關「我」另類送往迎來生涯的命運。

敘述聲音是幽默的，諸如頭家與隔鄰里長伯兩戶招牌的疊置：「中國第一強（肥豬）里長辦公室」，當然不便做過度解讀，卻有提點時代背景的「笑」果；同樣，文前、文後里長家電視機洩漏出來：波蘭鎮壓團結工聯的新聞，蔣廣照、柳聞症，尤其「女」歌星張麗明嬌滴滴的歌聲，除了提供小說以背景線索，都成功架設起幽默敘述框架，反轉約克夏種豬面對豬價暴跌市況，勢必「功成身退」的小說悲情論述。

——選自向陽編《二十世紀臺灣文學金典：小說卷》（戰後時期・第二部）
臺北：聯合文學出版社，2006 年 1 月

輯五◎
研究評論資料目錄

作家生平、作品評論專書與學位論文

專書

1. 鍾怡彥主編　　鍾鐵民全集·資料卷　高雄　高雄市文化局，臺灣文學館，高
雄市客家委員會　2013 年 1 月　289 頁

　　本書收錄鍾鐵民 2010 年 5 月脊椎手術前所寫日記兩篇，並收錄年表、作品目錄、評
論目錄、照片、手稿以及對作者及其作品的評論選錄。全書共 8 部分：1.走過；2.生
平年表；3.出版著作一覽表；4.手稿；5.影像；6.評論選錄；7.評論目錄；8.後記。正
文前有鍾肇政〈代序〉、陳菊〈市長序〉、史哲〈笠山下·永遠的微笑與堅忍〉、
李瑞騰〈《鐵民先生全集》序〉、古秀妃〈讓客家文化透過文學發光〉、曾貴海
〈另一盞笠山下明亮的燈火——序《鍾鐵民全集》〉、鍾怡彥〈主編序〉、〈編輯
體例〉、張良澤〈資料卷導讀〉。

學位論文

2. 林女程　　臺灣農村的見證者——鍾鐵民及其小說研究　成功大學歷史學系
碩士論文　林瑞明教授指導　2001 年 6 月　167 頁

　　本論文從臺灣農民寫實文學的發展史中，探討與印證鍾鐵民對臺灣文壇的貢獻。全
文共 7 章：1.緒論；2.從破滅中新生——簡介鍾鐵民；3.繼往開來——六、七〇年代
農民寫實文學的中流砥柱（1961—1973）；4.沈潛後再出發——關注農村教育（1977
—1979）；5.回歸鄉土——思想與行動的勇者（1979—1995）；6.破繭而出——走出
父親的文學影子；7.結論。正文後附錄〈鍾鐵民年表〉、〈1999 年 7 月 9 日笠山下
訪鍾鐵民稿〉。

3. 柳寶俔　　鍾鐵民及其小說研究　高雄師範大學國文學系國文教學碩士班　碩
士論文　林文欽教授指導　2005 年　352 頁

　　本論文探討鍾鐵民及其作品，論述內容分為「作家」與「小說」兩大部分。全文共 7
章：1.緒論；2.鍾鐵民的生平；3.鍾鐵民的文學之路；4.鍾鐵民小說的藝術世界；5.鍾
鐵民小說人物研究；6.鍾鐵民小說人物內在心理研究；7.結論。正文後附錄〈鍾鐵民
生平與著作年表〉、〈鍾鐵民研究資料彙編〉。

4. 李惠玉　　鍾鐵民農民小說作品研究　屏東教育大學文化創意產業學系　碩士
論文　彭瑞金教授指導　2014 年　155 頁

　　本論文探討臺灣美濃作家鍾鐵民的小說作品，以創作時期加以分述其作品之關懷視

角。全文共 6 章：1.緒論；2.鍾鐵民的家世與文學創作；3.鍾鐵民出發期的小說與農村農業的關係；4.鍾鐵民任教職後的農村小說書寫；5.書房走入人間煉獄——家園；6.結論。

5. 吳聲淼　　鍾鐵民短篇小說詞彙研究　屏東大學文化創意產業學系碩士班　碩士論文　劉明宗教授指導　2015 年　311 頁

本篇論文針對鍾鐵民之短篇小說，研究分析其構詞，包含單位詞、疊詞、擬聲、繪色、譬喻、客家諺語、客語詞彙及其他語言詞彙。全文共 5 章：1.緒論；2.文獻探討；3.鍾鐵民生平及著作；4.鍾鐵民作品中的詞彙；5.結論。

作家生平資料篇目

自述

6. 鍾鐵民　　石罅中的小花　幼獅文藝　第 142 期　1965 年 10 月　頁 16

7. 鍾鐵民　　鍾鐵民致本刊的信　幼獅文藝　第 143 期　1965 年 11 月　頁 124

8. 鍾鐵民　　期待一個文學殿堂的誕生　中國時報　1983 年 8 月 4 日　8 版

9. 鍾鐵民　　得獎感言（吳濁流文學獎）　臺灣文藝　第 87 期　1984 年 3 月　頁 86

10. 鍾鐵民　　我的摸索　文訊雜誌　第 14 期　1984 年 10 月　頁 26—29

11. 鍾鐵民　　我的摸索　鍾鐵民全集・散文卷 3　高雄　高雄市文化局，臺灣文學館，高雄市客家委員會　2013 年 1 月　頁 14—18

12. 鍾鐵民　　心病　人生船　臺北　爾雅出版社　1985 年 7 月　頁 320—321

13. 鍾鐵民　　我的筆墨生涯——少年的作家夢　文訊雜誌　第 32 期　1987 年 10 月　頁 199—203

14. 鍾鐵民　　漫長的路　文訊雜誌　第 65 期　1991 年 3 月　頁 8—9

15. 鍾鐵民　　漫長的路　結婚照（第二輯）　臺北　文訊雜誌社　1992 年 8 月　頁 157—162

16. 鍾鐵民　　自序　約克夏的黃昏　高雄　高雄縣立文化中心　1993 年 6 月　頁 2

17. 鍾鐵民　　《約克夏的黃昏》自序　鍾鐵民全集・小說卷 3　高雄　高雄市文

化局，臺灣文學館，高雄市客家委員會　2013 年 1 月　頁 2—3

18. 鍾鐵民　賴和文學獎得獎感言　臺灣文藝（新生版）　第 1 期　1994 年 2 月　頁 109

19. 鍾鐵民　文學獎得獎感言（賴和文學獎）　鍾鐵民全集・散文卷 3　高雄　高雄市文化局，臺灣文學館，高雄市客家委員會　2013 年 1 月　頁 88—89

20. 鍾鐵民　一本影響我很深的書　出版界　第 39 期　1994 年 3 月　頁 48—49

21. 鍾鐵民　美情文濃的原鄉——寫我的家鄉　源　第 12 期　1997 年 11 月　頁 18—21

22. 鍾鐵民　兒童文學的知性與感性——自序　四眼和我　高雄　百盛文化出版公司　1998 年 12 月　〔頁 3—4〕

23. 鍾鐵民　童趣　月光下的小鎮　高雄　百盛文化出版公司　1999 年 7 月　〔頁 4—7〕

24. 鍾鐵民　童趣——《月光下的小鎮》自序　鄉居手記　臺北　未來書城　2002 年 5 月　頁 228—229

25. 鍾鐵民　自序——童趣　鍾鐵民全集・小說卷 3　高雄　高雄市文化局，臺灣文學館，高雄市客家委員會　2013 年 1 月　頁 244—245

26. 鍾鐵民　序　三伯公傳奇　臺北　柱冠圖書公司　2001 年 6 月　頁 3—4

27. 鍾鐵民　寫在土地上的故事——《三伯公傳奇》序　臺灣日報　2001 年 8 月 20 日　25 版

28. 鍾鐵民　自序：寫在土地上的故事　鍾鐵民全集・小說卷 3　高雄　高雄市文化局，臺灣文學館，高雄市客家委員會　2013 年 1 月　頁 152—153

29. 鍾鐵民　永遠的鄉愁（自序）　鄉居手記　臺北　未來書城公司　2002 年 5 月　頁 6—8

30. 鍾鐵民　兩代之間[1]　鄉居手記　臺北　未來書城　2002 年 5 月　頁 89—91

---

[1] 本文後改篇名為〈父親與我（之 1）〉。

31. 鍾鐵民　　父親與我（之 1）　鍾鐵民全集・散文卷 1　高雄　高雄市文化局，臺灣文學館，高雄市客家委員會　2013 年 1 月　頁 244—246

32. 鍾鐵民　　兒童文學的知性和感性——《四眼和我》自序　鄉居手記　臺北　未來書城　2002 年 5 月　頁 225—227

33. 鍾鐵民　　自序——兒童文學的知性和感性　鍾鐵民全集・小說卷 3　高雄　高雄市文化局，臺灣文學館，高雄市客家委員會　2013 年 1 月　頁 270—271

34. 鍾鐵民　　不識愁滋味　文訊雜誌　第 223 期　2004 年 5 月　頁 63

35. 鍾鐵民　　春陽溫煦　文訊雜誌　第 237 期　2005 年 7 月　頁 104

36. 鍾鐵民　　青春的瞬間——成長的標記——鍾鐵民　臺灣文學館通訊　第 12 期　2006 年 9 月　頁 24

37. 鍾鐵民　　《山居散記》自序　鍾鐵民全集・散文卷 1　高雄　高雄市文化局，臺灣文學館，高雄市客家委員會　2013 年 1 月　頁 146—147

38. 鍾鐵民　　少年的作家夢　鍾鐵民全集・散文卷 3　高雄　高雄市文化局，臺灣文學館，高雄市客家委員會　2013 年 1 月　頁 22—28

39. 鍾鐵民　　少年的作家夢　鍾鐵民散文選　高雄　春暉出版社　2013 年 2 月　頁 22—28

40. 鍾鐵民　　得獎感言（吳濁流文學獎）　鍾鐵民全集・散文卷 3　高雄　高雄市文化局，臺灣文學館，高雄市客家委員會　2013 年 1 月　頁 8

41. 鍾鐵民　　父親與我（之二）　鍾鐵民全集・散文卷 3　高雄　高雄市文化局，臺灣文學館，高雄市客家委員會　2013 年 1 月　頁 148—149

42. 鍾鐵民　　親切　鍾鐵民全集・散文卷 3　高雄　高雄市文化局，臺灣文學館，高雄市客家委員會　2013 年 1 月　頁 175—177

43. 鍾鐵民　　走過　鍾鐵民全集・資料卷　高雄　高雄市文化局，臺灣文學館，高雄市客家委員會　2013 年 1 月　頁 1—6

他述

44. 陳世敏　　渾身泥土味的鍾鐵民　自由青年　第 33 卷第 5 期　1965 年 3 月 1

　　　　　　　日　頁 19—20

45. 陳世敏　　渾身泥土味的鍾鐵民　作家群像　臺北　大江出版社　1968 年 10
　　　　　　　月　頁 377—380

46. 鍾肇政　　創造嬉笑歡樂的鍾鐵民　公論報　1965 年 8 月 8 日　8 版

47. 鍾肇政　　創造嬉笑歡樂的鍾鐵民　鍾肇政全集・隨筆集 4　桃園　桃園縣文
　　　　　　　化局　2002 年 11 月　頁 312—316

48. 方以直　　鍾鐵民病重　徵信新聞報　1965 年 10 月 7 日　7 版

49. 方以直　　鍾鐵民病重　幼獅文藝　第 143 期　1965 年 11 月　頁 124—125

50. 〔鍾肇政編〕　　鍾鐵民　本省籍作家作品選集 5　臺北　文壇出版社　1965
　　　　　　　年 10 月　頁 212

51. 鍾肇政　　搶救鍾鐵民　臺灣新聞報　1965 年 11 月 25 日　7 版

52. 鍾肇政　　伸出同情的手——搶救鍾鐵民　鍾肇政全集・隨筆集 3　桃園　桃
　　　　　　　園縣文化局　2001 年 4 月　頁 554—556

53. 鍾肇政　　援助鍾鐵民　中國時報　1965 年 11 月 26 日　7 版

54. 鍾肇政　　刻苦奮鬥自強不息的鍾鐵民　幼獅文藝　第 143 期　1965 年 11 月
　　　　　　　頁 132—135

55. 鍾肇政　　刻苦奮鬥自強不息的鍾鐵民　鍾肇政全集・隨筆集 4　桃園　桃園
　　　　　　　縣文化局　2002 年 11 月　頁 305—311

56. 鍾肇政　　刻苦奮鬥自強不息的鍾鐵民　鍾鐵民全集・資料卷　高雄　高雄市
　　　　　　　文化局，臺灣文學館，高雄市客家委員會　2013 年 1 月　頁 160—
　　　　　　　167

57. 白　荻　　從鍾鐵民的病談起　幼獅文藝　第 144 期　1965 年 12 月　頁 6

58. 鍾肇政　　溫暖在人間——記鍾鐵民患病及治療情形　臺灣文藝　第 10 期
　　　　　　　1966 年 1 月　頁 62

59. 林海音　　第一屆「臺灣文學獎」評選委員選後感——選後感　臺灣文藝　第
　　　　　　　11 期　1966 年 4 月　頁 43

60. 黃　象　　與鐵民交　純文學　第 43 期　1970 年 7 月　頁 118

61. 黃　象　　與鐵民交　純文學好小說（上）　臺北　純文學出版社　1982 年 7
　　　　　　　月　頁 23

62. 〔臺灣新聞報〕　　婚禮不在教堂，選在笠山農場──風景很美‧愛的太陽‧
　　　　　　　鍾家喜事‧沒有舖張〔鍾鐵民部分〕　臺灣新聞報　1974 年 1 月
　　　　　　　15 日　6 版

63. 〔書評書目〕　　作家畫像──鍾鐵民　書評書目　第 14 期　1974 年 6 月
　　　　　　　頁 96—97

64. 王晉民，鄺白曼　　鍾鐵民　臺灣與海外華人作家小傳　福州　福建人民出版
　　　　　　　社　1983 年 9 月　頁 79—80

65. 曾　寬　　綠谷深處的鍾鐵民　臺灣時報　1987 年 1 月 3 日　8 版

66. 曾　寬　　綠谷深處的鍾鐵民　陽光札記　屏東　屏東縣立文化中心　1994 年
　　　　　　　4 月　頁 179—189

67. 岡崎郁子著；葉石濤譯　　鍾理和紀念館和鍾鐵民　民眾日報　1988 年 3 月
　　　　　　　23 日　8 版

68. 吳　浩　　鍾鐵民榮獲賴和文學獎　文訊雜誌　第 105 期　1994 年 7 月
　　　　　　　〔1〕頁

69. 蔡文章　　笠山下的香火傳承　中央日報　1996 年 11 月 14 日　19 版

70. 蔡文章　　笠山下的香火傳承──承繼文學種子與愛鄉情的鍾理和子嗣　現代
　　　　　　　文學名家的第二代　臺北　業強出版社　1998 年 8 月　頁 1—7

71. 蔡文章　　笠山下的香火傳承　鍾鐵民全集‧資料卷　高雄　高雄市文化局，
　　　　　　　臺灣文學館，高雄市客家委員會　2013 年 1 月　頁 176—181

72. 劉湘吟　　鍾鐵民──愛文學、愛鄉、愛社會　新觀念　第 108 期　1997 年
　　　　　　　10 月　頁 30—40

73. 劉湘吟　　鍾鐵民──愛文學、愛鄉、愛社會　鍾鐵民全集‧資料卷　高雄
　　　　　　　高雄市文化局，臺灣文學館，高雄市客家委員會　2013 年 1 月　頁
　　　　　　　186—198

74. 黃恆秋　　客家文學的類型‧鄉土文學時期──鍾鐵民　臺灣客家文學史概論

新莊　客家臺灣文史工作室　1998 年 6 月　頁 135—137

75. 彭瑞金　文學之怒　臺灣日報　1998 年 9 月 13 日　27 版

76. 彭瑞金　文學之怒　霧散的時候　臺北　聯合文學出版社　2004 年 3 月　頁 93—97

77. 阿　盛　我手寫我土——鍾鐵民[2]　自由時報　1998 年 11 月 6 日　41 版

78. 阿　盛　鍾鐵民　作家列傳　臺北　爾雅出版社　1999 年 12 月　頁 41—44

79. 陳清智　鍾鐵民捍衛客家文化　中國時報　1999 年 4 月 25 日　9 版

80. 陳重生　鍾鐵民以抗爭訴說原鄉人情懷　中時晚報　1999 年 6 月 2 日　13 版

81. 劉慧真　柔情而堅毅的農民作家：鍾鐵民　聯合報　2000 年 10 月 8 日　37 版

82. 彭瑞金　文學的永恆　歷史迷路文學引渡　臺北　富春文化公司　2000 年 10 月　頁 79—85

83. 彭瑞金　文學的永恆　鍾鐵民全集・資料卷　高雄　高雄市文化局，臺灣文學館，高雄市客家委員會　2013 年 1 月　頁 182—185

84. 張良澤　鍾鐵民的兩封舊信　臺灣文學評論　第 1 卷第 1 期　2001 年 7 月　頁 203

85. 杜文靖　臺灣 e 代誌——鍾理和、紀念館、鍾鐵民、文學步道　幼獅文藝　第 574 期　2001 年 10 月　頁 42—44

86. 莊紫蓉　鍾肇政專訪：談第二代作家〔鍾鐵民部分〕　臺灣文藝　第 181 期　2002 年 4 月　頁 28—30

87. 吳錦發　生活的哲學家　鄉居手記　臺北　未來書城公司　2002 年 5 月　頁 3—5

88. 林政華　客籍農村小說家——鍾鐵民　臺灣新聞報　2002 年 12 月 10 日　9 版

89. 林政華　客籍農村小說家——鍾鐵民　臺灣古今文學名家　桃園　開南管理

---

[2] 本文後改篇名為〈鍾鐵民〉。

　　　　　　　學院通識教育中心　　2003 年 3 月　　頁 79

90. 劉慧真　　　農民生活的紀錄者，鍾鐵民　客家文學精選集：小說卷　臺北　天
　　　　　　　下遠見出版社　2004 年 4 月　　頁 331—333

91. 陳希林　　　鍾鐵民與鍾理和父子搏鬥拼創作　中國時報　2004 年 8 月 21 日
　　　　　　　A14 版

92. 〔中國時報〕　　鍾鐵民──客家文學著作等身　中國時報　2007 年 6 月 18
　　　　　　　日　D4，D5 版

93. 〔自由時報〕　　鍾鐵民──客家文學著作等身　自由時報　2007 年 6 月 18
　　　　　　　日　B7 版

94. 〔封德屏主編〕　　鍾鐵民　2007 臺灣作家作品目錄　臺南　臺灣文學館
　　　　　　　2008 年 7 月　　頁 1377

95. 李友煌　　　文學地圖交織出一幅原鄉濃情──鍾鐵民傳承父親留下的客家精神
　　　　　　　客家雜誌　第 219 期　2008 年 9 月　　頁 16

96. 趙慶華，許倍榕　　鍾鐵民──獲頒客委會「傑出貢獻獎」　2007 臺灣文學年
　　　　　　　鑑　臺南　臺灣文學館　2008 年 12 月　　頁 137—138

97. 余欣蓓　　　承接月華的筆──鍾理和三代書寫的文學家族　文訊雜誌　第 302
　　　　　　　期　2010 年 12 月　　頁 52—56

98. 林生祥　　　難忘跨世代對談……追思鐵民老師　中國時報　2011 年 8 月 24 日
　　　　　　　A4 版

99. 〔中國時報〕　　期待下個鍾鐵民　中國時報　2011 年 8 月 24 日　A15 版

100. 游文宓　　　美濃作家鍾鐵民過世　文訊雜誌　第 311 期　2011 年 9 月　頁
　　　　　　　157

101. 蔡文章　　　笠山下的不朽靈魂與精神──悼鐵民兄　文訊雜誌　第 311 期
　　　　　　　2011 年 9 月　　頁 48—53

102. 應鳳凰　　　鍾鐵民：守護大地的小說家　自由時報　2011 年 9 月 7 日　D11
　　　　　　　版

103. 應鳳凰　　　鍾鐵民：守護大地的小說家　鍾鐵民全集‧資料卷　高雄　高雄

　　　　　　　市文化局，臺灣文學館，高雄市客家委員會　2013 年 1 月　頁
　　　　　　　211—216

104. 古秀妃　　鐵民先生，謝謝您　客家雜誌　第 256 期　2011 年 10 月　頁 12
　　　　　　　—14

105. 林皇德　　用生命守護美濃——鍾鐵民　國語日報　2011 年 10 月 8 日　5 版

106. 李敏勇　　白秋賦　自由時報　2011 年 10 月 23 日　D9 版

107. 周馥儀　　在守護土地之戰裡——想念鍾鐵民老師的堅毅身影　中國時報
　　　　　　　2011 年 12 月 28 日　E4 版

108. 林瑛琪　　鍾鐵民的生平與文學創作　高雄文獻　2011 年 12 月　頁 4—18

109. 文　彥　　敬悼鍾鐵民先生　新文壇　第 26 期　2012 年 1 月　頁 58—59

110. 吳錦發　　悲同喪兄——悼鍾鐵民　文學臺灣　第 81 期　2012 年 1 月　頁
　　　　　　　114—115

111. 李　喬　　白雲悠悠・鐵民行好　文學臺灣　第 81 期　2012 年 1 月　頁 109
　　　　　　　—110

112. 莊金國　　繼承與開展——鍾鐵民不向命運低頭　鹽分地帶文學　第 38 期
　　　　　　　2012 年 2 月　頁 51—59

113. 彭瑞金　　鍾鐵民先生略傳　文學臺灣　第 81 期　2012 年 1 月　頁 90—95

114. 彭瑞金　　鍾鐵民先生傳略　鍾鐵民全集・資料卷　高雄　高雄市文化局，
　　　　　　　臺灣文學館，高雄市客家委員會　2013 年 1 月　頁 217—223

115. 曾貴海　　文學夢一生　文學臺灣　第 81 期　2012 年 1 月　頁 106—108

116. 鄭清文　　紀念鐵民　文學臺灣　第 81 期　2012 年 1 月　頁 111—113

117. 鍾舜文　　一齊去看苦楝花，好嗎？　文學臺灣　第 81 期　2012 年 1 月　頁
　　　　　　　100—103

118. 鍾鐵鈞　　聲聲呼喚您，哥哥　文學臺灣　第 81 期　2012 年 1 月　頁 96—
　　　　　　　99

119. 古秀妃　　讓客家文化透過文學發光　鍾鐵民全集・小說卷 1　高雄　高雄市
　　　　　　　文化局，臺灣文學館，高雄市客家委員會　2013 年 1 月　頁 14—

16

120. 古秀妃　　讓客家文化透過文學發光　鍾鐵民全集・散文卷 1　高雄　高雄市
文化局，臺灣文學館，高雄市客家委員會　2013 年 1 月　頁 14—
16

121. 古秀妃　　讓客家文化透過文學發光　鍾鐵民全集・資料卷　高雄　高雄市
文化局，臺灣文學館，高雄市客家委員會　2013 年 1 月　頁 14—
16

122. 史　哲　　笠山下・永遠的微笑與堅忍　鍾鐵民全集・小說卷 1　高雄　高雄
市文化局，臺灣文學館，高雄市客家委員會　2013 年 1 月　頁 9
—11

123. 史　哲　　笠山下・永遠的微笑與堅忍　鍾鐵民全集・散文卷 1　高雄　高雄
市文化局，臺灣文學館，高雄市客家委員會　2013 年 1 月　頁 9
—11

124. 史　哲　　笠山下・永遠的微笑與堅忍　鍾鐵民全集・資料卷　高雄　高雄
市文化局，臺灣文學館，高雄市客家委員會　2013 年 1 月　頁 9
—11

125. 吳錦發　　無神通菩薩　鍾鐵民全集・資料卷　高雄　高雄市文化局，臺灣
文學館，高雄市客家委員會　2013 年 1 月　頁 199—201

126. 李瑞騰　　《鐵民先生全集》序　鍾鐵民全集・小說卷 1　高雄　高雄市文化
局，臺灣文學館，高雄市客家委員會　2013 年 1 月　頁 12—13

127. 李瑞騰　　《鐵民先生全集》序　鍾鐵民全集・散文卷 1　高雄　高雄市文化
局，臺灣文學館，高雄市客家委員會　2013 年 1 月　頁 12—13

128. 李瑞騰　　《鐵民先生全集》序　鍾鐵民全集・資料卷　高雄　高雄市文化
局，臺灣文學館，高雄市客家委員會　2013 年 1 月　頁 12—13

129. 李瑞騰　　百煉鋼中繞指柔——記《鐵民先生全集》　中華日報　2013 年 2
月 18 日　B7 版

130. 陳　菊　　市長序　鍾鐵民全集・小說卷 1　高雄　高雄市文化局，臺灣文學

館，高雄市客家委員會　2013 年 1 月　頁 7—8

131. 陳　　菊　　市長序　鍾鐵民全集‧散文卷 1　高雄　高雄市文化局，臺灣文學
　　　　　　　　　館，高雄市客家委員會　2013 年 1 月　頁 7—8

132. 陳　　菊　　市長序　鍾鐵民全集‧資料卷　高雄　高雄市文化局，臺灣文學
　　　　　　　　　館，高雄市客家委員會　2013 年 1 月　頁 7—8

133. 彭瑞金　　鍾老米壽、《鍾鐵民全集》出版　文學臺灣　第 85 期　2013 年 1
　　　　　　　　　月　頁 295—297

134. 曾貴海　　另一盞笠山下明亮的燈火──序《鍾鐵民全集》　鍾鐵民全集‧
　　　　　　　　　小說卷 1　高雄　高雄市文化局，臺灣文學館，高雄市客家委員會
　　　　　　　　　2013 年 1 月　頁 17 −18

135. 曾貴海　　另一盞笠山下明亮的燈火──序《鍾鐵民全集》　鍾鐵民全集‧
　　　　　　　　　散文卷 1　高雄　高雄市文化局，臺灣文學館，高雄市客家委員會
　　　　　　　　　2013 年 1 月　頁 17 −18

136. 曾貴海　　另一盞笠山下明亮的燈火──序《鍾鐵民全集》　鍾鐵民全集‧
　　　　　　　　　資料卷　高雄　高雄市文化局，臺灣文學館，高雄市客家委員會
　　　　　　　　　2013 年 1 月　頁 17—18

137. 鍾怡彥　　《鍾鐵民全集》後記　鍾鐵民全集‧資料卷　高雄　高雄市文化
　　　　　　　　　局，臺灣文學館，高雄市客家委員會　2013 年 1 月　頁 285—289

138. 鍾肇政　　代序　鍾鐵民全集‧小說卷 1　高雄　高雄市文化局，臺灣文學
　　　　　　　　　館，高雄市客家委員會　2013 年 1 月　頁 3—6

139. 鍾肇政　　代序　鍾鐵民全集‧散文卷 1　高雄　高雄市文化局，臺灣文學
　　　　　　　　　館，高雄市客家委員會　2013 年 1 月　頁 3—6

140. 鍾肇政　　代序　鍾鐵民全集‧資料卷　高雄　高雄市文化局，臺灣文學
　　　　　　　　　館，高雄市客家委員會　2013 年 1 月　頁 3—6

141. 蔡文章　　笠山下一道永恆的亮光　臺灣文學館通訊　第 45 期　2014 年 12
　　　　　　　　　月　頁 40—42

訪談、對談

142. 吳春貴　青年作家鍾鐵民正與病魔搏鬥──救國團將負擔其全部醫療費，各方紛函問候使他深受感動　臺灣日報　1965 年 11 月 4 日　4 版

143. 鍾鐵民等[3]　臺灣文學往哪裡走？　臺灣時報　1982 年 3 月 28 日　12 版

144. 廖淑瑣　「鍾鐵民的春天」在《雨後》開始，《石罅中的小花》於《菸田》盛放──美濃尖山訪小說家鍾鐵民　文學家　第 5 期　1986 年 3 月　頁 28─33

145. 彭瑞金　訪鍾鐵民談賴和文學獎（1─7）　民眾日報　1996 年 12 月 28─31 日，1997 年 1 月 1─3 日　27 版

146. 彭瑞金　訪鍾鐵民談賴和文學獎　尋找臺灣精神　彰化　賴和文教基金會　1997 年 4 月　頁 19─28

147. 鍾仁嫻　鍾鐵民有木瓜樹的書房面對尖山雲和樹　拾穗　第 552 期　1997 年 4 月　頁 35─37

148. 呂新昌　訪鍾理和的長子──鍾鐵民同學　國文天地　第 191 期　2001 年 4 月　頁 41─47

149. 林女程　一九九九年七月九日笠山下訪鍾鐵民稿　臺灣農村的見證者──鍾鐵民及其小說研究　成功大學歷史學系　碩士論文　林瑞明教授指導　2001 年 6 月　頁 1─10

150. 吳億偉　貼近土地生活的寫作者──訪問鍾鐵民先生　文訊雜誌　第 202 期　2002 年 8 月　頁 83─86

151. 謝宜珊　專訪鍾理和長子──鍾鐵民老師　臺灣文學館通訊　第 21 期　2008 年 11 月　頁 61

152. 吳億偉　貼近土地生活的寫作者──訪問鍾鐵民先生　鍾鐵民全集・資料卷　高雄　高雄市文化局，臺灣文學館，高雄市客家委員會　2013 年 1 月　頁 202─210

---

[3]與會者：葉石濤、彭瑞金、鍾肇政、高天生、鍾鐵民、洪銘水、林素芬、廖仁義、陳坤崙、鄭泰安、楊文彬、鄭烱明、宋澤萊、吳福成、潘榮禮、黃春明、潘立夫、陳映真；列席：吳基福、陳陽德、陳若曦、陌上桑、吳錦發；紀錄整理：林清強、蔡翠英。

153. 孫　鈴　　鍾鐵民　海與風的對話——作家訪談錄（2）　高雄　高雄廣播電臺　2003 年 12 月　頁 361—377

154. 陳文芬　　鍾鐵民在美濃　印刻文學生活誌　第 4 期　2003 年 12 月　頁 152—165

155. 吳億偉　　關於南方——展現堅持的力道專訪鍾鐵民　自由時報　2004 年 5 月 18 日　47 版

156. 吳晟，鍾鐵民，李喬　　寫在土地上的文學　臺灣文學館通訊　第 7 期　2005 年 4 月　頁 24—31

157. 鍾鐵民，林生祥講；徐國明記　　從現代詩、散文、歌詞談客家語書寫　土地的繫念／十場臺灣藝文風潮的心靈饗宴：臺灣文學館・第七季週末文學對談　臺南　臺灣文學館　2008 年 9 月　頁 214—241

158. 葉娜慧　　平實文字・寫出濃厚客家情——　鍾鐵民談客家文學　新活水　第 36 期　2011 年 6 月　頁 118—120

年表

159. 〔文學界〕　　鍾鐵民寫作年表　文學界　第 6 期　1983 年 4 月　頁 26—34

160. 鍾鐵民　　作者簡介及寫作年表　約克夏的黃昏　高雄　高雄縣立文化中心　1993 年 6 月　頁 167—170

161. 鍾鐵民編；方美芬增補　　鍾鐵民生平寫作年表　鍾鐵民集（臺灣作家全集）　臺北　前衛出版社　1993 年 12 月　頁 259—265

162. 〔編輯部〕　　鍾鐵民年表　三伯公傳奇　臺北　桂冠圖書公司　2001 年 6 月　頁 165—1764

163. 林女程　　鍾鐵民年表　臺灣農村的見證者——鍾鐵民及其小說研究　成功大學歷史學系　碩士論文　林瑞明教授指導　2001 年 6 月　〔63〕頁

164. 柳寶俳　　鍾鐵民生平與著作年表　鍾鐵民及其小說研究　高雄師範大學國文學系國文教學碩士班　碩士論文　林文欽教授指導　2005 年　頁 305—330

165.〔鍾怡彥編〕　　出版著作一覽表　鍾鐵民全集・資料卷　高雄　高雄市文化局，臺灣文學館，高雄市客家委員會　2013 年 1 月　頁 30—31

166.〔鍾怡彥編〕　　生平年表　鍾鐵民全集・資料卷　高雄　高雄市文化局，臺灣文學館，高雄市客家委員會　2013 年 1 月　頁 7—29

其他

167. 董成瑜　鍾鐵民即將退休圓寫作夢　中國時報　1996 年 12 月 3 日　39 版

168. 高惠琳　鍾鐵民欲圓文學夢　文訊雜誌　第 135 期　1997 年 1 月　頁 89

169. 楊克華　特殊文藝貢獻者選拔，鍾鐵民等廿七人獲獎　聯合報　1998 年 11 月 5 日　14 版

170. 丁榮生　葉石濤、鍾鐵民、彭瑞金，作客東京大學，談臺灣客家文學　中國時報　2002 年 6 月 15 日　30 版

171. 蔡文章　鍾鐵民脊椎開刀後正復原中　文訊雜誌　第 299 期　2010 年 9 月　頁 150—151

172. 王昭月　蔡英文訪鍾鐵民・請益文化政策　聯合報　2011 年 3 月 27 日　B1 版

173. 蔡文章　鍾鐵民追思與紀念特展　文訊雜誌　第 312 期　2011 年 10 月　頁 129

174. 蔡文章　「鍾理和及鍾鐵民筆下的農村」特展　文訊雜誌　第 329 期　2013 年 3 月　頁 175

175. 王為萱　《鍾鐵民全集》新書發表會　文訊雜誌　第 330 期　2013 年 4 月　頁 170

176. 蔡文章　《鍾鐵民全集》出版發表　文訊雜誌　第 330 期　2013 年 4 月　頁 150—151

177. 蔡文章　鍾鐵民文學的三農議題座談會　文訊雜誌　第 349 期　2014 年 11 月　頁 126—127

178. 財團法人鍾理和文教基金會　　鍾鐵民文學的三農議題　臺灣文學館通訊　第 45 期　2014 年 12 月　頁 30

作品評論篇目

綜論

179. 彭瑞金等[4]　　鍾鐵民作品討論會　文學界　第 6 期　1983 年 4 月　頁 10—25

180. 呂　昱　　走過創作旅程的第二站——試論鍾鐵民的小說　文學界　第 6 期　1983 年 4 月　頁 47—63

181. 呂　昱　　走過創作旅程的第二站——試論鍾鐵民的小說　在分裂的年代裡　臺北　蘭亭書店　1984 年 10 月　頁 149—173

182. 呂　昱　　走過創作旅程的第二站——試論鍾鐵民的小說　鍾鐵民集（臺灣作家全集）　臺北　前衛出版社　1993 年 12 月　頁 233－256

183. 鄭清文　　臺灣當代小說精選序〔鍾鐵民部分〕　臺灣當代小說精選（1945—1988）　臺北　新地文學出版社　1989 年 1 月　頁 15—16

184. 葉石濤　　回饋無路〔鍾鐵民部分〕　中時晚報　1990 年 6 月 24 日　25 版

185. 葉石濤　　回饋無路〔鍾鐵民部分〕　葉石濤全集·隨筆卷三　臺南，高雄　臺灣文學館，高雄市文化局　2008 年 3 月　頁 269—270

186. 彭瑞金　　笠山的薪火傳人——鍾鐵民　文訊雜誌　第 57 期　1990 年 7 月　頁 106—109

187. 彭瑞金　　笠山的薪火傳人——鍾鐵民　瞄準臺灣作家　高雄　派色文化出版社　1992 年 7 月　頁 209—216

188. 彭瑞金　　笠山的薪火傳人鍾鐵民　鍾鐵民全集·資料卷　高雄　高雄市文化局，臺灣文學館，高雄市客家委員會　2013 年 1 月　頁 168—175

189. 彭瑞金　　埋頭深耕的年代（一九六○——一九六九）——本土文學的理論與實踐〔鍾鐵民部分〕　臺灣新文學運動 40 年　臺北　自立晚報社　1991 年 3 月　頁 130

190. 林瑞明　　紮根泥土掌握人性——《鍾鐵民集》序　鍾鐵民集（臺灣作家全

---

[4]與會者：彭瑞金、鄭清文、李喬、王世勛；紀錄：彭瑞金。

集） 臺北 前衛出版社 1993 年 12 月 頁 9—13

191. 林瑞明　紮根泥土掌握人性──《鍾鐵民集》序　短篇小說卷別冊（臺灣作家全集）　臺北　前衛出版社　1994 年 3 月　頁 155—159

192. 林瑞明　紮根泥土掌握人性──《鍾鐵民集》　臺灣文學的本土觀察　臺北　允晨文化公司　1996 年 7 月　頁 211—215

193. 林瑞明　紮根泥土掌握人性──《鍾鐵民集》序　鍾鐵民全集・資料卷　高雄　高雄市文化局，臺灣文學館，高雄市客家委員會　2013 年 1 月　頁 235—239

194. 江明樹　福佬人管窺客家文化──從美濃小說中解讀客家文化的危機〔鍾鐵民部分〕　臺灣新聞報　1997 年 7 月 13 日　13 版

195. 吳月蕙　波瀾壯闊的臺灣客家新文學〔鍾鐵民部分〕　中央日報　2003 年 11 月 7 日　17 版

196. 張　瑾　鍾鐵民：農民作家與「人權文學」　臺港澳及海外客籍作家研究　廣州　華南理工大學出版社　2005 年 8 月　頁 127—134

197. 王德威　我的父親母親〔鍾鐵民部分〕　臺灣：從文學看歷史　臺北　麥田出版公司　2005 年 9 月　頁 385—386

198. 李梁淑　鍾鐵民作品的時代意義與價值　人文資源研究學報　第 1 卷第 1 期　2007 年 6 月　頁 35—46

199. 李梁淑　鍾鐵民作品的時代意義與價值[5]　鍾鐵民全集・資料卷　高雄　高雄市文化局，臺灣文學館，高雄市客家委員會　2013 年 1 月　頁 240—268

200. 陳芳明　一九七〇年代臺灣文學的延伸與轉化──戰後世代本地作家的本土書寫〔鍾鐵民部分〕　臺灣新文學史　臺北　聯經出版公司 2011 年 10 月　頁 565—566

201. 余昭玟　低音主調──《臺灣文藝》的寫實路線──戰後第二代作家──客

---

[5]本文以鍾鐵民的生平經歷對照社會變遷，剖析鍾鐵民作品的價值與意義。全文共 5 小節：1.前言；2.傳統客家農村生活、文化的素描；3.社會變遷中農村前途的探討；4.書寫地方，凝聚鄉土文化認同；5.結論。

家農村的代言者鍾鐵民　從邊緣發聲——臺灣五、六〇年代崛起
的省籍作家群　臺南　臺灣文學館　2012 年 10 月　頁 208—211

202. 丁明蘭　　辭世作家：鍾鐵民　2011 年臺灣文學年鑑　臺南　臺灣文學館
2012 年 11 月　頁 178—179

203. 鍾怡彥　　主編序　鍾鐵民全集・小說卷 1　高雄　高雄市文化局，臺灣文學
館，高雄市客家委員會　2013 年 1 月　頁 19—26

204. 鍾怡彥　　主編序　鍾鐵民全集・散文卷 1　高雄　高雄市文化局，臺灣文學
館，高雄市客家委員會　2013 年 1 月　頁 19—26

205. 鍾怡彥　　主編序　鍾鐵民全集・資料卷　高雄　高雄市文化局，臺灣文學
館，高雄市客家委員會　2013 年 1 月　頁 19—26

206. 蘇文章　　散文卷導讀　鍾鐵民全集・散文卷 1　高雄　高雄市文化局，臺灣
文學館，高雄市客家委員會　2013 年 1 月　頁 31—40

207. 彭瑞金　　從蒔田到家園——鍾鐵民小說的起點與終點[6]　鍾鐵民全集・小說
卷 1　高雄　高雄市文化局，臺灣文學館，高雄市客家委員會
2013 年 1 月　頁 31—59

208. 彭瑞金　　從蒔田到家園——鍾鐵民小說的起點與終點　文學臺灣　第 86 期
2013 年 4 月　頁 149—174

209. 申佩芝　　行過山頭个車仔：探討鍾理和與鍾鐵民父子的作品　2013 臺灣客
家文學研討會　臺北　臺灣客家筆會主辦　2013 年 12 月 7 日

210. 申佩芝　　行過山頭个車仔：探討鍾理和與鍾鐵民父子的作品[7]　當代客家文
學 2014　臺北　臺灣客家筆會　2014 年 11 月　頁 155—169

211. 鍾怡彥　　現代文學——鍾鐵民　美濃作家的在地書寫研究　中央大學中國
文學系　博士論文　李瑞騰教授指導　2014 年 6 月　頁 21—23

212. 余昭玟　　美濃農村的庶民記憶——談鍾鐵民的故鄉書寫　臺灣文學館通訊

[6]本文介紹鍾鐵民的一生經歷，並對應他各時期小說創作的取材方向。全文共 5 小節：1.鍾鐵民小說概述；2.從〈蒔田〉出發；3.鄉愁眼裡的故鄉；4.《雨後》天晴、快意園丁；5.怒吼的農村、家園的呼喚。

[7]本文歸納鍾氏父子的作品，呈現親子間同質與異質型作品。全文共 5 小節：1.前言；2.名詞釋義；3.作品類型；4.作品賞析；5.結語。

第 45 期　2014 年 12 月　頁 36—39

213. 鍾秀梅　鍾鐵民小說中的家庭農場的轉變——以一九六○年代為例　臺灣文學館通訊　第 45 期　2014 年 12 月　頁 43—47

214. 鍾怡彥　鍾鐵民文學的農村圖像　臺灣文學館通訊　第 45 期　2014 年 12 月　頁 31—35

分論

◆單行本作品

散文

《山城棲地》

215. 彭瑞金　鍾鐵民的山中傳奇　臺灣新聞報　2001 年 8 月 23 日　20 版

合集

《鍾鐵民全集》

216. 王欣瑜　鍾氏家族再度協力，《鍾鐵民全集》誕生　月光山雜誌　第 1118 期　2013 年 3 月 29 日　8 版

◆多部作品

《山城棲地》、《三伯公傳奇》

217. 曾　寬　鍾鐵民出版兩本新書　文訊雜誌　第 192 期　2001 年 10 月　頁 69

〈約克夏的黃昏〉、《山城棲地》

218. 康　原　鍾鐵民〈約克夏的黃昏〉與《山城棲地》　文學臺灣　第 82 期　2012 年 4 月　頁 90—94

219. 康　原　美濃文學家及文學步道——鍾鐵民《約克夏的黃昏》、《山城棲地》　港都的心靈律動　臺中　晨星出版公司　2013 年 3 月　頁 81—86

《四眼和我》、《月光下的小鎮》

220. 蔡明原　跨界書寫與在地生產——以鍾鐵民的少年小說為研究對象　客家

少兒文學研討會　臺北　臺灣客家筆會主辦　2012 年 12 月 1 日

221. 蔡明原　跨界書寫與在地生產──以鍾鐵民的少年小說為研究對象　當代客家文學 2014　臺北　臺灣客家筆會　2014 年 11 月　頁 170—184

222. 蔡明原　文類想像與地誌的塑造──鍾鐵民與兒童文學　竹蜻蜓・兒少文學與文化　第 1 期　2014 年　頁 97—121

單篇作品

223. 林鍾隆　第三屆「臺灣文學獎」選後感──關於鍾鐵民〈竹叢下的人家〉臺灣文藝　第 18 期　1968 年 1 月　頁 56

224. 鄭清文　評〈竹叢下的人家〉　臺灣文學的基點　高雄　派色文化出版社　1992 年 7 月　頁 115　119

225. 鄭清文　評〈竹叢下的人家〉　鍾鐵民全集・資料卷　高雄　高雄市文化局，臺灣文學館，高雄市客家委員會　2013 年 1 月　頁 230—234

226. 李　喬　當代臺灣小說的「解救」表現──「解脫型」主題表現〔〈竹叢下的人家〉部分〕　李喬文學文化論集（一）　苗栗　苗栗縣文化局　2007 年 10 月　頁 83

227. 鍾肇政，鄭清文，李喬　第一屆「吳濁流文學獎」選後感：關於鍾鐵民〈清明〉　臺灣文藝　第 26 期　1970 年 1 月　頁 30，35，39

228. 兩　峰　讀〈菸田〉　臺灣文藝　第 26 期　1970 年 1 月　頁 66—67

229. 鐵英〔張良澤〕　評介小說佳作二篇（下）〔〈河鯉〉〕　自立晚報　1978 年 4 月 3 日　9 版

230. 鐵　英　評介小說佳作二篇（下）〔〈河鯉〉〕　鳳凰樹專欄　臺北　遠景出版社　1979 年 3 月　頁 32—33

231. 葉石濤　一九七八年臺灣小說選〔〈秋意〉部分〕　民眾日報　1979 年 3 月 17 日　12 版

232. 葉石濤　一九七八年臺灣小說選〔〈秋意〉部分〕　葉石濤全集・隨筆卷一　臺南，高雄　臺灣文學館，高雄市文化局　2008 年 3 月　頁

138

233. 葉石濤　〈秋意〉簡介——融入現實的脈跳　一九七八年臺灣小說選　臺北　文華出版社　1979 年 5 月　頁 253—254

234. 彭瑞金　融入現實的脈跳——鍾鐵民〈秋意〉　泥土的香味　臺北　東大圖書公司　1980 年 4 月　頁 201—203

235. 彭瑞金　融入現實的脈跳——鍾鐵民〈秋意〉　鍾鐵民全集·資料卷　高雄　高雄市文化局，臺灣文學館，高雄市客家委員會　2013 年 1 月　頁 224—226

236. 葉石濤，彭瑞金；許素貞紀錄　　新生代的訊息——葉石濤、彭瑞金眾副小說對談評論〔〈秋意〉部分〕　葉石濤全集·評論卷六　臺南，高雄　臺灣文學館，高雄市文化局　2008 年 3 月　頁 182—184

237. 葉石濤，彭瑞金；許素貞紀錄　　以人生觀領導創作——葉石濤、彭瑞金對談（上）——〈余忠雄的春天〉闡釋了欲念成長的苦澀過程　民眾日報　1979 年 6 月 18 日　12 版

238. 葉石濤，彭瑞金；許素貞紀錄　　以人生觀領導創作——葉石濤、彭瑞金眾副小說對談評論〔〈余忠雄的春天〉部分〕　葉石濤全集·評論卷六　臺南，高雄　臺灣文學館，高雄市政府文化局　2008 年 3 月　頁 370—372

239. 葉石濤，彭瑞金　〈余忠雄的春天〉簡評　白翎鷥之歌　高雄　民眾日報社　1979 年 8 月　頁 239—240

240. 葉石濤，彭瑞金　　對談與評論：〈余忠雄的春天〉闡釋了慾念成長的苦澀過程　白翎鷥之歌　臺北　民眾日報出版社，民眾文化出版社　1979 年 11 月　頁 239—240

241. 葉石濤　一九七九年臺灣小說選〔〈田園之夏〉部分〕　民眾日報　1980 年 2 月 28 日　12 版

242. 葉石濤　序〔〈田園之夏〉部分〕　一九七九年臺灣小說選　臺北　文華出版社　1980 年 6 月　頁 8

243. 葉石濤　　一九七九年臺灣小說選〔〈田園之夏〉部分〕　作家的條件　臺北　遠景出版公司　1981 年 6 月　頁 40

244. 葉石濤　　一九七九年臺灣小說選〔〈田園之夏〉部分〕　葉石濤全集・隨筆卷一　臺南，高雄　臺灣文學館，高雄市文化局　2008 年 3 月　頁 206

245. 〔葉石濤，彭瑞金主編〕　　最後一幕農村神話〔〈田園之夏〉〕　一九七九年臺灣小說選　臺北　文華出版社　1980 年 6 月　頁 353

246. 谷　嵐　　鍾鐵民的小說——評〈約克夏的黃昏〉　臺灣時報　1982 年 5 月 15 日　12 版

247. 彭瑞金　　日落農家——鍾鐵民的〈約克夏的黃昏〉簡介　臺灣時報　1982 年 12 月 12 日　12 版

248. 彭瑞金　　日落農家——鍾鐵民的〈約克夏的黃昏〉簡介　1982 年臺灣小說選　臺北　前衛出版社　1983 年 2 月　頁 136—138

249. 葉石濤　　一九八二年的臺灣小說界〔〈約克夏的黃昏〉部分〕[8]　小說筆記　臺北　前衛出版社　1983 年 1 月　頁 99—100

250. 葉石濤　　一九八二年的臺灣小說界（上、中、下）〔〈約克夏的黃昏〉部分〕　自立晚報　1983 年 2 月 7—9 日　10 版

251. 葉石濤　　序〔〈約克夏的黃昏〉部分〕　1982 年臺灣小說選　臺北　前衛出版社　1983 年 2 月　頁 10

252. 葉石濤　　一九八二年的臺灣小說界〔〈約克夏的黃昏〉部分〕　葉石濤全集・隨筆卷一　臺南，高雄　臺灣文學館，高雄市文化局　2008 年 3 月　頁 342－343

253. 周　寧　　〈約克夏的黃昏〉附註　七十一年短篇小說選　臺北　爾雅出版社　1983 年 2 月　頁 148—151

254. 李　喬　　「洪醒夫小說獎」十年祭〔〈約克夏的黃昏〉部分〕　洪醒夫小說獎作品集　臺北　爾雅出版社　1992 年 7 月　頁 7

---

[8]本文後收為《1982 年臺灣小說選》之序文，內容略有增刪。

255. 鄭清文　鍾鐵民的小說——評〈約克夏的黃昏〉　臺灣文學的基點　高雄　派色出版社　1992 年 7 月　頁 361—363

256. 鄭清文　鍾鐵民的小說——評〈約克夏的黃昏〉　鍾鐵民全集・資料卷　高雄　高雄市文化局，臺灣文學館，高雄市客家委員會　2013 年 1 月　頁 227—229

257. 鄭清文　渡船頭的孤燈——臺灣文學的堅守精神〔〈約克夏的黃昏〉部分〕　四十年來中國文學　臺北　聯合文學出版社　1995 年 6 月　頁 522—523

258. 黃宗慧　序論〔〈約克夏的黃昏〉部分〕　臺灣動物小說選　臺北　二魚文化公司　2004 年 2 月　頁 10—11

259. 〔彭瑞金編選〕　〈約克夏的黃昏〉賞析　國民文選・小說卷 3　臺北　玉山社出版公司　2004 年 7 月　頁 306—307

260. 施俊州　〈約克夏的黃昏〉導讀　二十世紀臺灣文學金典：小說卷（戰後時期・第二部）　臺北　聯合文學出版社　2006 年 1 月　頁 29—30

261. 鄭谷苑　永遠的約克夏〔〈約克夏的黃昏〉〕　鍾鐵民全集・資料卷　高雄　高雄市文化局，臺灣文學館，高雄市客家委員會　2013 年 1 月　頁 269—272

262. 馮輝岳　阿振的啟示〔〈計程車阿振〉〕　兒童散文精華集　臺北　小魯文化公司　2000 年 7 月　頁 88—91

263. 張典婉　婚姻制度下的客家女性〔〈夜歸人〉部分〕　臺灣文學中客家女性角色與社會發展　世新大學社會發展研究所　碩士論文　李松根教授指導　2002 年 7 月　頁 69—70

264. 張典婉　女性發聲的年代〔〈夜歸人〉部分〕　臺灣客家女性　臺北　玉山社出版公司　2004 年 4 月　頁 163—164

265. 郭小聰　〈父親・我們〉作品賞析　星光燦爛的文學花園：現代文學知識精華：散文・詩歌　臺北　雅書堂文化公司　2005 年 2 月　頁

　　　　　　211—212

266. 葉石濤，彭瑞金；許素貞記錄　　鄉土文學的實踐──葉石濤、彭瑞金眾副
　　　　　　小說對談評論〔〈祈福〉部分〕　葉石濤全集・評論卷六　臺
　　　　　　南，高雄　臺灣文學館，高雄市文化局　2008 年 3 月　頁 166

267. 楊佳嫻　　〈月光下的小鎮〉作品賞析　閱讀文學地景・小說卷（下）　臺
　　　　　　北　行政院文建會　2008 年 4 月　頁 477

268. 楊佳嫻　　〈清晨的起床號〉賞析　閱讀文學地景・散文卷　臺北　行政院
　　　　　　文建會　2008 年 4 月　頁 472

269. 朱雙一　　從遷移到扎根：海與山的交會──淳樸的客家社會和剛毅的山地
　　　　　　子民〔〈黃昏〉部分〕　臺灣文學與中華地域文化　廈門　鷺江
　　　　　　出版社　2008 年 9 月　頁 113

多篇作品

270. 葉石濤　　一年來的省籍作家及其作品──兼論省籍作家的特質（1—6）
　　　　　　〔〈送行的人〉、〈竹叢下的人家〉部分〕　臺灣日報　1968 年
　　　　　　12 月 28—31 日，1969 年 1 月 1—2 日　8 版

271. 葉石濤　　一年來的省籍作家及其作品──兼論省籍作家的特質（上、下）
　　　　　　〔〈送行的人〉、〈竹叢下的人家〉部分〕　臺灣文藝　第 22，
　　　　　　27 期　1969 年 1 月，1970 年 4 月　頁 25，39

272. 葉石濤　　一年來的省籍作家及其作品──兼論省籍作家的特質〔〈送行的
　　　　　　人〉、〈竹叢下的人家〉部分〕　臺灣鄉土作家論集　臺北　遠
　　　　　　景出版公司　1981 年 2 月　頁 90—91，100—101

273. 葉石濤　　一年來的省籍作家及其作品──兼論省籍作家的特質〔〈送行的
　　　　　　人〉、〈竹叢下的人家〉部分〕　葉石濤全集・評論卷一　臺
　　　　　　南，高雄　臺灣文學館，高雄市文化局　2008 年 3 月　頁 265，
　　　　　　276

274. 葉石濤　　一年來的省籍作家及其作品〔〈送行的人〉、〈竹叢下的人家〉部
　　　　　　分〕　臺灣文學路──葉石濤評論選集　高雄　春暉出版社　2013

年 10 月　頁 44，55—56

作品評論目錄、索引

275. 許素蘭編　　鍾鐵民小說評論引得　鍾鐵民集（臺灣作家全集）　臺北　前
　　　衛出版社　1993 年 12 月　頁 257—258

276.〔封德屏主編〕　　鍾鐵民　臺灣現當代作家評論資料目錄（七）　臺南
　　　臺灣文學館　2010 年 11 月　頁 4713—4722

277.〔鍾怡彥編〕　　評論目錄　鍾鐵民全集・資料卷　高雄　高雄市文化局，
　　　臺灣文學館，高雄市客家委員會　2013 年 1 月　頁 273—284

國家圖書館出版品預行編目資料

臺灣現當代作家研究資料彙編. 88, 鍾鐵民 / 應鳳凰編
選. -- 初版. -- 臺南市：臺灣文學館, 2016.12
　面；　公分
ISBN 978-986-05-0142-1(平裝)

1.鍾鐵民 2.傳記 3.文學評論

863.4　　　　　　　　　　　　　105018735

【臺灣現當代作家研究資料彙編】88

鍾鐵民

發 行 人　廖振富
指導單位　文化部
出版單位　國立臺灣文學館
　　　　　地　　址／70041 臺南市中西區中正路 1 號
　　　　　電　　話／06-2217201　　　傳　　真／06-2218952
　　　　　網　　址／www.nmtl.gov.tw　　電子信箱／pba@nmtl.gov.tw

總 策 畫　封德屏
顧　　問　林淇瀁　張恆豪　許俊雅　陳信元　陳義芝　須文蔚　應鳳凰
工作小組　白心瀞　呂欣茹　郭汶伶　陳映潔　陳鈺翔　張　瑜　莊淑婉
編　　選　應鳳凰
責任編輯　白心瀞
校　　對　白心瀞　陳映潔　陳鈺翔　張　瑜
計畫團隊　財團法人台灣文學發展基金會
美術設計　翁國鈞‧不倒翁視覺創意
印　　刷　松霖彩色印刷事業有限公司

著作財產權人　國立臺灣文學館
　　　　本書保留所有權利。欲利用本書全部或部分內容者，須徵求著作財產權人
　　　　同意或書面授權。請洽國立臺灣文學館研究典藏組（電話：06-2217201）

經銷展售　國家書店松江門市（02-25180207）
　　　　　國立臺灣文學館藝文商店（06-2217201*2960）
　　　　　三民書局（02-23617511）　　　五南文化廣場（04-22260330）
　　　　　台灣的店（02-23625799）　　　府城舊冊店（06-2763093）
　　　　　南天書局（02-23620190）　　　唐山出版社（02-23633072）
　　　　　草祭二手書店（06-2216872）

初版一刷　2016 年 12 月
定　　價　新臺幣 310 元整
　　　　　第一階段 15 冊新臺幣 5500 元整　　第二階段 12 冊新臺幣 4500 元整
　　　　　第三階段 23 冊新臺幣 8500 元整　　第四階段 14 冊新臺幣 5000 元整
　　　　　第五階段 16 冊新臺幣 6000 元整　　第六階段 10 冊新臺幣 3800 元整
　　　　　全套 90 冊新臺幣 27000 元整

GPN　1010502249（單本）　　ISBN　978-986-05-0142-1（單本）
　　　1010000407（套）　　　　　　　978-986-02-7266-6（套）

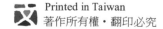